Blanca Miosi
Das Geheimnis des Manuskripts

amazon crossing

Das Buch

Der erfolglose Schriftsteller Nicholas Blohm begegnet eines Tages einem seltsamen Buchhändler, der gebrauchte Bücher nach Gewicht verkauft. Der kleine, schmächtige Mann schenkt ihm ein Manuskript. Schnell bemerkt der Schriftsteller, dass es sich um einen besonderen Text handelt: Alles, was geschrieben steht, verschwindet, sobald er das Manuskript schließt.

Nach weiteren Recherchen entdeckt er, dass die Personen tatsächlich existieren und genau das soeben geschieht, was er im Manuskript liest. Er reist nach Rom, um die Protagonisten aufzuspüren, und befindet sich plötzlich inmitten des Geschehens. Gemeinsam mit der Hauptfigur muss er ein lang gehütetes Geheimnis aufdecken. Ihre Suche führt sie dabei in eine Bibliothek mit angeketteten Büchern, in die Katakomben von Armenien und auf die Insel Capri.

Die Autorin

Blanca Miosi wurde in Lima, Peru, als Tochter eines japanischen Vaters und einer peruanischen Mutter geboren und lebt seit über drei Jahrzehnten in Venezuela. Zwanzig Jahre lang arbeitete sie als Designerin in ihrer Modewerkstatt.

Die Autorin schrieb zahlreiche Romane, von denen einige auch ins Englische, Französische, Türkische und Deutsche übersetzt wurden. Außerdem gewann Blanca Miosi den International Thriller Award 2007.

Blanca Miosi

DAS GEHEIMNIS DES MANUSKRIPTS

Roman

Aus dem Spanischen von Johanna M. Dorsen

Die Originalausgabe erschien 2012 unter dem Titel
»El manuscrito – I. El Secreto« bei B de Bolsillo, Barcelona.

Deutsche Erstveröffentlichung bei
AmazonCrossing, Amazon Media E.U. Sàrl
5 Rue Plaetis, L-2338, Luxembourg
September 2015
Copyright © der Originalausgabe 2012
By Blanca Miosi
All rights reserved.
Copyright © der deutschsprachigen Ausgabe 2015
By Johanna M. Dorsen

Umschlaggestaltung: bürosüd⁰ München, www.buerosued.de
Umschlagmotiv: www.buerosued.de
Lektorat: Sandra Schmidt; www.text-theke.com
Korrektorat und Satz: Petra Schmidt, www.lektorat-ps.com
Printed in Germany
By Amazon Distribution GmbH
Amazonstraße 1
04347 Leipzig, Germany

ISBN: 978-1-50395-083-2

www.amazon.com/crossing

Für Henry, wie immer mein bester Leser ...

Mein Dank geht auch an Francisco Gijón
und an Agustín Toro Solis de Ovando
für ihre unschätzbare Unterstützung.

VORWORT

Anacapri, Insel Capri, Italien

»Als der Mönch die Hände ausstreckte und ihm die Schatulle hinhielt, stand er am Rand der Klippe. Einen Augenblick lang fürchtete er, es könnte eine Falle sein. Der Mönch hielt die Schatulle für einen kurzen Moment fest, als bereue er es, bevor er sie ihm übergab. Er zitterte so sehr, dass er seine zuckenden Bewegungen spüren konnte. Dann machte der Mönch eine ruckartige Bewegung, ließ die Schatulle los und stürzte sich in die Tiefe. Kein Schrei war zu hören. Einen Augenblick später nur ein dumpfes Geräusch, begleitet von einem durch die Entfernung gedämpften Prasseln. Entsetzt beugte er sich über den Abgrund, und obwohl es bereits dunkel war, konnte er auf dem silbergrauen Felsen ein unförmiges Bündel sehen. Tiefes Mitgefühl überkam ihn, eine Mischung aus Mitleid, unendlichem Schmerz und Dankbarkeit. In seinen Händen hielt er, was er gesucht hatte. Durch das dicke Gewebe des Rucksacks spürte er die Metallleisten im Holz. Er wandte sich um und entfernte sich mit großen Schritten: Das Unheil hatte seinen Lauf genommen und ließ sich nicht mehr ungeschehen machen. Der kalte Wind peitschte ihm ins Gesicht, und obwohl es noch nicht zu regnen begonnen hatte, spürte er die Nässe. Er unterdrückte ein Schluchzen und eilte, das Bündel schützend unter seiner Lederjacke verborgen, den langen Weg zurück, der ihn zur Piazza führen würde. Er sah auf die Leuchtziffern seiner Uhr: Es blieb ihm gerade noch genug Zeit, um zur Anlegestelle zu gelangen und die letzte Fähre zu nehmen.«

Mit großem Bedauern hörte Nicholas auf zu lesen. Er wandte sich dem kleinen Mann zu und fand dessen Platz leer. Er war so sehr in die Lektüre vertieft gewesen, dass er sein Fortgehen nicht bemerkt hatte. Zwei Falten zeigten sich auf seiner Stirn und kerbten sich tief zwischen den Augenbrauen ein. Er besann sich und rief sich Schritt für Schritt alles, was seit diesem Morgen geschehen war, in Erinnerung.

Nicholas Blohm

Manhattan, Vereinigte Staaten
10. *November* 1999

Kaum hatte Nicholas an diesem Morgen die Augen geöffnet, ließ er, wie an so vielen anderen Tagen auch, seinen Blick umherschweifen und suchte nach einer Inspiration. Er brauchte endlich eine verdammt gute Idee und es fiel ihm nichts ein. Er stieg aus dem Bett und ging direkt zum Computer. Natürlich hatte er Ideen, eine Menge sogar, aber nicht solche, die man für einen Roman braucht, der ihm zum Durchbruch verhelfen sollte. Seit jenem Tag, als man ihm in einem Verlag gesagt hatte: »Ihr Roman interessiert uns, wir wollen ihn veröffentlichen« und er zum ersten Mal dachte, er würde vor Freude umkommen, hatte er nur ein paar mittelmäßige Romane zustande gebracht. Er hätte ihn weiß Gott auch umsonst veröffentlicht, aber zu seinem Erstaunen erhielt er einen Vorschuss, den er zwar als symbolisch ansah, aber immerhin, es war eine Bezahlung ... und unerwartet. Er blickte auf den Bildschirm und markierte den Text, den er am Abend zuvor geschrieben hatte. Unbrauchbar. Er drückte auf ›Enter‹ und die Seite war wieder leer.

Seit jenem ersten Mal waren drei Jahre vergangen und noch immer war nichts geschehen. Er hatte die Welt nicht verändert und war nur einer von vielen. Das Schlimmste an allem jedoch war, dass er mehrere unveröffentlichte Romane hatte. Früher hielt er sie für großartig. Nachdem er aber den letzten Bestseller von Charlie Green gelesen hatte, dachte er, sein Traum rücke in immer weitere Ferne. Die Atmosphäre seiner Wohnung erstickte ihn. Er zog seine Lederjacke an und verließ das Haus. Ohne festes Ziel ging er los, und als hätten sich seine Beine längst daran gewöhnt, stets dieselbe Strecke zu gehen, erreichte er auf dem Friedhof der Trinity Church schließlich seine Parkbank. Verärgert bemerkte er die Person, die am anderen Ende der Bank saß, und betrachtete dies als ein Eindringen in sein Territorium. Der kleine schmächtige Mann lächelte ihn an, als würde er ihn kennen. Seine Verärgerung wurde dadurch noch größer. Er hatte weder vor, liebenswürdig zu sein, noch hatte er Lust, jemandem zuzuhören, und wie es aussah, wollte der Mann ein Gespräch mit ihm beginnen. Er hatte sich nicht geirrt.

»Kommen Sie immer hier entlang?«

»Das ist meine Route«, sagte er kurz angebunden, ohne auf das Lächeln einzugehen, das auf dem zerfurchten Gesicht des Mannes zum Vorschein kam.

Er hatte eine Stimme, die nicht zu ihm passte.

»Wohin?«

»Wohin was?«

»Sie sagten, das sei Ihre Route.«

»Ach, nirgendwo hin.«

»Verstehe.«

Nicholas hörte auf, die ihm gegenüberstehenden Bäume zu betrachten und sah ihn aus den Augenwinkeln an. *Verstehe? Was kann er verstehen?*, dachte er schlecht gelaunt. Menschen, die dachten, sie wüssten alles, ärgerten ihn. Wie die Autoren, die Verhaltensratgeber oder Anleitungen zur *persönlichen Weiterentwicklung* schrieben. Sie schienen auf alles eine Antwort zu haben. Alles Unsinn. Er öffnete den Mund und schloss ihn wieder. Am besten wäre es, nichts zu sagen, vielleicht würde dieser Mann dann gehen und ihn in Ruhe lassen.

Der kleine Mann blieb sitzen. Er öffnete eine große schwarze Plastiktüte, wie man sie für den Müll benutzt, und wühlte in ihrem Inneren. Er nahm ein Manuskript mit schwarzem Einband heraus, das mit einer eigentümlich silbergrünen Ringbindung versehen war, und legte es zwischen sich und Nicholas auf die Bank.

»Wissen Sie, was das ist?«, fragte er und legte die Hand auf den Einband.

»Nein.«

»Sie sollten es wissen. Sie sind doch Schriftsteller?«

Nicholas setzte sich seitlich und wandte ihm das Gesicht zu. Der Mann hatte seine Aufmerksamkeit geweckt.

»Woher wissen Sie das?«

»Ich habe Sie wiedererkannt. Ich besitze Ihr zweites Buch und habe auf der Umschlagklappe Ihr Foto gesehen. *Die Suche nach dem Weg zum Hügel*. Es ist ein guter Roman, aber es fehlt ihm an Biss. Ich habe auch einige Ihrer Artikel in der New York Times gelesen.«

»Ich arbeite dort nicht mehr.«

Der Mann machte eine hilflose Geste, zog die Schultern hoch und sah auf die Bäume gegenüber, die mit dem Wind zu tanzen schienen.

»Sie schreiben also auch«, sagte Nicholas mit einem Blick auf den Einband des Manuskripts.

»Nein. Dazu wäre ich nicht imstande. Ich lese. Und ich betrachte mich als einen guten Leser.«

»Und das Manuskript?«

»Es gehört mir nicht. Ich fand es zusammen mit einigen Büchern in einer Kiste, die ich vor ein paar Tagen abgeholt habe. Ich verkaufe gebrauchte Bücher.«

»Verkaufen Sie auch Manuskripte?«

»Es ist das erste Mal, dass ich eines erhalte. Die Kiste gehörte einem Schriftsteller, der vor zwei Monaten verstarb. Nach den Worten seiner Witwe hat er nie etwas veröffentlicht. Sie brauchte Platz im Haus und wollte alle Bücher loswerden; offenbar hat sie beschlossen, auch das Manuskript wegzugeben. Ich kaufe nach Gewicht.«

»Heißt das, Sie kaufen Bücher nach Kilo?«, fragte Nicholas mit einem ungläubigen Lächeln.

»Ja. Vielleicht dachte sie, mehr Papier ergibt ein höheres Gewicht.«

»Ich nehme an, Sie haben es bereits gelesen.«

»So ist es. Möchten Sie einen Blick darauf werfen?«

Nicholas betrachtete argwöhnisch das Manuskript. Er nahm es in die Hand, es schien nicht sehr dick zu sein, fuhr mit dem linken Daumen über die Blätter und öffnete dann die erste Seite: ›Ohne Titel‹, stand in der Mitte. Das war nicht ungewöhnlich. Ihm fielen die Titel immer erst zum Schluss ein. Er blätterte zur nächsten Seite und las das Vorwort.

Mit großem Bedauern hörte Nicholas auf zu lesen. Er wandte sich dem kleinen Mann zu und fand dessen Platz leer. Er war so sehr in die Lektüre vertieft gewesen, dass er sein Fortgehen nicht bemerkt hatte. Zwei Falten zeigten sich auf seiner Stirn und kerbten sich tief zwischen den Augenbrauen ein. Da er gewohnt war, seinen Gedanken nachzuhängen, fragte er sich, ob er ihn wirklich gesehen hatte. Es bestand nicht der geringste Zweifel: Er hielt das Manuskript in seinen Händen. Was er soeben gelesen hatte, gefiel ihm. Es hatte alle Elemente, die notwendig waren, um von Beginn an seine Aufmerksamkeit zu wecken. Er empfand Neid, weil die Idee von jemand anderem war. Er blickte umher und sah nur die Bäume, die sich sanft im Wind wiegten, während an diesem ruhigen Herbstmorgen die letzten Blätter auf den Boden fielen, ohne dass wie sonst heftige Windstöße sie in goldfarbenen Wirbeln über den Boden fegten.

Er stand von der Bank auf und ging mit dem Manuskript unter dem Arm nach Hause. Kaum angekommen, machte er es sich in seinem alten Sessel bequem und setzte die Lektüre fort.

Nach dem Vorwort folgte:

KAPITEL 1

Manhattan, Vereinigte Staaten
9. November 1999

Für jemanden wie mich ist es schwer, sich einzugestehen, an einem Punkt angelangt zu sein, an dem man arbeiten muss, um leben zu können. Die Tage, an denen ich Schecks ausgestellt habe, ohne über meinen Saldo nachzudenken, schienen mir Teil einer imaginären Vergangenheit zu sein; ein Traum, der durch den Nebel der dunklen Wintertage verstärkt wurde und mir die Welt immer abweisender erscheinen ließ, während ich lernte, die Gesichtszüge der Menschen wahrzunehmen.

Denn wenn man reich ist, pflegt man, nur sehr oberflächlich hinzusehen; nicht etwa, weil wir dem Leiden anderer gegenüber gefühllos wären, es ist einfach Gleichgültigkeit. Es spielt keine Rolle, ob der Gesprächspartner jung oder alt ist, ob er traurig aussieht oder Falten auf der Stirn hat. Ich habe mich nie damit aufgehalten, ihn zu fragen, ob er niedergeschlagen ist oder der Verlust seiner Mutter ihn schmerzt. Ich war es gewohnt, mit Dienstboten wie mit seelenlosen Robotern umzugehen und ich nehme an, ich wurde genauso behandelt. Aber ich habe das nie bemerkt, es war mir gleichgültig. In diesen Tagen jedoch, an denen ich schon fast vergessen habe, wie man einen Scheck ausstellt, weil der letzte, der von mir unterzeichnet wurde, bereits mehrere Monate zurücklag und nicht gedeckt war, und mein

Gläubiger so oft angerufen hat, dass ich Pietro angeordnet habe, mir keine weiteren Anrufe durchzustellen …, in diesen Tagen hätte ich höchstwahrscheinlich versucht, ihn davon zu überzeugen, es wäre die Schuld der Bank, dass kein Geld auf dem Konto sei, weil sie sich nicht richtig um ihre Kunden kümmern würde, das Geld wäre dort, er solle warten, bis das Problem behoben sei, der Betrag sei so gering, dass es sich weder lohne, sich zu beunruhigen, noch so viel Aufhebens zu machen, dass ich Dante Contini-Massera, Neffe des Conde Claudio Contini-Massera, sei und früher oder später so viel Geld haben würde, dass ich es zeitlebens nicht zählen könnte und wer weiß, wie viele Argumente mehr, bis er davon überzeugt wäre, dass es wohl das Beste sei, ein wenig Geduld zu haben und sich wie alle, die hoffen, das Wort eines Mannes meiner Herkunft sei ebenso viel wert wie mein Familienname, auf diese Illusion zu verlassen.

Mein alter Butler hat wohl keinen anderen Ort zum Leben, da ich ihn auf Onkel Claudios Drängen hin aus Rom mitgebracht habe. Ansonsten hätte er mich bereits verlassen und ich müsste mir jeden Tag die Kleidung selbst zurechtlegen. Und das Frühstück, das auf wunderbare Weise morgens auf dem Tisch steht. Neulich ist mir aufgefallen, wie alt Pietro geworden ist. Älter, als ich ihn vor kaum sechs Monaten in Erinnerung hatte. Es stimmt, allmählich lerne ich, ihn zu beobachten, aber ich tue es unauffällig und sogar mit einer gewissen Verlegenheit. Es beschämt mich, er könnte vermuten, ich mache mir Sorgen. Trotzdem gleicht er einer dieser alten bekleideten Statuen, immer steht er. Ich habe nie gesehen, dass er sich setzt, und ich kenne ihn seit meiner Geburt. Er geht mit eigenartigen Schritten und macht mit seinen Schuhen ein Geräusch, als würde er jeden Moment ausrutschen, und auf seine Stimme achte ich nur dann, wenn er etwas fragt: Soll ich Ihnen das Bad bereiten? Meinen Sie nicht, Sie sollten Herrn Claudio anrufen? Werden

Sie heute mit Ihrer Mutter zu Abend essen? Wäre Ihnen eine Erdbeertorte zu Ihrem Geburtstag recht? Immer gleicht sein Blick dem eines jungen Hundes, der auf eine freundliche Geste wartet, wie ich sie selten zu zeigen pflege.

Und jetzt ertappe ich mich bei der Überlegung, ob dieser alte Mann, der so aufrecht er nur kann mir gegenübersteht, eine bessere Behandlung nicht mehr verdient als ich.

»Pietro, ich werde heute den ganzen Tag auswärts sein. Mach dir um das Abendessen keine Gedanken. Du siehst erschöpft aus, geht es dir gut?«

Pietro sah mich an, als sei ich ein Gespenst. Der fragende Blick seiner stets sanftmütigen Augen spiegelte sich auf seinem Gesicht. Das löste in mir eine bisher ungekannte Freude aus.

»Ich, *Signore*?«

»Es ist nicht nötig, dass du die ganze Zeit stehst. Komm und setz dich.«

Pietro blieb stehen, als wäre er tatsächlich eine Figur aus Stein. Sicher war er sprachlos.

»Pietro, seit wann bist du an meiner Seite?«

»Seit vierundzwanzig Jahren, Herr Dante. Davor habe ich für Ihren Großvater, Don Adriano, gearbeitet und danach für Ihren Onkel Claudio.«

Mein ganzes Leben lang.

»Das ist eine lange Zeit, nicht wahr?«

Ein Schatten legte sich auf Pietros Gesicht. Es schien, als sei die Überraschung der Angst gewichen. Ich begriff. Er glaubte, ich würde ihm kündigen.

»Die Dinge haben sich sehr verändert, Pietro. Du bist ein vorbildlicher Angestellter und du weißt, ich bin nicht in der Lage, dein Gehalt zu bezahlen. Aber ich möchte nicht, dass du dieses Haus verlässt. Ich bitte dich, dass du bleibst und aufhörst, dich wie mein Angestellter zu benehmen. Hilf mir einfach nur, mein Leben zu erleichtern.«

Pietro schien zu erschlaffen, so sehr, als könne er nicht länger aufrecht stehen. Er setzte sich auf den äußersten Rand des Stuhls, den ich ihm wenige Augenblicke zuvor angeboten hatte, und zum ersten Mal blickte er mir ohne den Ausdruck eines Dienstbotens in die Augen.

»Sie brauchen mich nicht zu bezahlen, *Signore* Dante. Ich bin glücklich, wenn ich mich wie immer um Ihre Bedürfnisse kümmern kann«, sagte er bescheiden.

»Ich danke dir, Pietro. Aber benimm dich von jetzt an nicht mehr wie ein Butler, zumindest nicht, wenn wir alleine sind.« Ich beobachtete ihn mit einem Lächeln, das er mir mit einem Blick zurückgab, dem nur ein Augenzwinkern fehlte. »Ich möchte, dass du dich als Teil der Familie fühlst, und wenn man es genau nimmt, glaube ich, du bist die einzige, die ich habe.«

»Nein, *Signore* Dante. Sie haben Ihre Mutter und Ihre Schwester. Und Ihren Onkel Claudio.«

»Glaube das nicht, Pietro …, glaube das nicht … Sie leben ihr Leben und ich das meine. Und so muss es sein.« Nach einigen Augenblicken des Schweigens fuhr ich fort: »Onkel Claudio ist sehr krank. Ich muss nach Rom reisen.«

»Ihr Onkel Claudio ist ein guter Mensch. Ich hoffe, es geht ihm bald besser.«

Für einen flüchtigen Augenblick dachte ich an sein Testament und schämte mich sofort.

»Natürlich, deswegen werde ich ihn besuchen.«

»Er hat Sie immer wie einen Sohn geliebt«, murmelte er.

Es war das erste Mal, dass ich mit Pietro ein so langes Gespräch führte und ich wusste, was er mir soeben gesagt hatte, entsprach ganz meinem Wunsch. Ich beobachtete ihn und zog es vor, zu schweigen. Ich hatte allen Grund dazu, denn ich war ihm ausgeliefert. Er kannte mich besser als meine Mutter.

»Was hast du mit der Köchin gemacht? Und mit Mary?«

»Ich habe ihnen gesagt, Sie würden nach Italien zurückkehren und wir ihre Dienste daher nicht mehr benötigen.«

»Und ihre Löhne?«

»Machen Sie sich um ihre Vergütung keine Sorgen, es ist bereits alles bestens geregelt.«

Pietro war immer ein guter Verwalter gewesen. Wenngleich ich vermute, dass er während der Zeit, die meine Pechsträhne nun andauerte, sicher von seinem eigenen Geld Gebrauch gemacht hat.

»Danke, Pietro. Es wird sich bald alles ändern.«

Ich fühlte mich nicht in der Lage, dem etwas hinzuzufügen. Es hätte gezwungen gewirkt. Mit seinen Augen sagte er mir, dass er verstand.

»Wann werden Sie nach Rom abreisen?«

»So bald wie möglich.«

»Ich werde Ihnen das Gepäck vorbereiten«, sagte er und stand auf.

»Das ist nicht nötig, Pietro. Das mache ich.«

»Glauben Sie mir, *Signore*, ich ziehe es vor, es selbst zu tun.«

Es war fast ein Befehl.

Ich musste noch über eine Möglichkeit nachdenken, um in Erfahrung zu bringen, was Onkel Claudio in seinem Testament für mich vorgesehen hatte. Die bedrückende Atmosphäre des Hauses presste mir die Luft aus den Lungen und ich hatte das Bedürfnis, durchzuatmen. Ich würde Irene besuchen. Ich hasste es, sie um Geld zu bitten, aber die Wahrheit ist, ich hatte nicht einmal das Geld für ein Flugticket und meine Kreditkarten waren nicht zu gebrauchen.

Kapitel 2

Manhattan, Vereinigte Staaten
9. November 1999

Ich lernte Irene in San Francisco kennen, auf einer der zahlreichen Partys, zu denen ich eingeladen war. Irenes Erscheinung hob sich von der Schar der dort anwesenden schönen Frauen deshalb ab, weil sie am wenigsten auffällig war. Ich meine damit keineswegs, dass es ihr an Attraktivität gefehlt hätte, nein. Aber sie war keine der Frauen mit goldblonden Strähnen und wallenden Haaren, deren Haut stets von der Sonne gebräunt war. Sie gehörte auch nicht zu jenen, die, passend zu ihren Brüsten in Körbchengröße C, ein künstliches Lächeln mit allzu üppigen Lippen zur Schau stellten, die sie mit Kochsalzlösung behandeln ließen. Irene schien viel zu natürlich. Das war es, was sie unterschied. Sie musste meinen beharrlichen Blick gespürt haben, denn sie drehte sich um, und trotz der zehn Meter Entfernung spürte ich die Wärme, die angesichts ihres aufmunternden Lächelns meinen Körper durchströmte. Es war kein Kokettieren: Es war ein Lächeln. Wie ich es seit Langem nicht mehr erhalten habe; wie jenes, das man mir als Kind nach einem Streich schenkte. Ein ›*va bene, ragazzo*‹ und ich fühlte mich geliebt.

Ich näherte mich ihr. Erleichtert konnte ich feststellen, dass ihre kleine Nase kein Produkt der Schönheitschirurgie war und wenn sie lächelte, bildeten sich unter ihren Augen leichte Schwellungen, die ihr das Aussehen einer Schlafpuppe gaben. Ich habe nichts gegen chirurgische Verschönerungen, aber ich ziehe natürliche Frauen vor, mit kleinen Brüsten und, sollten sie vollere haben, einer normalen, durch ihr natürliches Gewicht bedingten Form. Selbst ihr Verhalten war natürlich. Es zog mich in ihren Bann, seit ich sie im Haus dieser Freunde sah, die ich bei meinen häufigen nächtlichen Ausgängen in New York kennengelernt hatte. Sie hatten mich eingeladen, einige Tage bei ihnen zu verbringen, in einer Stadt mit einem angenehmen Klima, das milder war als das in Manhattan, wo der Wind so stark wehte, als wolle er die Bewohner aus der Stadt fegen. Nach ein paar Worten, so erinnere ich mich, gingen wir in den Garten und setzten uns auf eine Mauer an der Steilküste, von wo man auf die Golden Gate und einen großen Teil der Bucht sah. Wir konnten die Wellen hören, die ein paar Meter unter uns gegen die Felswand schlugen. Der Lärm der Stimmen, das Lachen und die Musik des Hauses bildeten den Hintergrund, während wir uns abseits von allem scheinbar grundlos lächelnd ansahen. Ich denke gerne an diesen besonderen Augenblick, weil mir ihre Lippen köstlich erschienen; die leicht vorstehenden Zähne verliehen ihr ein freches und jugendliches Aussehen, das sich für immer in mein Gedächtnis eingeprägt hat. Wie ich am selben Abend erfuhr, lebte sie ebenfalls in Manhattan und ich war begeistert, weil ich sie nun wiedersehen konnte.

Mein Name beeindruckte sie nicht. Sie wusste nicht, dass ich einer der gefragtesten Junggesellen von New York war. Ich war mir dessen von Anfang an sicher und konnte mich davon überzeugen, als sie einige Monate, nachdem wir uns kennengelernt hatten, erriet, dass ich Hilfe brauchte und sie mich mit einem erfahrenen Finanzberater zusammenbrachte. Ein Börsenmakler, der das Kapital, das ich ihm gab, fast verdoppelte. Und später, als sie erfuhr, dass meine Investitionen nicht gut liefen, und sie sich erbot, mir Geld zu leihen. Nicht, dass sie verrückt nach mir gewesen wäre. Selbst heute bin ich mir, was sie betrifft, keineswegs sicher. Aber es quälte mich zutiefst, dass sie über meine finanzielle Lage Bescheid wusste. Irene verdiente etwas Besseres als mich und ich schwor, falls sich die Dinge änderten, würde ich sie bitten, meine Frau zu werden. Und jetzt musste ich mich ein zweites Mal an sie wenden; ich hatte keine andere Wahl.

Ich holte sie von ihrem Blumenladen ab. Ein Geschäft mit importierten Blumen aus Kolumbien. Sie spezialisierte sich auf Arrangements für Hochzeiten, Taufen und gesellschaftliche Ereignisse aller Art, darunter auch Beerdigungen. Ich hätte nie gedacht, dass man mit einem so kurzlebigen und zarten Produkt Geld verdienen kann und ich bewunderte sie dafür und für alles andere.

Irene sah mich kommen und öffnete ihre vollen Lippen zu einem Lächeln, das mich völlig entwaffnete. *Wie sage ich es ihr?*, dachte ich. Wir gingen in ihre Wohnung, die sich über dem Geschäft befand. Es war eine modern und in eleganter Schlichtheit ausgestattete Wohnung, ein getreues Spiegelbild ihrer Person. Sie zog ihre Schuhe aus, machte es sich auf dem Sofa bequem und streckte ihre Zehen. Sie waren sehr gepflegt und ihre Nägel, wie immer, fuchsiafarben lackiert.

»Ich bin den ganzen Tag gestanden«, sagte sie und streckte mir die Hand entgegen.

Ich setzte mich an ihre Seite und sie hob die Beine, um sie auf meine Knie zu legen.

»Ich muss nach Rom«, erklärte ich und gab ihr einen kleinen Kuss auf die Lippen.

»Wann?«

»Sobald ich kann. Onkel Claudio ist sehr krank. Er liegt praktisch im Sterben und ich bin sein einziger direkter Neffe.«

»Wirst du erben?«, fragte Irene.

Ich wusste, sie fragte nicht aus Eigennutz oder einfach nur aus Neugier. Es war offensichtlich. Praktisch wie sie war, wollte sie mir helfen.

»Ja, das nehme ich an. Meine Mutter hat bereits zweimal angerufen und sagt, es sei notwendig, dass ich anwesend sei.«

»Natürlich musst du gehen, Schatz. Jedes Mal, wenn du mir von ihm erzählt hast, hast du von ihm gesprochen, als sei er dein Vater. Ich kann dir helfen. Ich weiß, du machst im Augenblick eine schwierige Zeit durch.«

Ich ließ meinen Blick über ihre sanften Gesichtszüge gleiten und fragte mich, was ich getan habe, um eine Frau wie sie zu verdienen.

»Ich lasse dir Pietro als Pfand da«, bot ich an und gab ihr einen Kuss.

»Es genügt mir, wenn du zurückkehrst«, antwortete sie mit einem Zwinkern. »Versprich mir, dich nicht wieder für zweifelhafte Boni zu begeistern, wenn du reich zurückkommst.«

»Man hat mich vor der Investition auf die Risiken hingewiesen. Und ich habe es trotzdem getan. Ich bin ein Idiot, ich weiß.«

»Eine sehr teure Lektion. Zwei Millionen Dollar«, betonte sie heftig.

»Sie sagten, es sei ein Geschäft, das gewisse Risiken berge. Aber ich habe mich erkundigt und die argentinischen Schuldverschreibungen warfen kurzfristig gute Dividenden ab. Ich hatte es jedoch zu eilig und habe nicht auf den Rat von Jorge Rodríguez gehört.«

»Er ist vertrauenswürdig, aber ich fürchte, nicht sehr überzeugend. Es tut mir leid, ich hätte ihn dir nicht vorstellen sollen.«

»Es ist nicht deine Schuld, Irene. Du kannst dich nicht für meine Handlungen verantwortlich fühlen.«

Sie sagte nichts. Sie hob ihre ausgestreckten Beine von meinen Knien und stellte ihre Füße auf den Teppich.

»Komm.«

In dem Ton, mit dem sie mich aufforderte, schien ein Versprechen zu liegen.

Ich folgte ihr in ihr kleines Arbeitszimmer, in dem ein kleiner Schreibtisch und einige Bücherregale standen. Sie nahm ein Scheckheft, das mir umfangreicher schien als alle, die ich besaß, und begann, mit ihrer runden Schrift einen Scheck auszufüllen. Nachdem sie ihn unterzeichnet hatte, riss sie das Papier mit einer raschen Handbewegung heraus. Ein Geräusch, das mich schon immer fasziniert hat. Es ist, als wäre ich darauf programmiert, jedes Mal, wenn ich das Herausreißen des Papiers höre, ein Gefühl der Euphorie zu spüren; vor allem, wenn es sich um das straffe und widerstandsfähige Papier eines Schecks handelt. Sie reichte ihn über den Schreibtisch und gab ihn mir.

»Willst du ihn dir nicht ansehen?«, fragte sie, als sie sah, dass ich den Scheck in meine Jackentasche steckte.

»Nein. Aber ich werde dir das Doppelte zurückzahlen.«

»Ich weiß, Schatz.«

Die Sicherheit, mit der sie das sagte, machte mich stutzig. Für einen Augenblick spürte ich, wie in meinem Kopf ein Alarm losging, aber ich dachte, ich sei zu argwöhnisch. Der Geldmangel schärft die Sinne und ich war in diesen Tagen ziemlich sensibel.

Die folgenden Stunden ließen mich allen Kummer vergessen, den ich meiner derzeitigen Sensibilität hätte zuschreiben können. Ich widmete mich Irene mit Leib und Seele und ich glaube, sie tat es ebenfalls. Dieses Mal störte mich auch nicht die lange Narbe, die sich über ihre linke Gesäßbacke bis zur Hüfte zog. Ich muss gestehen, als ich sie das erste Mal sah, fand ich sie etwas befremdend, aber später gewöhnte ich mich daran. »Was ist dir passiert?«, fragte ich sie eines Tages. »Ich werde es dir irgendwann erzählen«, war ihre Antwort. Danach kamen wir nie mehr auf das Thema zu sprechen. Als ich sie zum ersten

Mal nackt sah, bewunderte ich sie noch mehr, denn mir wurde bewusst, sie war älter als sie vorgab. Ein weiteres Geheimnis. Aber ich glaube, alle Frauen beschließen ab einem bestimmten Punkt ihres Lebens, keine weiteren Geburtstage mehr zu haben. Sie war wohl achtunddreißig, mit Sicherheit älter. Ihr Fleisch verriet sie nicht, es war fest, und auch ihre weiche und straffe Haut war makellos. Es waren ihre Brüste. Bei den Frauen zeigt sich das Alter am deutlichsten an dieser verräterischen Kurve. Es ist daher merkwürdig, eine reife Frau mit Brüsten zu sehen, die aufrecht wie bei einem Mädchen sind, weil das weder zu ihrem Körper noch zu ihrem Gesicht oder zu ihrer Art passt. Und auch nicht zu ihrer Erfahrung. Irene hatte volle, leicht nach unten geneigte Brüste und ihr Volumen kam erst dann voll zur Geltung, wenn sie nackt waren. Bekleidet schienen sie fast nicht vorhanden, verborgen auf eine geheimnisvolle Art, zu der nur die Natur fähig ist. Sie war eine leidenschaftliche Liebhaberin und ich verstand von Anfang an, dass sie einen jungen Mann wie mich brauchte, um ihre Begierde zu stillen, auch wenn sie das nie zugeben würde. Sie sagte immer, sie sei sehr wählerisch und würde es vorziehen, monatelang keinen Sex zu haben als mit dem Nächstbesten ins Bett gehen zu müssen. Und ich glaubte ihr.

Am nächsten Tag nahm ich den ersten Flug nach Rom.

Kapitel 3

Rom, Italien, Villa Contini
10. November 1999

Ich hatte das Gefühl, in der Villa Contini zu sein, sobald ich die beiden Löwen erblickte. Sie saßen rechts und links neben dem Eingangstor zu der langen und mit Bäumen gesäumten Auffahrt, die zu Onkel Claudios Wohnsitz führte. Manche hielten ihn für exzentrisch, weil er an Gepflogenheiten festhielt, die die meisten in der Familie für absurd hielten; wie die, dass ihn die gesamte Dienerschaft des Hauses am Eingang stehend empfängt und er zu seiner großen Befriedigung jedes Mitglied erkannte und mit seinem Namen rufen konnte. Aber die Dinge hatten sich geändert. Wie ich bereits vor meiner Abreise nach Amerika erfuhr, zog Onkel Claudio es nun vor, in seiner Wohnung in Rom zu leben. Er sagte, er sei dort näher bei seinen Geschäften; ich denke, der wahre Grund ist, die Villa war ihm für sich alleine zu groß.

Als ich den großen Salon betrat, in dem ein Teil der Familie versammelt war, wusste ich, das Unvermeidbare war eingetreten. Der Gesichtsausdruck meiner Mutter konnte nicht deutlicher sein. Sie war eine schöne Frau, mehr noch als meine Schwester Elsa, trotz deren Jugend. Wenn meiner Mutter etwas nahe ging, nahmen ihre Augen einen anderen Ausdruck an, abwesend, wie bei jenen Filmdiven, die ich gemeinsam mit Onkel Claudio so oft in alten Filmen gesehen habe. Wir waren uns immer einig, dass sie eine außerordentliche Ähnlichkeit mit Ava Gardner hatte. Diesmal zeigte sich auf ihrer blassen, weißen Haut unter ihren Augen ein leicht bläulicher Ton. Kaum hatte sie mich gesehen, kam sie auf mich zu und umarmte mich, wie sie es schon lange vor meiner Abreise nicht mehr getan hatte, und ich merkte, wie erschüttert sie war. Aber den wirklichen Grund dafür konnte ich mir nicht erklären. Ich kannte sie zu gut, um zu glauben, dass es der Verlust war, der ihr zu schaffen machte. Ich glaube, jeder kennt die dunkle Seite seiner Mutter und ich dachte, ihre Angst sei sehr wahrscheinlich darauf zurückzuführen, dass es ihr nicht gelungen war, herauszufinden, ob Onkel Claudio sie in sein Testament aufgenommen hatte. Ich freute mich nicht, wieder an ihrer Seite zu sein. Dunkle Erinnerungen, die ich mit allen Mitteln zu begraben versucht hatte, befielen meine ohnehin bereits angeschlagene Stimmung. Meine Schwester kam auf mich zu, als würde sie erraten, dass ich Hilfe brauchte. Sie war zwei Jahre jünger als ich und trotzdem war sie immer eine Zuflucht für mich. Elsa war das völlige Gegenteil meiner Mutter. Ihr sanfter Blick erinnerte an eine Venus von Boticcelli. Sie drückte mir zur Begrüßung die Hand und blieb an meiner Seite, während Mama sich umdrehte und ihre Aufmerksamkeit zwei älteren männlichen Familienmitgliedern widmete, in deren Mitte sie sich sehr wohl zu fühlen schien. Ich nehme an, wegen ihrer lüsternen Blicke. Ich zog es vor, bei ihrer unvermeidbaren Koketterie nicht dabei zu sein. Sie glich einer Bienenkönigin, die von ihren eifrigen Arbeiterinnen bedient wird. Ihre Art war mir immer unangenehm. Manchmal denke ich, sie macht es absichtlich, als wolle sie uns zeigen, wie jung und begehrenswert sie immer noch sei. Nach dem Tod meines Vater hat mich meine Mutter immer wie den Mann in der Familie behandelt und dieser ständige Druck führte dazu, dass ich mich von ihr fernhielt.

Elsa nahm meine Hand, führte mich durch Onkel Claudios kleinen Palast zu seinen Privaträumen und blieb vor seinem Schlafzimmer stehen. Ich hatte Angst einzutreten. Ich war noch nie mutig, und was ich in diesem Augenblick am wenigsten wollte, war, dem Tod gegenüberzutreten – weder jetzt noch zu irgendeinem anderen Zeitpunkt. Aber ich begriff, es war unvermeidlich. Ich nahm das Parfüm meiner Mutter wahr und wusste, ich würde dem Tod mit ihr zusammen begegnen. Der Klang ihrer Absätze war ebenso unverwechselbar wie ihr Parfüm. Sie stellte sich neben mich und lehnte ihren Kopf an meine Schulter. Und so, wie zwei Personen, die sich in eine schmerzliche Umarmung flüchten, näherten wir uns Onkel Claudios Leichnam. Für einen Augenblick war es, als würde ich mich selbst sehen, nur älter. Alle sagten, ich wäre sein lebendes Ebenbild. Ich nehme an, mein Vater sah ihm ebenfalls ähnlich. Aber es war Onkel Claudio, der vom Großvater den Titel und das Vermögen erbte, was der Grund war für das Zerwürfnis, das bis zum Tod meines Vaters andauerte. Mein Vater starb drei Jahre nach meiner Geburt, also war es Onkel Claudio, den ich selbst dann noch, als seine Besuche bei uns ausblieben, als väterliche Figur betrachtete.

Als ich in sein Gesicht blickte, das so gelassen aussah, schien es mir unfassbar, dass er nicht mehr am Leben war. In diesem Augenblick erinnerte ich mich, wie er mir einige Jahre zuvor gesagt hatte:

»Dante, mein Sohn, all das wird eines Tages dir gehören.«

Aber für mich hatte das keine größere Bedeutung, denn ich war immer von seiner Welt umgeben.

»Mir ist es lieber, es gehört weiter dir, Onkel, denn das bedeutet, dass du lebst.«

»*Mio caro bambino*, du musst vorbereitet sein. Ich möchte, dass du dein Wirtschaftsstudium beendest. Das ist unerlässlich.«

»Wozu soll ich studieren?«

»Um dich zu verteidigen. Reich sein, ist nicht leicht. Du wirst mit Situationen konfrontiert werden, die weise Entscheidungen erfordern. Ich möchte, dass du in die Firma kommst, damit du mit allem vertraut wirst, was dort geschieht.«

»Onkel, hinterlasse mir nichts, wirklich. Ich bin dir dankbar, aber ich glaube, ich verdiene es nicht.«

Onkel Claudio schüttelte den Kopf, als weigere er sich zu verstehen, dass ich seinen Unternehmergeist nicht geerbt habe. Ich dachte damals, ich sei vielleicht meinem Vater ähnlich.

»Armer Dante. Du hast keine andere Wahl. Das ist die Realität.«

»Kann nicht einer deiner Teilhaber die Leitung übernehmen?«

»Die Firma muss in der Hand der Familie bleiben. Ich habe zwar Teilhaber, ja. Aber jeder von ihnen besitzt an meinen Unternehmungen nur einen kleinen Anteil.«

Ich hatte das Gefühl, als wäre dieses Erbe, die Firma, wie er es zu nennen pflegte, wie ein Fluch für mich. Der Gedanke, dass der Moment kommen würde, war für mich beklemmend. Ich wollte ausbrechen, mein Leben leben.

»Onkel Claudio, ich möchte nach Amerika gehen. Gib mir ein paar Jahre, um mich vorzubereiten. Ich muss alleine leben, weit weg von alldem hier.«

»Einverstanden. Du hast meinen Segen. Ich hoffe, dass du das Kapital, das ich dir geben werde, bei deiner Rückkehr verdoppelt hast. Und versprich mir, dein Studium der internationalen Wirtschaftsbeziehungen nicht zu vernachlässigen.«

»Siehst du, Onkel? Ich möchte ohne Druck gehen, ich will auch dein Geld nicht, ich werde es nicht verdoppeln können …«

Vielleicht war mir meine Beklommenheit deutlich anzusehen, jedenfalls legte er seine Hand auf meine Schulter und sagte:

»Ist ja gut. Versprich mir nur, dich nicht in Schwierigkeiten zu begeben. Der Name der Familie steht auf dem Spiel. Geh und bereite dich vor, genieße es und komm zurück. Eines Tages wirst du verstehen, dass auch die Arbeit ein Vergnügen ist.«

Und da war ich. Diesmal war ich ohne einen Cent zurückgekehrt und es war niemand da, dem ich Rechenschaft schuldig war; mit Schulden und mit der Last auf meinen Schultern, als Familienoberhaupt einem Finanzimperium vorzustehen, an dessen Leitung ich nicht interessiert war. Onkel Claudio war nicht mehr da, um mir dabei zu helfen, mich zurechtzufinden. Ich hatte die Chance verpasst, von ihm selbst zu lernen und erinnerte mich nur an Gelegenheiten, bei denen ich ihn zu Vorstandssitzungen begleitet und ihn bewundert habe. Er schien wie ein Fisch im Wasser gewesen zu sein. Es war sein Wort, das am Ende alle akzeptiert hatten und sie schienen dabei erleichtert, denn er hatte immer gewusst, was er tun oder welche Entscheidung er treffen musste. Trotzdem musste ich mir eingestehen, dass ich sein Geld brauchte. Schließlich musste ich meine Schulden bezahlen. Wie kurzsichtig ich doch damals war!

Onkel Claudio schien friedlich zu schlafen.

»Mutter, der Tod verwischt die Falten«, sagte ich leise.

Sie rückte erschrocken von mir ab. Vielleicht hat sie es als boshafte Bemerkung aufgefasst, dachte ich, als ich ihren vorwurfsvollen Blick sah.

In einer Ecke des Schlafzimmers nahm ich eine leichte Bewegung wahr. Ein Mann, bekleidet mit einer Soutane, saß dort wie in einem Trancezustand. Seine Augenlider waren geschlossen, dennoch, ich hatte für einen Augenblick das Gefühl, er würde mich beobachten. Ich ging davon aus, dass er der Priester war, der meinem Onkel die Letzte Ölung erteilt hatte. Es dauerte etwas, bis es mir wieder einfiel. Später, er hatte das Schlafzimmer bereits verlassen, erinnerte ich mich, dass ich ihn vor etwa vier Jahren ein paar Mal in der Villa Contini gesehen hatte.

Die anwesenden Verwandten waren vor allem meiner Mutter zugetan; ich nehme an, sie hatte sie zusammengerufen. Aufgrund der Nähe, die wir immer zu Onkel Claudio gehabt hatten, war sie in diesem Moment die ›Herrin des Hauses‹. Sie glichen in ihrem Trauerstaat lauernden Raben und schienen mir wie Unglücksboten. Ich glaube, meiner Mutter gefiel es, sich mit Menschen zu umgeben. Das war der Grund ihres geschäftigen gesellschaftlichen Lebens und auch ihrer unablässigen Suche nach einem Partner. So widersprüchlich es auch scheinen mag, obwohl sie eine so schöne Frau war, fiel es ihr schwer, den geeigneten Mann zu finden. Das war die Geschichte ihres Lebens. Ich glaube, das Hauptproblem war, dass sie eine Schwäche für viel zu junge Männer hatte. Und für verheiratete Männer.

Eine Stunde vor meiner Ankunft hatte der Hausarzt Onkel Claudios Tod bestätigt. Die seltsame Krankheit, an der Onkel Claudio seit Jahren litt, so erklärte er, habe sich in den letzten sechs Monaten verschlimmert. Die Diagnose lautete auf Herzinfarkt. Für eine Persönlichkeit, wie er es war, schien mir das als Grund zu simpel; ich wusste, viele überleben einen Infarkt und es fiel mir schwer, zu glauben, dass Onkel Claudio jetzt deswegen hier lag. Erst später, als ich allein war und am Fenster stand, während ich meinen Blick über die Wände dieses Zimmers streifen ließ, in dem ich mich so oft aufgehalten hatte, begriff ich, dass ich nie mehr von ihm hören und ich ihn nicht mehr in seinem Auto würde wegfahren sehen, dass dieses Haus untrennbar mit meinem Onkel verbunden war und er mir viel bedeutet hatte – dass ich ihn liebte, über seine Hilfe und über sein Vermögen hinaus. In diesem Augenblick breitete sich Trostlosigkeit in meinem Inneren aus und ich weinte, wie ich es seit Jahren nicht mehr getan hatte. Und inmitten der Tränen erinnerte ich mich an das Lied, das er mir immer vorgesungen hatte:

»A plus B plus C plus D plus E ... sind eins und zwei und drei und vier ...«, ein sich ständig wiederholender Singsang, den ich so oft gehört hatte, dass er sich mir einprägte; und als ich in die Schule kam, war ich das einzige Kind, das das ABC kannte und bis zehn zählen konnte. »Du brauchst nur an die Familie und die Personen zu denken, die dir nahestehen, und du wirst dich an die Buchstaben erinnern, Dante.« – »Ein Buch ist eine Welt voller Erkenntnisse, *mio caro bambino*. Am Anfang waren Bücher ebenso wertvoll wie ein Schatz und wurden angekettet.« Eines Tages reisten wir nach England, weil er an einem großen Ereignis teilnehmen musste, bei dem auch das Königshaus anwesend war. An diesem Abend blieb ich in Begleitung von Pietro in der Wohnung, die Onkel Claudio in London besaß. Ich habe schöne Erinnerungen an diese Zeiten, das war, bevor Onkel Claudio und Mama den großen Streit hatten. Drei Tage später reisten wir nach Hereford. Ich lernte die riesige Kathedrale kennen und besuchte die Bibliothek. Alle Bücher waren mit Ketten versehen, lang genug, um sie an einen Tisch mitzunehmen, wo man sie lesen konnte. Ich machte mir Gedanken darüber, dass die Ketten sich ineinander verwickeln könnten, da es so viele gab. »Gefällt es dir?«, fragte er und ich wusste nicht, was ich antworten sollte. Gerne hätte ich Nein gesagt, aber ich wollte ihm eine Freude machen und sagte, es gefiele mir. »Wenn ich ein Geheimnis hätte, das ich sicher aufbewahren müsste, würde ich es hier tun, in einem dieser Bücher. Niemand könnte es stehlen, denn sie sind angekettet«, sagte er, als wir die Bibliothek verließen, und ließ sein freimütiges und fröhliches Lachen erklingen, das mich so glücklich machte.

Inmitten der Trostlosigkeit überfluteten mich die Erinnerungen, als würde es mir dadurch gelingen, Onkel Claudio etwas länger an meiner Seite zu halten.

Die Totenwache würde in der kleinen Kapelle der Villa Contini stattfinden, die etwa zweihundert Meter vom Haupthaus entfernt stand, und er würde in der Grabstätte der Familie beerdigt werden, ein Mausoleum mit grauen Wänden, dessen Eingang von zwei lebensgroßen Granitengeln bewacht wurde. Ich habe nur einmal das Mausoleum betreten – und das war mit ihm. Eines Tages, als ich auf dem Gelände der Kapelle umherlief, kam Onkel Claudio ohne ersichtlichen Grund auf mich zu und fragte, ob ich den Ort kennenlernen möchte, an dem sich unsere Vorfahren befinden. Aus Neugier sagte ich Ja, ohne zu wissen, worum es sich handelte.

»Hier enden wir alle«, erklärte er und zeigte auf die Wände, in denen rechteckige Flachreliefs mit Inschriften eingelassen waren. Wir stiegen einige Stufen hinab und betraten einen größeren Raum. »Hier ruhen die Reste deiner Großeltern und auch die deines Vaters.«

Ich spürte, wie ich Gänsehaut bekam und wusste, dass er sagen würde: »Und eines Tages meine und deine«. Was konnte ich anderes erwarten? Ich erinnere mich deutlich daran, dass ich fliehen wollte von diesem Ort, der nur spärlich von einigen trüben Lichtern beleuchtet wurde, deren Ursprung mir unbekannt war, weil ich es nicht wagte, den Blick zu heben, um nicht dem Tod zu begegnen. Ich war von ihm umgeben und die Schatten glichen dunklen Armen, die mich zu erreichen versuchten. Onkel Claudio legte mir eine Hand auf die Schulter, und als verstünde er meine Qual, reichte er sie mir und wir verließen das Mausoleum.

Kapitel 4

Villa Contini, Rom, Italien
11. November 1999

Ich war erstaunt, am selben Ort innerhalb eines so kurzen Zeitraums so viele Personen versammelt zu sehen. Die kleine private Grabstätte war überfüllt. Bei der Trauerfeier in der Kapelle waren mehr Menschen zugegen als am Tag davor. Zu meiner Überraschung zelebrierte nicht der Geistliche, den ich in Onkel Claudios Schlafzimmer wiedererkannt hatte, die Messe mit dem Wechselgebet, sondern ein anderer: ein Priester, der in ein feierliches, violettfarbenes Messgewand mit Goldbesatz gekleidet war. Schließlich kam der Augenblick, an dem ich, als Vertreter der Contini-Massera und nächster Familienangehöriger von Onkel Claudio, mit einer Abschiedsrede, die der Bedeutung des Verstorbenen gerecht wurde, das Wort ergreifen musste; eine Situation, die mir überhaupt nicht behagte, aber ich war mir bewusst, dass ich sie durchstehen musste. Der Teil der Zeremonie aber, vor dem mir im Grunde wirklich graute, war der letzte Abschied im Mausoleum.

»Liebe hier versammelten Verwandte und Freunde. Heute ist für uns alle ein trauriger Tag. Wir haben das vortrefflichste Mitglied der Familie Contini-Massera verloren, das viele von uns, da bin ich mir sicher, wegen seiner stets aufmunternden Präsenz, wegen seiner Zuneigung und Liebe, die Claudio Contini-Massera uns schenkte, vermissen werden.« Fast versagte mir an dieser Stelle die Stimme, aber ich dachte sofort, es hätte Onkel Claudio nicht gefallen, wenn ich jetzt Schwäche zeigen würde. »Wir sind heute hier versammelt, um ihm zum letzten Mal unsere Treue zu bekunden und uns in irgendeiner Weise für all das, was er uns zu Lebzeiten gegeben hat, erkenntlich zu zeigen. Lasst uns für seine Seele bitten.«

Ich fühlte, wie alle ihre Blicke auf mich gerichtet hatten, als ich die Augen niederschlug, um ein Vaterunser zu beten, und ich wusste, nicht in allen lag Mitgefühl oder Beileid. Ich war sicher, einige der dort Anwesenden waren Widersacher des Verstorbenen und ich würde sie wahrscheinlich als Erbe erhalten. Es ist seltsam. Bei Beerdigungen sind wir Italiener ein sehr geeintes Volk, selbst bei den Beerdigungen unserer größten Feinde. Zumindest zeigen wir das so. Vielleicht ist das die einzige Gelegenheit, bei der es uns gelingt, die gesamte Familie zu versammeln: Freunde, Feinde und mögliche Geschäftspartner. Doch unter der großen Anzahl der Trauergäste war so manch einer, der lieber woanders gewesen wäre. Aber es war ein Ehrenakt. Und die Ehre ist für Italiener nicht irgendeine Sache, sie ist ebenso wichtig wie die Beerdigungen.

Aber all das war am Tag zuvor geschehen. Während der Nacht, bei der Totenwache für Onkel Claudio, hatte ich viel Zeit zum Nachdenken gehabt. Und was, wenn er mich nicht als seinen Erben eingesetzt hat? Er konnte sein Testament geändert haben, weil ich ihn nicht aufgesucht hatte, als er krank war. Hätte er gewusst, dass ich nicht zurückkehren konnte, weil ich kein Geld für das Flugticket hatte, hätte er mich mit Sicherheit enterbt, und das aus gutem Grund. Meine Mutter darum zu bitten, wäre ein größerer Fehler gewesen. Ich stünde für immer in ihrer Schuld und diese wäre unbezahlbar. Und meiner Schwester gegenüber wollte ich nicht zugeben, dass ich ein absoluter Nichtsnutz war. All diese Gedanken drängten sich in meinem Kopf, während ich die Trauergäste an mir vorbeiziehen sah. Eine lange Nacht. Ich kann nicht sagen, ob es auf das Trauma, das sie darstellte, oder auf die Müdigkeit, die sich aufgestaut hatte, zurückzuführen war, aber meine Augen erfassten nur Blicke: manche neugierig, andere verächtlich, jene herablassend und einige andere neiderfüllt. Es gab auch neugierig prüfende Blicke und letztendlich sehr wenige, die genug Mitgefühl zeigten, um sie für den althergebrachten, aufrichtigen Akt zu halten, der mit endgültigen Abschieden einhergeht. Und alle gingen vor mir vorbei, in einem Protokoll, das ich mich nur erinnere, gesehen zu haben, als der Großvater starb.

Der Geistliche, den ich in Onkel Claudios Schlafzimmer gesehen hatte, zelebrierte im Mausoleum vor dem bereits verschlossenen Sarg das letzte Responsorium. Nur wir, die dem Verstorbenen am Nächsten standen, waren anwesend. Alle anderen begleiteten die Bestattung vor dem Mausoleum. Als die schwarze Marmorplatte Onkel Claudio endgültig vom irdischen Dasein trennte, konnte ich bei dem Gedanken, die bedrückende Atmosphäre der Gruft nun verlassen und endlich durchatmen zu können, einen Seufzer der Erleichterung nicht zurückhalten. Aus protokollarischen Gründen ging ich als Letzter, und als ich ins Freie treten wollte, spürte ich, wie eine knöcherne Hand mich am Arm festhielt. Ich unterdrückte meinen Schrecken, wandte mich um und sah den Mönch. Er legte einen Finger auf die Lippen und schob einen Zettel in meine Tasche.

Nicholas Blohm
Manhattan, Vereinigte Staaten
10. *November* 1999

Pflichtschuldig führte das Telefon, diese teuflische Erfindung, die immer dann zu klingeln pflegte, wenn es am wenigsten passte, seinen Auftrag aus. Nicholas nahm verärgert den Anruf entgegen, ohne seinen Blick vom Manuskript abzuwenden.

»Nick?«

Er konnte es nicht glauben. Den ganzen Sommer über hatte er auf diesen Anruf gewartet.

»Linda? So eine Überraschung, deine Stimme zu hören!«

Mit dem Telefon am Ohr und dem Manuskript in der Hand ging er ans Fenster.

»Ich habe darüber nachgedacht, was du gesagt hast.«

Nicholas erinnerte sich nicht, worauf sie anspielte. Er hatte so viele Dinge gesagt! Vor allem zu ihr.

»Also, das freut mich. Und was denkst du darüber?«, tastete er sich vorsichtig vor.

»Du hattest recht. Ich hätte nicht nach Boston kommen sollen. Ich werde nach New York zurückkehren.«

»Jetzt?«

»Freust du dich nicht?«

»Doch, natürlich freue ich mich. Wann wirst du hier sein?«

»Heute.«

Linda war die Frau seines Lebens gewesen – bis sie ging. Dann hatte er sie für seine fehlende Inspiration, für das Pech, seine Arbeit verloren zu haben, und überhaupt für alles, was ihm zugestoßen war, verantwortlich gemacht. Und trotzdem, er hätte alles getan, damit sie zurückkehrt. Merkwürdigerweise hatte er jetzt das Gefühl, als hätte sich alles verändert. Linda war in den Hintergrund getreten oder sie war in seinem Leben einfach zu einer Person geworden, die ihm nichts bedeutete. Er hatte überhaupt kein Interesse daran, dass sie um ihn herumschlich und mehr verlangte, als sie für gewöhnlich gab. Er vermisste sie nicht, das wurde ihm in diesem Augenblick bewusst. Es war, als wäre ein Vorhang aufgegangen, der ihm eine klare Sicht verwehrt hatte. Er hatte sich an das Alleinsein gewöhnt. So beschloss er, lieber weiterzulesen als sie abzuholen.

»Ich werde dich nicht vom Flughafen abholen können …«

»Das macht nichts, Nick, ich nehme ein Taxi«, unterbrach Linda.

Es ärgerte ihn, sie setzte wie selbstverständlich voraus, wieder einziehen zu können, als wäre nichts geschehen. Aber es fehlte ihm der Mut, ihr zu sagen, dass er sie nicht in der Wohnung haben wollte.

»In Ordnung, wir reden, wenn du hier bist.«

»Über etwas Bestimmtes? Hast du etwas Neues geschrieben?«

»Ja, so ist es. Ich gehe das Manuskript gerade zum letzten Mal durch.«

»Das freut mich zu hören, Nick. Ich bin gespannt zu erfahren, worum es sich handelt. Bis bald!«

Dann legte sie auf.

Nicholas betrachtete den schwarzen Einband des Manuskripts und hatte das Gefühl, als sei soeben etwas zerstört worden. Er hatte vorerst keine Lust mehr, weiterzulesen, und im Augenblick nahm Lindas Bild seine Gedanken vollends in Anspruch. Er würde ihr sagen müssen, dass sie sich einen anderen Platz zum Wohnen suchen muss. Diesmal würde er es nicht zulassen, dass sie ihren Kopf durchsetzte. Nicht dieses Mal. Er zwängte sich in seine Lederjacke, nahm das Manuskript unter den Arm und kehrte in einer Art katatonem Zustand zum Friedhof der Trinity Church zurück. Als er sich seiner Bank näherte, entdeckte er den kleinen Mann vom Vormittag. Er fühlte, wie ihn eine Art Panik ergriff. Fest drückte er den Ellbogen auf das Manuskript unter seinem Arm.

Der Mann sah ihn mit seinen kleinen prüfenden Augen an.

»Hallo. Konnten Sie es lesen?«, fragte er und zeigte mit dem Kinn auf das Manuskript.

»Ich bin gerade dabei. Verzeihen Sie, dass ich es mitgenommen habe, aber Sie waren plötzlich verschwunden.«

»Ich wollte Sie nicht unterbrechen.«

»Wenn Sie möchten, können Sie es mitnehmen ..., ich bin nämlich gekommen, um ...«

»Nein. Was könnte ich schon mit einem Manuskript anfangen? Ich habe es bereits gelesen, behalten Sie es. Vielleicht ist es Ihnen von Nutzen.«

»Wirklich? Sie wissen ja nicht, wie dankbar ich Ihnen bin. Ich bin gespannt zu erfahren, was in der Schatulle ist. Ich bin gerade an einer sehr interessanten Stelle. Die Figur von Dante Contini-Massera hat meine Neugier geweckt.«

»Ich erinnere mich nicht, diesen Namen gelesen zu haben«, bemerkte der Alte und runzelte die Augenbrauen.

»Das ist der Neffe von Claudio Contini-Massera, der gestorben ist und in Rom begraben wurde ...«

»Junger Mann, sind Sie sich sicher? Soweit ich mich erinnere, ging es um den Gallischen Krieg, und zwar von der ersten Seite an. Die Hauptperson war der General Gaius Julius Cäsar.«

»Das kann nicht sein.«

Nicholas schlug das Manuskript auf. Nach der ersten Seite, auf der ›Ohne Titel‹ stand, folgte ein Kapitel, das mit diesen Worten begann:

Die Unterredung in Nordgallien
55 v. Chr.

»General Julius Cäsar befand sich in seinem Zelt, in dem er eine Gruppe Kelten erwartete, die ihm in Begleitung ihres Anführers ihre Forderungen unterbreiten wollten. Er wusste, ihm standen sehr harte Tage bevor, aber der Erfolg der Expedition nach Gallien hing zu einem großen Teil von diesen wilden Stämmen ab, die ihre Körper mit *Waid* beschmierten, das sie wie blaue Teufel aussehen ließ. Er musste zugeben, sie waren ausgezeichnete Wagenlenker, und er hoffte, sie würden, sobald sie die Erzählungen ihrer

Kriegsgeschichten beendet hatten, mit denen sie sich gerne brüsteten, zu konkreten Vereinbarungen gelangen können und …«

Nicholas legte das Manuskript auf die Bank, als würde es ihm die Hände verbrennen.

»Das war nicht, was ich gelesen habe!«

»Und was war das, was Sie gelesen haben?«

»Da war zuerst die Sache mit einer Schatulle …, das war das Vorwort. Dann, im ersten Kapitel, sprach Dante Contini-Massera …«

»Ja, ich erinnere mich, was Sie gesagt haben …«, erklärte der Buchhändler nachdenklich. »Herr Blohm, ich werde ehrlich mit Ihnen sein. Ich wollte dieses Manuskript loswerden, seit es in meinen Besitz gelangt ist. Wie ich Ihnen bereits gesagt habe, bin ich kein Schriftsteller, aber ich bin ein leidenschaftlicher Leser. Als ich das Manuskript zum ersten Mal las, schien es mir ein sehr guter Roman zu sein. Es handelte sich um ein Genre, für das ich eine Leidenschaft hege: dem Roman noir. Wie Sie vermuten werden, habe ich ihn nicht in einem Stück fertig gelesen, also legte ich ihn beiseite, um die Lektüre nach meiner Arbeit fortzusetzen. Als ich das Manuskript öffnete, um weiterzulesen, fand ich einen völlig anderen Roman vor. Ich dachte, ich werde allmählich verrückt und nahm an, ich hätte mir das vielleicht nur eingebildet. ›Ich lese so viele Bücher, dass ich den Kopf voller Geschichten habe‹, sagte ich mir. Ich begann, das Manuskript zu lesen und versank in einem leidenschaftlichen Liebesroman. Das ist kein Genre, das mich besonders anzieht, aber der Roman war verteufelt gut geschrieben. Ich markierte die letzte Seite, die ich gelesen hatte, mit einer Gänsefeder, ein Geschenk einer meiner Kundinnen, um später weiterzulesen …«

»Ich nehme an, das Ende des Romans haben Sie nie erfahren.«

»Genau. Und so ging das, seitdem ich das Manuskript habe. Ich möchte es nicht mehr. Darf ich Ihnen gegenüber offen sein?

Es flößt mir Angst ein. Ich habe gesehen, Sie gehen hier des Öfteren spazieren und ich wusste, dass Sie Schriftsteller sind. Ich nahm an, es würde Ihnen mehr nutzen als mir.«

»Die Sache ist also, wenn man einen Roman, der hier geschrieben steht, zu Ende lesen möchte«, sagte Nicholas und klopfte mit dem Zeigefinger auf das Manuskript, »dann muss man ihn in einem Zug lesen. Das glaube ich nicht, bevor ich es nicht gesehen habe. Nein. Das kann doch nicht möglich sein.«

»Das Manuskript gehört Ihnen. Passen Sie darauf auf. Ich bin sicher, es wird Ihnen wenigstens als Inspiration dienen.«

Nicholas nahm besorgt das Manuskript wieder an sich. Er war kein abergläubischer Mann, aber er hatte Angst. Das Manuskript löste zwiespältige Gefühle in ihm aus. Einerseits wollte er es und andererseits: Er fürchtete es. Aber es war ein wertvolles Stück, vielleicht teuflisch, aber wertvoll. Eine unerschöpfliche Quelle der Inspiration. Trotzdem befürchtete er, ›Die Unterredung in Nordgallien‹ könnte sich in einen Vampirroman oder etwas in dieser Art verwandelt haben, wenn er es aufschlug. Er schloss die Augen und drückte es an seine Brust, während er in Gedanken darum bat, der Roman, den er zuerst gelesen hatte, möge an seine Stelle zurückkehren. Dann öffnete er langsam das Manuskript und blätterte mit galoppierendem Herzen durch die Seiten. Da waren sie. Dante Contini-Massera und sein Onkel Claudio, der Mönch und das Mausoleum. Wie jemand, der liebevoll eine Geliebte umfasst, umarmte er das offene Manuskript und verharrte eine Weile, bis er spürte, dass sein Herz seinen normalen Rhythmus wiedererlangt hatte. Er wusste, der kleine Mann würde nicht mehr da sein und es schien ihm logisch. Er hatte das Manuskript, und das war alles, was er brauchte. Dann wandte er das Gesicht und öffnete die Augen. Keine Spur von ihm.

Er richtete seinen Blick erneut auf die Schrift und las, das verbleibende Sonnenlicht nutzend, begierig weiter.

Kapitel 5

Rom, Italien
11. November 1999

In dieser Nacht blieben meine Mutter, meine Schwester und ich in der Villa Contini. Ich wurde von der alten Haushälterin Elena praktisch nach oben geschoben, in das Zimmer, in dem ich immer untergebracht war, wenn ich in der Villa blieb. Ich bemerkte Elenas Eifer, ihren Stolz auf mich, wer weiß aus welchem Grund, und mir wurde weich ums Herz. Es schien, als fühle sie sich verpflichtet, sich meiner anzunehmen, wie sie es mit Onkel Claudio gemacht hatte, und ich akzeptierte ihre Fürsorge nur, um sie nicht in Tränen ausbrechen zu sehen. Ich verstand, dass sie nicht anders konnte.

Als ich allein war, griff ich als Erstes in meine Jackentasche. Ich nahm das Papier heraus und entfaltete die Nachricht, die der Mönch mir zugesteckt hatte.

Ich erwarte Sie morgen Vormittag um zehn am Eingang der kleinen Trattoria ›La Forchetta‹. Sie finden sie hinter dem Schützenverein. Ich habe eine Botschaft von Ihrem Onkel Claudio für Sie. Bitte kommen Sie.

Die Nachricht trug keine Unterschrift und sie besagte nicht viel. Der gesunde Menschenverstand riet mir, ich sollte besser nicht zu dieser Verabredung gehen, aber trotz seiner seltsamen Augen mit den enormen Iris, deren Pupillen so erweitert waren, dass man den Eindruck hatte, er stünde unter dem Einfluss der Tollkirsche, schien der Mann vertrauenswürdig. Ich lag bis in die frühen Morgenstunden wach. Um vier Uhr fiel ich in einen tiefen Schlaf, und als ich die Augen öffnete und auf die Rokokouhr sah, die auf der aus Elfenbein geschnitzten Konsole stand, war es bereits halb zehn am Vormittag. Ich hatte nur noch eine knappe halbe Stunde, um ungesehen aus der Villa zu kommen und nach Rom zu gelangen.

Nachdem ich mich eilig geduscht und angezogen hatte, fuhr ich mit dem Maserati – ein Geschenk von Onkel Claudio, wie fast alles, was wir besaßen – in rasantem Tempo Richtung Rom. Zwei Minuten nach zehn hielt ich den Wagen wenige Meter vor einem bescheidenen Restaurant an. Über der Eingangstür hing ein riesiges Schild mit zwei Gabeln. Ich dachte, es könne jederzeit herunterfallen. Ich hatte La Forchetta erreicht. Zweifelsohne hatte der Mönch gedacht, der Hinweis auf unseren Treffpunkt müsse derart offensichtlich sein. Das verletzte von vornherein mein Ehrgefühl. Aus einer der Türen, die sich neben dem Lokal befanden, sah ich einen Schatten herauskommen und erkannte den Mönch, der mit entschlossenen Schritten auf meinen Wagen zuging. Ich öffnete die Verriegelung, woraufhin er unerwartet gelenkig einstieg und die Tür schloss.

»*Buongiorno, mio caro amicco*. Ich bin Francesco Martucci.«

»*Buongiorno*, Bruder Martucci«, antwortete ich, während ich das Auto in Gang setzte, langsam beschleunigte und in die verschlungenen Gassen Roms eintauchen wollte.

Aber Bruder Martucci gab mit dem Finger, der einem feinen Haken glich, ein Zeichen und wies mir den Weg.

»*Signore*, Ihr Auto ist zu auffällig. Und zu bekannt.«

Ich nahm eine Zufahrtsstraße, die uns zur *Via di Caio Cestio* führte und nach einer Weile befanden wir uns am Eingang des protestantischen Friedhofs. Ich parkte den Wagen so nahe wie möglich an der Mauer und wir betraten den Friedhof auf einem der zahlreichen Pfade. Unter einer der Zypressen, die die Wege säumten, blieben wir stehen.

Bruder Martucci überreichte mir einen kleinen Umschlag. Ich sah das Familienwappen: zwei einander anblickende Löwen mit Lorbeerkränzen, umgeben von einer in Form eines Kreises eingerollten Schlange. Er war verschlossen. Ich riss ihn auf und entnahm ein Papier, das ich sofort erkannte; es hatte im Briefkopf das gleiche Wappen und war mit einer kleinen, dicht gedrängten Handschrift beschrieben, als wolle der Verfasser der Nachricht das, was er sagen möchte, nicht zu schnell preisgeben. Ich erkannte Onkel Claudios Schrift. Wie könnte es auch anders sein! Schließlich war er es gewesen, der mir die ersten Buchstaben gelehrt hatte. Andererseits könnte es sich aber auch um eine Fälschung handeln.

Zu meiner Enttäuschung stand in der Nachricht nicht viel:

Mein lieber Dante,
ich habe Dir so viel zu sagen. Du sollst wissen, dass ich mit Dir meine glücklichsten Stunden verbracht habe. Ich habe Dich Deine ersten Buchstaben gelehrt und ich hoffe, Deine ersten Schritte ohne mich werden Dich daran erinnern, dass es bleibendere Schätze gibt als das Geld. Vertraue auf Francesco Martucci, er ist mein bester Freund. Und vor allem, vertraue auf jene, die Dich Dein ganzes Leben begleitet haben. Ich schreibe diese Zeilen, weil ich weiß, dass mir nicht viel Zeit bleibt. Ich möchte Dir meinen kostbarsten Besitz überlassen und ich hoffe, dass Du ihn gut nutzt. Er ist nicht in meinem Testament aufgeführt. Francesco Martucci wird ihn Dir zu einem Zeitpunkt übergeben, den er für angebracht hält. Du wirst die Zeichen im roten Buch zu erkennen wissen. Und bitte, passe auf Dich auf.
Ciao, mio carissimo bambino.
Claudio Contini-Massera

Der Mönch wartete und ich spürte seinen prüfenden Blick auf mir ruhen. Ich vermute, auf meinem Gesicht spiegelte sich ein gewisses Misstrauen wider. Ich war noch nie ein guter Pokerspieler gewesen; es ist nicht schwer, meine Stimmung zu erraten. Vielleicht fragte sich Bruder Martucci, was Onkel Claudio in mir wohl gesehen haben mochte, um mir etwas anzuvertrauen, das für ihn außerordentlich wertvoll war. Aber auch wenn ich ein Mann bin, der seine Gefühle nicht zu verbergen weiß, so kann ich doch das Gesicht der Menschen lesen. Und meine Intuition sagte mir, dieser Mann verbarg etwas; auch wenn sein Auftreten in jeder Hinsicht aufrichtig zu sein schien.

»Wann haben Sie diese Mitteilung von meinem Onkel erhalten?«

»Vor eineinhalb Jahren.«

»Eineinhalb Jahre?«, erwiderte ich überrascht.

»Ihr Onkel ging davon aus, dass er jeden Augenblick sterben könnte.«

»War er etwa so krank und ich habe es nie erfahren?«

»Es gibt viele Dinge, von denen Sie nie etwas erfahren haben«, antwortete der Mönch ausweichend.

»Das ist wahr«, sagte ich und fühlte mich schuldig.

Wir gingen weiter, und als ich sah, dass er nicht die Absicht hatte, zu sprechen, fragte ich mich, was ich hier tat, auf einem protestantischen Friedhof, mit einem offensichtlich katholischen Priester.

Nach einigen Minuten blieb Bruder Martucci stehen und heftete seinen Blick auf die Spitze der Pyramide des Caio Cestius. Ich nutzte die Gelegenheit, um ihn eingehend zu beobachten. Er hatte ein scharfes Profil. Seine schmale Nase zeichnete sich gegen den Himmel ab und verlieh ihm ein priesterliches Aussehen. Ich begann, ungeduldig zu werden, und als ich kurz davor war, den Mund zu öffnen, sah er auf die Mitteilung, die ich in den Händen hielt, und sagte:

»Vor Jahren habe ich im Matenadaran, in Armenien, gearbeitet. Eine der umfangreichsten Handschriftenbibliotheken der Welt. Zu jener Zeit umfasste die Sammlung ungefähr vierzehntausend Exemplare, bei einigen von ihnen half ich bei der Übersetzung. Unzählige alte Bücher, Abhandlungen und Essays gingen durch meine Hände. Ich bin Restaurator und ein Experte in alten Sprachen. Ich habe fast dreißig Jahre an diesem Ort gearbeitet und mir das Vertrauen der Menschen dort verdient. Außerdem hatte ich die Möglichkeit, an jedem Ort in Armenien und in den angrenzenden Ländern archäologische Forschungen zu betreiben. Ihr Onkel interessierte sich leidenschaftlich für Antiquitäten. Er war mehrmals geschäftlich in Armenien und auf einer dieser Reisen fanden wir etwas, das er für sehr wertvoll hielt.«

»War es nicht verboten, Dokumente oder archäologische Stücke von dort mitzunehmen?«

»Das hängt davon ab …, im Falle des Dokuments, für das sich Ihr Onkel Claudio interessierte, war das nicht so. Es handelte sich weder um eine Reliquie noch um etwas, das einen historischen Wert gehabt hätte. Es wurde nach dem Ende des Zweiten Weltkriegs dort versteckt.«

»Von wem? Worum ging es in diesen Dokumenten?«

»Sagen wir einmal, es handelte sich weniger um Dokumente als vielmehr um Aufzeichnungen zu wissenschaftlichen Studien im Zusammenhang mit der Genetik. Studien, die von einem der meistgesuchten Nazis durchgeführt worden waren.«

»Ich verstehe nicht, wie jemand Dokumente, die angeblich so wertvoll sind, an einem augenfälligen Ort wie einer Bibliothek lassen konnte.«

»Ach, so einfach war das nicht. Und es war auch nicht in der Bibliothek. Ich erkläre es Ihnen. Es war in der Anlage von Noravank. Diese besteht aus einer Hauptkirche, die Sankt Johannes dem Täufer gewidmet ist und Surp Kadapet genannt wird, der Kirche des heiligen Gregors, die als Surp Grigor bezeichnet wird, und der Kirche der heiligen Mutter Gottes, Surp Astvatsatsin. Diese drei Kirchen sind durch unterirdische Gänge und Katakomben miteinander verbunden. Die Hauptkirche wurde im 12. Jahrhundert errichtet und unter ihr befinden sich die Überreste einer anderen Kirche, die im 9. Jahrhundert erbaut wurde. Wie ich Ihnen zuvor bereits sagte, habe ich viele Jahre meines Lebens in Armenien verbracht. Als ›Leihgabe der katholischen Kirche‹ bestand meine Arbeit darin, Manuskripte und Bücher zu übersetzen, aber als Forscher hatte ich freien Zugang zu den Schlupfwinkeln des Klosters, und glauben Sie mir, es gibt Orte, die ich lieber nicht betreten hätte.«

»Wollen Sie damit sagen, die Dokumente waren in den Katakomben?«

»Ja, *Signore*. Ich habe das durch Zufall erfahren. Aber zusammen mit den Dokumenten befand sich dort eine kleine Schatulle. Und ich fürchte, wir hätten sie niemals berühren dürfen.«

»Bruder Martucci, ich bitte Sie, werden Sie etwas deutlicher.«

»Das Seltsame an allem ist, dass die Inschrift, die ich in den Katakomben fand, in mittelalterlicher armenischer Schrift eingraviert ist. Daher dachte ich anfangs, es handle sich um die sterblichen Überreste eines Mönchs«, fuhr er fort, ohne auf meine Bitte einzugehen.

»Und da Sie zufällig ein Experte in dieser Sprache sind«, bemerkte ich etwas verärgert über die Art, in der er sein Wissen vor mir ausbreitete.

»Eben, Don Dante. Eben. Es war eine seltsame Inschrift, die nicht an diesen Ort gehörte, da sie keinen Namen eines Verstorbenen erwähnte, sondern die Worte: ›Hier ist es. Wer die Bedeutung nicht begreift, wird sterben‹. Und unter einem lateinischen Kreuz stand: ›Der göttliche Zorn ereilt den Schänder.‹ An den vier Ecken waren Symbole in Form von Blitzen eingraviert. Anfangs konnte ich mir nicht erklären, was sie darstellten, denn unter den Zeichnungen, die in Armenien entdeckt wurden, befanden sich die ersten Swastiken und Kreuze, die aus einer Zeit von mehr als neuntausend Jahren vor Christus stammen. Erst später, als ich den Inhalt kannte, verstand ich, dass es Hakenkreuze der Nazis waren. Ich verließ den Ort, ohne etwas zu berühren, und das Erste, was mir einfiel, war, meinen guten Freund, Ihren Onkel Claudio, anzurufen. Er zeigte großes Interesse an dem, was ich ihm erzählte und kam nach Armenien, um mich zu besuchen.«

Ich musste lächeln. Mein Onkel erlaubte sich einen Scherz mit mir. Einer, der sorgfältig vorbereitet war. Gleichzeitig vermutete ich, der Mönch wollte mir für irgendein fantastisches Geheimnis, das an irgendeinem Ort in Armenien versteckt sein soll, Geld aus der Tasche ziehen.

»Sehen Sie, Bruder Martucci. Ich glaube nicht, dass ich die richtige Person dafür bin. Sie und mein Onkel haben sich da ziemlich geirrt. Ich sehe nicht, was das alles mit mir zu tun haben soll und ich bin mir auch nicht sicher, ob dieser Brief wirklich von ihm ist. Woher weiß ich, dass das hier nicht ein plumper Schwindel ist, um mir das Geld aus der Tasche zu ziehen? Ich sage es Ihnen gleich vorab, ich besitze nicht einen Cent.«

»Das weiß ich. Und das wusste auch Ihr Onkel, bevor er starb. Aber machen Sie sich keine Sorgen, die zwei Millionen, die er Ihnen für Ihre Reise nach Amerika gab, sind in Sicherheit.«

Dieses Mal war es, als hätte ich einen wirklichen Schlag erhalten, der mich *knock-out* schlug. *Wer war dieser Mann?*

Er musste meine Bestürzung bemerkt haben, denn er beeilte sich zu sagen:

»Ihr Börsenmakler war ein Betrüger. Wenn Sie regelmäßig die Nachrichten im Wirtschaftsteil lesen würden, wüssten Sie, dass er heute im Gefängnis ist. *Wir* haben Sie nicht aus den

Augen gelassen, Don Dante. Es war die Idee Ihres Onkels. Er war ein guter Mensch, aber es missfiel ihm, Geld zu vergeuden. Erinnern Sie sich an Ihre kleine Freundin, die Besitzerin des Blumengeschäfts? Sie hat Ihnen Jorge Rodríguez, dem Sie blind vertraut haben, vorgestellt. Vor Frau Irene muss man sich in Acht nehmen. Ihr Geschäft mit den Blumen aus Kolumbien ist nur die Tarnung für ein weitaus unheilvolleres und gefährlicheres Geschäft.«

Ich hatte das Gefühl, keine Luft mehr zu bekommen. Ich ging einige Schritte und setzte mich auf die nächste Grabplatte. Eine Katze sprang auf, fauchte mich an und machte sich davon. Bruder Martucci blieb zunächst, wo er war, dann gesellte er sich zu mir.

Ich hatte den Kopf auf meine Hände gestützt, um mich zu vergewissern, dass er noch da war. Der Mönch kam mit langsamen Schritten auf mich zu und ich richtete meinen Blick auf seine Schuhe mit den abgenutzten Spitzen.

»Glauben Sie mir, *Signore Dante*, ich brauche Ihr Geld nicht. Ich habe genug und lebe trotzdem fast wie ein Asket. Mein Leben sind die Bücher und ich mache das hier, weil mein Freund Claudio mich darum gebeten hat. Er war der Einzige von den Contini-Massera, der mich wie ein Mitglied der Familie behandelt hat. Wussten Sie, dass er mir einen Teil seines Vermögens hinterlassen wollte? Aber was sollte ich denn mit so viel Geld? Also beschloss er, dem Orden vom Heiligen Grab, dem ich angehöre, eine großzügige Schenkung zu machen. Dank dessen bin ich heute der Abt. Ich hätte Erzbischof sein können. Warum nicht? Geld öffnet viele Türen. Es bringt aber auch viele Verpflichtungen mit sich. Andererseits bin ich glücklich, so wie ich bin, und ich habe bereits vor Jahren Demut gelobt.«

»Bruder Martucci, Sie wissen, wer ich bin. Ich habe mein Studium beendet, weil ich musste. Und das war auch schon alles. Ich habe mich an den Gedanken gewöhnt, dass ich eines

Tages erben werde und ich glaube nicht, dass ich in der Lage bin, das Leben in die Hand zu nehmen und noch weniger die Verantwortung für ein Geheimnis zu übernehmen, das ich nicht ganz verstehe.«

»Also, Ihr Onkel war, was Sie angeht, da sicherlich ganz anderer Meinung. Er wusste, er würde bald sterben und wollte Ihnen etwas hinterlassen, was für ihn sehr wertvoll war, wertvoller als sein gesamtes Vermögen.«

»Ich könnte all das, was Sie mir da sagen, ja fast verstehen. Aber warum so geheimnisvoll?«

»Es ist nicht wegen mir, Don Dante, es ist wegen Ihnen, um Ihrer Sicherheit willen. Für mich wäre es einfacher gewesen, Sie in meine Abtei zu bitten oder zuzulassen, dass man uns zusammen sieht, gestern im Garten. Aber je weniger Personen wissen, dass zwischen Ihnen und mir eine Verbindung besteht, umso sicherer ist es für Sie.«

»Ich weiß, er hat mich geliebt. Wie den Sohn, den er nie hatte. Aber er besuchte uns zu Hause nicht mehr. Nach dem Tod meines Großvaters gab es mit meiner Mutter offenbar Probleme wegen des Erbes, das meinem Vater zugestanden hätte, wenn er noch gelebt hätte. Von da an begannen die Probleme mit Mama. Ich war es, der ihn besuchte, und Pietro brachte mich hin.«

»Claudios Vater war ein Mann, der sein Vermögen sehr umsichtig verwaltete. Er wusste zweifelsohne, wem er es zu hinterlassen hatte, wenn ich mir diese Bemerkung erlauben darf, Don Dante«, fügte Martucci hinzu.

»Keine Sorge, ich weiß, wie meine Mutter ist. Aber Onkel Claudio hatte kein Recht, uns im Stich zu lassen. Immer, wenn ich ihn besuchte, hatte ich das Gefühl, etwas Unrechtes zu tun. Ich durfte nicht mit ihm sprechen und ich hatte sogar eine Auseinandersetzung mit meiner Mutter«, schloss ich traurig.

»Er hat sie nie im Stich gelassen. Er hat sich um sie gekümmert, nur Ihre Mutter hat er nie wieder behandelt wie früher.

Und was das angeht, glaube ich, Sie sollten jetzt etwas erfahren, was sehr wichtig ist: Ihre Mutter und Ihr Onkel Claudio waren mehr als nur verschwägert. Sie sind der Sohn von Claudio, meinem lieben Freund. Sie haben sein Blut.«

Martucci ließ seinen Blick auf meinen Gesichtszügen ruhen. Ich nahm an, er wartete auf eine Reaktion. Aber die Nachricht verdiente mehr als eine Gebärde oder die Bestürzung in meinen Augen. Ich fühlte mich wie gelähmt, während sich tausende Gedanken in meinem Kopf drängten. Dieser Tag war für mich, als hätte sich das Buch der Offenbarungen geöffnet. Was ich mir immer ersehnt hatte, war Wirklichkeit. Und jetzt, nach seinem Tod, erfuhr ich, der Mann, den ich am meisten respektiert und geliebt hatte, war mein Vater. Dass meine Mutter sich in ihn verliebt hatte, rief in mir keinen Unwillen hervor. Ich habe oft gedacht, sie hätten heiraten können. *Warum haben sie es nicht getan?*

»Haben Sie mir zugehört?«

»Ich habe es gehört.«

»Claudio Contini-Massera war sein ganzes Leben lang in Ihre Mutter verliebt. Aber sie hat sich für den Bruder entschieden, für Bruno. Er war der Ältere und daher Haupterbe des Familienvermögens. Allerdings haben sich Ihr Onkel Claudio und Ihre Mutter weiterhin getroffen, und so, *Signore mío,* sind Sie entstanden. Nach dem Tod Ihres Vaters ging ihr Verhältnis weiter und ich dachte, nach dem, was er mir erzählt hat, würden sie nun heiraten, aber Carlota hat Claudio nie geliebt. Ich glaube, sie hat niemanden geliebt. Verzeihen Sie mir, wenn ich mich so *della sua mamma* äußere, aber es ist die Wahrheit. Eines Tages kam Claudio und überraschte sie mit einem jungen Mann im Bett, einer von vielen, die sie mitbrachte. Da hatte er genug. Claudio war der Testamentsvollstrecker des kleinen Vermögens, das Sie von Ihrem Vater geerbt haben, und sie musste sich mit dem zufriedengeben, was mein großer Freund ihr für den Unterhalt zukommen ließ, aber auch so erhielt sie mehr als ursprünglich vorgesehen war.«

Nun verstand ich vieles. Onkel Claudio war mein Vater, deshalb verhielt er sich als solcher. Ich war sein lebendes Ebenbild. Vielleicht haben alle das bemerkt und ich war der Letzte, der die Wahrheit erfuhr. Martucci verharrte für einige Momente ausdruckslos. Er schien darum bemüht, seine Besorgnis nicht zu zeigen. Als wolle er seine Gefühle um jeden Preis vor mir verbergen.

»Es gibt da ein Detail, Signore, und bevor ich es Ihnen sage, müssen Sie mir versprechen, dass es unter uns bleibt.«

In diesem Augenblick hätte ich alles versprochen.

»Ich verspreche es.«

»Wie ich Ihnen bereits sagte, sind Sie der Sohn von Claudio, aber Sie sind auch der Sohn Ihrer Mutter Carlota. Allerdings glaubt sie, dass Sie weder Claudios noch ihr Sohn sind.«

Das war zu viel. Ich rückte ein wenig von dem Mönch ab, um ihn besser ansehen zu können. Es bestand kein Zweifel, der Mann war verrückt.

Kapitel 6

Protestantischer Friedhof, Rom
12. *November* 1999

»Ich weiß, *Signore* Dante, was ich sage, scheint absurd, aber es gibt eine Erklärung dafür. Claudio wollte einen Sohn haben und zeugte mit Carlota ein Kind, und zwar an dem Tag, an dem sie Bruno heiratete. Nach neun Monaten kam es auf die Welt, aber das Neugeborene wurde ihr tot gezeigt. Später, als Sie fast schon zwei Jahre alt waren, hat Claudio, Ihr Vater, Sie als Findelkind ausgegeben und Ihrer Mutter Carlota gebracht. ›Für das Kind, das ihr verloren habt‹, sagte er zu ihnen und Bruno hat es bereitwillig angenommen; er war immer ein gutherziger Mann gewesen. *Sua mamma* hatte jedoch Bedenken, denn sie dachte, Sie seien das Produkt einer von Claudios Liebschaften. Mit der Zeit überzeugte er sie davon, dass Sie in Wirklichkeit der Sohn einer entfernten Cousine seien, die in der Schweiz lebte. Einer jungen Frau, die sich Ihrer nicht habe annehmen können«, beendete Martucci, der meine Sprachlosigkeit ignorierte, seine Erklärung.

»Was Sie mir da sagen, ist unglaublich. Weshalb solch ein Mysterium? Ich verstehe das nicht …«

»Niemand darf erfahren, dass Sie der Sohn von Claudio Contini-Massera sind. Vor allem Ihre Mutter nicht. Ihr Leben wäre in Gefahr«, unterbrach er mich und fügte sogleich hinzu:

»Erinnern Sie sich, was in der Nachricht steht, die Sie soeben gelesen haben? Ich war dabei, als er sie schrieb. Er spricht von einigen Zeichen, die Sie wiedererkennen würden. Es gibt so viel, was ich Ihnen zu erzählen habe! Das alles hat direkt mit dem zu tun, was wir in Armenien gefunden haben.«

»Dann erklären Sie es mir doch bitte von Anfang an«, forderte ich ihn auf, während ich mich bemühte, geduldig zu sein.

»Sie haben recht. Das werde ich tun. Ich habe den Fehler begangen, meinem Freund Claudio von der Inschrift zu erzählen. Er war immer ein Mann von großer Überzeugungskraft, und um ehrlich zu sein, er musste mich nicht lange überreden, damit ich mich auf dieses Abenteuer einließ. Ich meine auf das, was in Armenien geschah. Eines Nachts gingen wir in die Katakomben des alten Klosters. Nach unseren Berechnungen befanden wir uns etwa fünfzehn Meter unter der Erde, vielleicht auch etwas mehr, da der Weg viele Krümmungen, Steigungen und Gefälle hatte. Ich bedauerte es sehr, aber Claudio zerstörte die Steinplatte, auf der die Inschrift stand. In der Nische befand sich eine kleine Schatulle, die fest im Felsen steckte. Ich traute mich nicht, sie anzufassen. Ich hatte das Gefühl, dass sich der göttliche Zorn auf mich entlädt, würde ich es tun. Aber Claudio zögerte nicht und zog sie mit aller Kraft aus ihrem Platz heraus. Dabei geschah etwas Seltsames. Kaum hielt er die Schatulle einige Sekunden in seinen Händen, ließ er sie los, als würde ihm das Höllenfeuer selbst die Hände verbrennen. In der Nische befand sich außerdem eine Rolle mit einigen Dokumenten.«

Der Mönch strich sich mechanisch das spärliche Haar glatt und ich bemerkte, wie seine Hände zitterten. Seine enormen Pupillen, die denen eines Uhus glichen, schienen noch größer zu werden. Plötzlich befiel ihn ein Hustenanfall.

»Ich habe nicht genug Atropin eingenommen. Ich leide an Asthma seit …«, brach er den Satz ab und verstummte, während seine plötzlich müden Augen auf den Grabsteinen ruhten.

»Was Sie mir erzählt haben, ist alles sehr interessant, aber ich sehe nicht, was ich damit zu tun habe«, sagte ich.

»Ihr Onkel hatte den Wunsch, dass Sie die Dokumente und die Schatulle aufbewahren. Er sagte, Sie seien die richtige Person. Glauben Sie mir, ihr Inhalt ist schrecklich, er ist … ungeheuerlich. Ich fürchte, das war eine der Ursachen für seinen Tod. Er war ein sehr eigensinniger Mann. Er wollte die Schatulle nicht mehr an ihren Platz zurückstellen und trotz meiner Vorbehalte nahmen wir sie mit. Seit dieser Nacht war Claudio nicht mehr derselbe. Es schien, als hätte ihn eine Art Wahnsinn ergriffen.«

»Was meinen Sie damit?«, fragte ich neugierig nach.

»Als ich einen Teil der Dokumente, die in lateinischer Sprache abgefasst waren, übersetzte, stellten wir fest, dass es sich um die minutiösen Aufzeichnungen genetischer Studien handelte. Von da an war Ihr Vater Claudio, oder Ihr Onkel, wenn Ihnen das lieber ist, von der Idee besessen, den Verfasser zu finden. Er war fest davon überzeugt, er könne Mittel und Wege finden, das Leben zu verlängern und die Jugend zu erhalten. Das war vor inzwischen fünfundzwanzig Jahren.«

Bruder Martucci sah mich an, als warte er auf eine Reaktion und ich hatte natürlich das Gefühl, als würde ich genauestens examiniert. Seit ich Martucci begegnet war, war mir klar, dass ich von ihm mit der gleichen Sorgfalt beobachtet wurde, wie man dies bei einem seltenen Exemplar tun würde. Francesco Martuccis seltsamer Blick ließ keinen Zweifel daran, dass ihm nichts daran lag, dies zu verbergen, und das ärgerte mich. Es verursachte mir Unbehagen, dass ein Fremder wissen wollte, wie ich mich fühlte. Trotzdem musste ich zugeben, dass es ihm trotz meiner Verwirrung gelungen war, meine Aufmerksamkeit zu gewinnen.

»Aber jetzt liegt mein Onkel in seinem Grab und für den Tod gibt es kein Heilmittel.«

»Sie verstehen nicht. Ihr Vater ruht in Frieden, dank Ihnen.«

Nichts von alldem ergab einen Sinn. Ich lächelte herablassend, wie man es bei einem Irren tut, und wandte mich dem Ausgang zu. Als ich merkte, dass der Mönch mir folgte, drehte ich mich um und lud ihn ein, neben mir zu gehen, aber Francesco Martucci hielt mich mit ungewöhnlicher Kraft am Handgelenk fest.

»Sie müssen mich anhören! Das ist kein Scherz und ich bin auch nicht verrückt!«, rief er, ohne mich loszulassen, ungestüm aus. »Es fehlt ein sehr wichtiger Teil der Dokumente, und wenn Sie intelligent genug und dem Vermächtnis von Claudio Contini-Massera würdig sind, werden Sie diesen Teil zu finden wissen. Ihr restliches Leben hängt davon ab. Verstehen Sie mich?«

»Nein. Ich verstehe nichts. Ich will von dieser idiotischen Sache nichts mehr wissen. Entschuldigen Sie mich, Abt Martucci, aber Sie haben mir nur Dinge gesagt, die keinen Sinn ergeben. Sie bringen mich hierher, um mir eine Nachricht meines Onkels, oder meines Vaters, zu geben, in der fast nichts steht, außer dass ich Ihnen vertrauen soll. Und das kann ich nicht, wenn Sie mir nicht ganz genau erklären, worum es bei alldem geht. Lassen Sie diese unverständlichen Phrasen wie: ›Ihr Vater ruht in Frieden, dank Ihnen‹ und reden Sie endlich. Am besten Sie fangen gleich damit an und erklären mir, warum Sie um meine Sicherheit fürchten!«

Nicholas Blohm
Manhattan, Vereinigte Staaten
10. *November* 1999

Zu seinem Bedauern musste Nicholas mit dem Lesen aufhören. Auf dem Friedhof begann es, langsam zu dämmern. Er achtete darauf, das Manuskript so zurückzuklappen, dass es nicht geschlossen wurde, wobei die Seite, auf der er zu lesen aufgehört hatte, nach außen zeigte, als wäre sie der Einband. Dann machte er sich, verärgert über Lindas Ankunft an diesem Abend, auf den Weg nach Hause. Sie hätte sich keinen unpassenderen Augenblick aussuchen können. Er wollte das Manuskript lesen, es zu Ende lesen, bevor die Buchstaben verschwinden und eine andere Geschichte auftauchen würde. Am nächsten Tag würde er sie fotokopieren. *Wieso ist mir das nicht bereits früher eingefallen?*

Etwas beruhigter nahm er rasch die drei Stufen, die ihn von der Tür trennten, und bemerkte, dass in der Wohnung Licht brannte. Linda war bereits angekommen. Wie nie zuvor hasste er diesmal ihre Pünktlichkeit.

»Hallo, mein Schatz«, begrüßte ihn Linda und spitzte ihre Lippen. »Zum Glück lässt du immer noch deine Schlüssel in der Ritze am Fensterbrett.«

»Hallo … Wie war die Reise?«

»Das ist das Manuskript, das du geschrieben hast?«, fragte sie und zeigte auf das Bündel, das Nicholas unter dem Arm trug.

»Das hier? Ja.«

»Darf ich es lesen?«

»Nein! … Jetzt nicht. Ich muss noch ein paar Korrekturen machen, es ist noch nicht fertig!«, rief Nicholas nervös aus.

»Ist ja gut, es ist nicht nötig, dass du schreist. Ich wollte nur wissen, worum es geht.«

Linda setzte sich in einen der beiden Sessel des kleinen Wohnzimmers und schlug die Beine übereinander. Sie trug eine kurze Hose mit ausgefransten Rändern und war barfüßig. Das hautenge T-Shirt reichte ihr knapp bis zur Hüfte und betonte ihren flachen Bauch. Bei jeder anderen Gelegenheit hätte sich Nicholas auf sie gestürzt und sie ins Bett getragen. Aber nicht an diesem Abend. Er hatte Angst, das Manuskript loszulassen.

Er nahm in dem Sessel ihr gegenüber Platz und versuchte, irgendeine Geschichte zu erzählen, die kohärent genug war, um

Lindas Neugier zu befriedigen, auch wenn er bezweifelte, dass es sie wirklich interessierte, was er angeblich geschrieben hatte.

»Ein junger Mann erhält nach dem Tod seines Onkels, einem millionenschweren italienischen Adeligen, eine Schatulle, die ein Geheimnis birgt. Die Übergabe erfolgt durch einen Mönch, der mit dem Onkel befreundet war. Dieser hilft ihm auch dabei, die Macht der Schatulle aufzudecken, die zusammen mit einigen Dokumenten, die einem Nazi-Wissenschaftler gehörten, in den Katakomben eines alten Klosters in Armenien gefunden wurde.«

»Das klingt großartig.«

Linda schien wirklich interessiert. Ihre erwartungsvolle Haltung wirkte sich beruhigend auf Nicholas' Gemüt aus. Sie saß am Rand des Sessels und hatte die Ellbogen auf die Knie und das Kinn auf die Hände gestützt.

»Glaubst du?«

»Natürlich. Das ist nicht die Argumentationslinie deiner Romane. Wie bist du auf diese Idee gekommen?«

»Vielleicht ist die Einsamkeit eine gute Gesellschaft«, sagte Nicholas, fast ohne nachzudenken.

»Und wer war der Nazi-Wissenschaftler?«, fragte sie, ohne der Anspielung eine Beachtung zu schenken.

»Ein Arzt, der viele Experimente durchgeführt hat.«

»Verrate es mir nicht. Ist es Mengele? ›Josef Mengele, der Todesengel‹«, bekräftigte Linda in einem finsteren Ton.

»Also ja …, er ist es«, antwortete Nicholas verstimmt.

Er wusste es nicht und er würde es nicht zugeben. Es schien ihm seltsam, dass sie wusste, wer der Deutsche war.

»Was weißt du über Mengele?«

»Ich habe einen Dokumentarfilm gesehen, in dem dieser Typ zwei Zwillingsbrüder zusammengenäht hat, um zu sehen, was passiert. Der Nazi war wirklich widerlich. Und worin bestand das Geheimnis, das diese Schatulle enthielt?«

»Die Formel für die ewige Jugend«, sagte Nicholas schnell.

Er wusste nicht, was ihn dazu verleitet hatte, aber die Idee war nicht schlecht. Er würde später sehen, wie er Lindas Neugier auswich, die ihm merkwürdig erschien, denn sie hatte sich noch nie für das interessiert, was er schrieb.

»Das könnte dein bester Roman sein.«

»Das glaube ich auch.«

»Ich gehe duschen. Ich habe chinesisches Essen bestellt. Es müsste jeden Moment hier sein. Nimm es bitte entgegen.«

Linda zog sich mit raschen Handgriffen das T-Shirt aus und verschwand, von der Hüfte aufwärts nackt, hinter der Badezimmertür.

Nicholas nutzte den Moment, um einen kurzen Blick auf das Manuskript zu werfen. Er überzeugte sich davon, dass alles so war, wie er es gelassen hatte. Dann ging er in sein Zimmer, schloss das Manuskript, wobei die letzte Seite, die er gelesen hatte, noch immer wie der Einband nach oben geklappt war, und verwahrte es in der untersten Schublade seines Schreibtisches. Er hörte die Türklingel und nahm das chinesische Essen entgegen. Dann holte er einen Geldschein heraus, übergab ihn dem Boten und sagte ihm, er könne das Wechselgeld behalten. Ein Luxus. Aber der Tag hatte sich gelohnt. Er war voller Euphorie. Der Roman war gut und es würde sein Roman sein. *Ganz und gar. Der Autor ist so tot wie Claudio Contini-Massera*, dachte Nicholas. Er deckte den Tisch und wartete auf Linda. Sie kam, wie es ihre Art war, in seinen Bademantel gewickelt aus dem Bad. Er hatte nie verstanden, warum Linda lieber seine Sachen anzog. Am Anfang hatte es ihm gefallen, aber jetzt ärgerte es ihn. Er beschloss, sich eine Bemerkung zu verkneifen. Er musste einen geeigneten Moment abwarten, um ihr zu sagen, dass alles vorbei war.

Das Abendessen verlief viel zu ruhig, Linda schien zu erwarten, er würde mit einer Art von Verhör beginnen und Nicholas verspürte nicht die geringste Lust dazu. Die ersten Momente der Euphorie waren verschwunden und die Atmosphäre wurde immer bedrückender.

»Ich habe gedacht …«, sagten beide gleichzeitig.

»Sag mir.«

»Nein. Sag du mir.«

»Ist gut. Ich habe gedacht, es ist nicht mehr möglich, dass wir zusammenbleiben«, meinte Nicholas.

»Triffst du dich mit jemand anderen?«

»Nein«, antwortete er.

»Also, dann?«

»Es scheint, du erinnerst dich nicht. Du warst es, die gegangen ist. Ich habe mich daran gewöhnt, alleine zu leben, das ist alles. Ich habe mehr Zeit, um mich dem Schreiben zu widmen. Du siehst, ich habe bereits einen Roman beendet und bin dabei, ihn zu überarbeiten …«

»Nicholas, ich habe mich egoistisch verhalten, als ich nach Boston ging. Ich gebe das zu. Aber in diesen Monaten, in denen ich von dir getrennt war, habe ich verstanden, dass ich mit dir leben möchte. Warum geben wir uns nicht eine weitere Chance?«

»Ich dagegen habe in diesen Monaten verstanden, dass ich alleine leben kann. Ich möchte das alles nicht noch einmal durchmachen. Ich wollte es dir am Telefon sagen, aber du hast mich kaum zu Wort kommen lassen. Ich brauche Ruhe, das ist die Wahrheit. Es gibt keine andere Frau und ich gehe mit niemandem aus.«

»Ich werde versuchen, dich nicht zu stören, Nicholas. Du wirst meine Anwesenheit nicht bemerken.«

»Das ist nicht wahr. Ich kenne dich, Linda. Ich werde deine Anwesenheit bemerken. Du hättest es dir gut überlegen sollen, bevor du gegangen bist.«

Linda legte die chinesischen Stäbchen auf den Teller und starrte auf die restlichen Nudeln, als würde sie in ihnen die richtigen Worte finden. Auf ihrer Stirn zeigte sich eine leichte Falte. Sie wickelte den Bademantel enger zusammen, um ihre Brüste zu bedecken, als wäre sie sich darüber im Klaren, dass es sich nun nicht mehr lohnen würde, sie zu zeigen.

»Ich werde morgen früh gehen«, sagte sie.

Sie nahm beide Teller und trug sie in die Küche.

Nicholas kannte Linda gut genug, um zu wissen, dass sie möglicherweise weinte, während sie das Geschirr spülte. Aber er dachte nicht daran, sie zu trösten. Er verspürte nicht das geringste Mitleid. Es war kein Rest verletzten Stolzes, er wollte einfach ihre Anwesenheit nicht.

»Du kannst im Zimmer nebenan schlafen«, sagte er, bevor er in sein Zimmer ging.

Er stellte Lindas Koffer in den Flur und schloss seine Tür. Dann ging er zum Schreibtisch und öffnete die letzte Schublade. Dort lag es, als würde es ihn anlächeln, mit seiner Spirale in der seltsamen grünsilbernen Farbe. Es schien, als wäre es lebendig. Nicholas holte es heraus und legte es auf den Schreibtisch unter die Lampe. Er konnte das Zittern seiner Hände nicht vermeiden, aber er gewann seine Fassung zurück, als er die Zeile fand, bei der er stehengeblieben war.

Kapitel 7

Jerewan, Armenien
1974

Claudio Contini-Massera wartete geduldig, bis man seinen Pass überprüft hatte. Er kam nicht zum ersten Mal am Flughafen Swartnoz an. Wie bereits bei früheren Gelegenheiten hatten sich auch diesmal lange Schlangen gebildet, in denen die Menschen darauf warteten, bis sie an der Reihe waren, und die von den Zollbeamten mit einer beispiellosen Trägheit abgefertigt wurden. Der Beamte sah noch einmal auf sein Passfoto, prüfte frühere Ein- und Ausreisestempel, verzog fast unmerklich die Lippen und drehte sich um. Er ging direkt auf eine Person zu, die sein Vorgesetzter zu sein schien. Dieser sah sich den Pass an und hob den Blick. Als er Claudio sah, näherte er sich dienstbeflissen.

»Verzeihen Sie meinem Genossen, Herr Contini, er ist neu auf seinem Posten«, sagte er zu ihm auf Russisch.

Der vorherige Beamte stempelte unverzüglich den Pass ab und händigte ihn wortlos aus.

»Danke, Genosse Korsinsky«, sagte Claudio, an den Vorgesetzten gewandt.

»Willkommen auf armenischem Boden, Genosse Contini. Grüßen Sie bitte den Genossen Martucci von mir«, sagte der Sowjet, während er ihn zur Gepäckausgabe begleitete.

»Aber gerne, Genosse Korsinsky«, erwiderte Claudio, während er ihm die Hand reichte, in der er einen Umschlag verbarg.

Auf geschickte und fast wundersame Weise verschwand dieser in einer der Taschen von Korsinkys Uniform.

Der Conde Claudio Contini-Massera achtete sorgfältig darauf, mit einem Pass zu reisen, in dem sein Titel, der sich in diesem Land als riskant und problematisch erweisen konnte, nicht vermerkt war. Das in Armenien eingesetzte kommunistische Regime ging nicht nur bei seinen Bewohnern mit eiserner Hand vor, sondern auch bei jedem Repräsentanten der Klasse, die es am meisten hasste: den Adel. Als Warnung für alle, die armenischen Boden betraten, thronte im Siegespark Stalins Standbild als Bollwerk der Erinnerung an den, der die Macht innehatte. Claudio musste sich als ein Archäologe, Religionswissenschaftler und Experte für alte Sprachen und als ein Italiener, der mit den Kommunisten sympathisierte, ausgeben. Auch wenn niemand die Geschichte glaubte, solange Geld im Spiel war, lief alles mehr oder weniger reibungslos. Durch die in Armenien allgegenwärtige Korruption waren die Differenzen, die während des Krieges zwischen den hochmütigen Verfechtern arischer Rassentheorien auf der einen und Sympathisanten der kommunistischen Doktrin auf der anderen Seite herrschten, in den Hintergrund getreten. Beide Seiten waren jetzt gezwungen, den Sowjets zu huldigen. Das leidgeprüfte armenische Volk wusste, dass nicht die Farbe des Geldes wichtig war, sondern das Überleben. Und wie dies meist der Fall ist, machten diejenigen, für die der Aufenthalt in diesem Land nur eine Zwischenstation war, die besten Geschäfte; vorausgesetzt, einige Vertreter des *Obersten Sowjets* erhielten ihren Anteil.

Unter der Beihilfe von Behörden des ›unbestechlichen‹ kommunistischen Systems war es Claudio Contini-Massera gelungen, von einigen selten besuchten Orten wertvolle Antiquitäten und Reliquien *zu retten*. Ein paar Geldscheine reichten aus, ihre patriotischen Gemüter zu beruhigen und dienten anschließend dazu, um als Opfergabe Wodka zu vergießen, den sie zu Ehren ihres Vaterlandes gierig hinunterstürzten, oder um die Reichtümer anzusammeln, die sie in ihrer politischen Propaganda so sehr schmähten.

Francesco Martucci wartete in seinem alten Pickup vor dem Flughafen. Claudio ging direkt auf ihn zu, warf seinen Koffer auf die hintere Ladefläche und öffnete die Tür. Ein liebevoller Begrüßungskuss auf die Wange besiegelte einmal mehr ihre Freundschaft.

»Ich bin so schnell hergekommen, wie ich konnte«, sagte er, während er sich die Hände rieb, die in Lederhandschuhen steckten.

»Wir haben schlechtes Wetter«, murmelte Francesco. Er fuhr los und seine Haare gerieten mit dem Wind, der schneidend durch das schlecht geschlossene Seitenfenster eindrang, in Unordnung. »Ich habe schon befürchtet, der Flug würde sich verspäten. Ich fahre nicht gerne in der Nacht«, fügte er laut hinzu, um etwas zu sagen.

»Wann wirst du diesen Blechhaufen endlich austauschen?«, fragte Claudio in scherzhaftem Ton.

»Je weniger auffällig er ist, umso besser für mich«, behauptete Francesco. »Außerdem reicht mir dieser Pickup vollkommen.«

»Fahren wir direkt zur …?«

»Hundertzwanzig Kilometer ist eine lange Strecke … und das um diese Uhrzeit …«

»Bei Tag könnten uns einige *deiner* Genossen sehen. Meinst du nicht, es wäre besser, wir würden sofort aufbrechen?«

»Gut, wie du meinst«, antwortete Francesco murrend.

Nach fast zwei Stunden konnte man von der Straße aus bereits die alte Klosteranlage sehen. Sie lag in einer Schlucht in der ländlichen Gemeinde Areni, in der Nähe der Stadt Jeghegnadsor.

Der Berg Ararat mit seinen ewig schneebedeckten Bergspitzen ragte majestätisch hinter den uralten Gebäuden auf und ließ ihre Silhouette wie ein gespenstisches Bild erscheinen. Francesco hielt den Pickup kurz davor an und parkte ihn unter einem Baum. Obwohl es bereits fast Nacht war, wollte er vorsichtig sein.

»Die Taschenlampen habe ich hinten, die Ersatzbatterien nehme ich mit«. Francesco sprach mit sich selbst, während er die Gegenstände aufzählte, die er mitnehmen musste. »Streichhölzer, Schutzhelme, Wasser, die Schaufel habe ich unten, die Spitzhacke ebenfalls. Ich werde ein paar von diesen hier mitnehmen …«

Er nahm die Segeltuchtaschen und deckte die restliche Ladung, die sich auf dem Pickup befand, mit einer dicken Plastikplane ab, wobei er die Ränder an den Ecken sorgsam nach innen stopfte.

»Brauchen wir kein Dynamit?«, fragte Claudio.

»Bist du verrückt? Das Kloster würde über uns einstürzen.«

»Das war ein Witz«, sagte Claudio mit einem Augenzwinkern.

»Ich möchte dich Witze machen sehen, wenn du dort unten bist«, sagte Francesco und setzte den Schutzhelm auf, während er auf eine kleine Tür zuging, die in eine der Kirchen dieser Anlage führte.

Die helle Holztür mit den schönen Schnitzereien entsprach nicht dem Bild, das Claudio sich zurechtgelegt hatte. Unter dem Lichtbündel der Taschenlampe hob sich zwischen Licht und Schatten deutlich ein filigran gearbeitetes Geflecht ab. Francesco öffnete das simple Vorhängeschloss, das eindeutig aus jüngerer Zeit stammte, und lehnte sich gegen die dicke und schwere Tür, die sich unter seinem Druck langsam in ihren Angeln drehte. Er forderte Claudio auf, einzutreten und schob von innen den Riegel vor. Die kargen Wände aus dunklem Stein, von denen das Licht der Taschenlampe nur einen schwachen Streifen beleuchten konnte, ließen einen genaueren Blick auf das Kircheninnere nicht zu. Man musste den Weg auswendig kennen wie Francesco, der mit sicheren und schnellen Schritten voranging. Ein Spalt in einer Steinmauer, den Claudio lediglich für eine weitere der zahlreichen Schnitzereien hielt, wie sie an den Torbögen zu sehen waren, öffnete sich langsam, als sein Freund dagegen drückte. Als sie die Türschwelle überschritten, umfing sie völlige Finsternis. Claudio schaltete seine Helmleuchte ein und ging hinter Francesco her, der bereits ein paar primitive Steinstufen hinabstieg. Er zählte zwanzig Stufen, die in Kurven verliefen, bis sie eine weitere Tür erreichten, die der vorherigen ziemlich ähnlich war; diese war mit einem riesigen Eisenkreuz versehen. Nachdem sie die Tür geöffnet hatten, stiegen sie weitere fünfzehn Stufen hinab und erreichten eine Galerie, von der mehrere Gänge abzweigten. Francesco nahm die Abzweigung, die nach unten führte. Je weiter sie vorankamen, desto schlechter wurde die Luft. Leichter Schwefelgeruch, vermischt mit Erde, Schimmel und Feuchtigkeit, drang in ihre Nasen.

Ein weiterer Gang und noch mehr Abzweigungen. Francesco nahm einen langen Korridor, dessen Lehmmauern aussahen, als wollten sie jeden Augenblick abrutschen. Auf beiden Seiten ging ein Labyrinth aus Pfaden ab. Einige führten nach unten, andere nach oben, aber Francesco, der mit dem Weg vertraut war, ging zielstrebig auf einen bestimmten Punkt zu. Sie kamen an langen Nischenreihen vorbei, deren Stirnseiten verblasste Kreuze, gelegentlich ein oder zwei alte armenische Schriftzeichen oder einige lateinische Worte aufwiesen und die der ganze Schmuck der Grabstätten waren. Nachdem sie einen langen Tunnel durchquert hatten, dessen Wände eingelassene Totenschädel zierten, teilte sich der Weg in zwei Gänge. Francesco nahm den rechten Gang, der weiter abwärts führte. Claudio fiel auf, dass die Luft nun weniger stickig war.

»Es gibt Schächte«, erklärte Francesco und zeigte auf einige Öffnungen im Felsen. »Ich glaube, sie reichen bis in die Wände der Schlucht. Nach meinen Berechnungen muss der Hohlweg auf dieser Seite liegen«, erklärte er und schlug mit der flachen Hand auf die rechte Mauer, während er dem steilen und engen Weg weiter abwärts folgte.

»Die haben sicherlich die Baumeister angelegt, um atmen zu können«, meinte Claudio und beschleunigte seine Schritte.

»Hier ist es«, kündigte Francesco an und zeigte auf den gewölbten Durchgang am Ende des Weges.

Er ging vor und Claudio folgte ihm.

Eine mit einem Stein verschlossene Nische unterschied sich deutlich von den anderen. Sie schien außerdem nicht so alt zu sein wie die übrigen sechs. Es waren ihre Zeichnungen und Inschriften, die sie hervorhob: Im oberen Teil war die armenische Inschrift zu sehen, die Francesco erwähnt hatte und für Claudio unverständlich war. Darunter das Kreuz, auf dem es in lateinischer Sprache hieß: ›Der göttliche Zorn ereilt den Schänder.‹

»Das sind offenbar Hakenkreuze, Nazisymbole. Das ist doch merkwürdig, nicht?«

»Man hat sie bereits während des Mesolithikums verwendet. Unter den Symbolen, die in Armenien gefunden wurden, gibt es Hakenkreuze und Kreuze, die etwas mehr als neuntausend Jahre alt sind. Vielleicht standen sie mit einem Himmelsereignis in Verbindung«, erklärte Francesco im ernsten Ton, als doziere er eine seiner Vorlesungen.

»Wem gehört dieses Grab?«

»Wahrscheinlich jemandem, der wichtig war.«

»Oder etwas«, setzte Claudio dagegen. »Ich schlage vor, wir öffnen es, um Gewissheit zu bekommen. Die Nazis versteckten riesige Mengen Gold an Orten, an denen man es am wenigsten vermutet hätte.«

»Oh, nein. Wenn es jemand öffnet, dann bist du das. Ich fürchte den göttlichen Zorn.«

»Du bist ein Forscher, Francesco, ein Wissenschaftler. Du kannst dich nicht von so etwas Albernem wie Inschriften auf Gräbern beeinflussen lassen. Was hast du eigentlich hier gemacht? Ist es etwa nicht der Traum eines jeden Wissenschaftlers, ein Grab wie dieses zu finden und seinen Inhalt zu untersuchen?«

»Alte Gräber, Claudio. Das hier dürfte nicht älter als zwanzig Jahre sein. Ich lasse mich von der Intuition leiten und ich glaube, wir sollten von hier verschwinden.«

»Komm schon, mein Freund. Wenn du wirklich glauben würdest, was du sagst, dann hättest du es bei unserem letzten Gespräch nicht erwähnt. Ich weiß, du willst genauso wissen wie ich, was das alles hier bedeutet.«

»Wir haben über viele Dinge gesprochen. Das hier habe ich nur erwähnt und du hast es ziemlich ernst genommen. Du hast schon so viele Reliquien gesammelt, du *empfindest* überhaupt keine Ehrfurcht mehr vor ihnen. Bei dir ist das inzwischen nichts anderes mehr als purer und gewöhnlicher Merkantilismus.«

Claudio holte aus einer seiner Taschen eine Minox hervor; eine kleine Kamera, die höchstens fünf Zentimeter lang und zwei Zentimeter breit war und einen eingebauten Blitz hatte. Er machte von den Inschriften mehrere Aufnahmen. Dann zog er die Jacke aus, legte sie auf den Lehmboden und nahm die Spitzhacke. Er versuchte den Stein, der als Grabplatte diente, an den Rändern herauszulösen, aber dieser schien mit Mörtel eingefügt worden zu sein und ließ sich überhaupt nicht bewegen. Schließlich begann Claudio mit der Spitzhacke auf die Platte einzuschlagen und nach und nach wurde sie durch seine geschickt und hart geführten Angriffe rissig.

»Ich wusste gar nicht, dass du ein Steineklopfer bist«, murmelte Francesco, indem er durch den sarkastischen Ton seiner Worte versuchte, seine Furcht zu verscheuchen.

»Das wusste ich auch nicht, bis jetzt«, antwortete Claudio, der durch die Anstrengung und den Staub außer Atem war.

Er setzte die Arbeit noch eine halbe Stunde fort und hielt dann keuchend inne. Sein Hemd war nass vom Schweiß. Francesco reichte ihm die Feldflasche und Claudio trank zügig mehrere Schlucke.

Nach einigen weiteren Schlägen, die er mit frischer Energie wieder aufnahm, zersprang der Stein in mehrere Teile, ähnlich einem Fluss, der sich in seine Nebenarme teilt. Claudio nahm die Teile vorsichtig weg und erkannte im Licht der Helmleuchte fast ganz hinten in der Nische eine kleine Kiste und eine röhrenartige Form.

»Heureka! Francesco, ich glaube, wir haben etwas gefunden.«

Claudio entfernte das letzte Stück der Steinplatte und griff nach der Schatulle. Sie ließ sich nicht herausnehmen und schien am Boden festgeklebt zu sein. Er nahm eine Spachtel aus der Werkzeugtasche, um den Klebstoff nach und nach abzulösen, und als er die Schatulle gelockert hatte, zog er kräftig daran. Dann überreichte er sie Francesco und leuchtete mit der Taschenlampe in die Nische. Das Metallrohr lag in einer der Ecken. Er streckte den Arm hinein, bis er es erreichte; als er es danach begutachtete, schätzte er, dass es eine Länge von etwa vierzig Zentimetern und einen Durchmesser von vier Zentimetern haben musste.

Claudio sah sich nach der Schatulle um und bemerkte, dass Francesco sie auf den Boden gestellt hatte. Er legte das Rohr daneben und ergriff die Schatulle. Sie war ziemlich schwer und schien hermetisch verschlossen zu sein. Mithilfe der Taschenlampe untersuchte er, wie er den Mechanismus auslösen konnte, um sie zu öffnen. Schließlich beschloss er, die Spachtel am Schlitz anzusetzen und sie aufzubrechen – und plötzlich, als hätte er ungewollt eine Vorrichtung ausgelöst, sprang der Deckel auf. Der bläulich schimmernde Inhalt beleuchtete das Kellergewölbe, als wäre ein Feuerwerk entzündet worden. Claudio ließ überrascht die Schatulle los. Eine Art leuchtender Stein rollte über den Boden und blieb in einer Ecke liegen, von wo er ein blaues Funkeln ausstrahlte, das hypnotisierend wirkte. Die Männer verharrten eine ganze Weile unbeweglich, ohne den Blick von dem Gegenstand nehmen zu können, bis Francesco sich die Augen bedeckte und ausrief:

»Um Gottes willen, Claudio! Heb dieses Ding auf und leg es in die Schatulle!«

Claudio schien aus seiner Verklärung zu erwachen und hob den strahlenden Stein auf. Durch die Lederhandschuhe spürte er seine Kälte; dann legte er ihn in die Schatulle und verschloss sie. Ein leises ›Klick‹ war zu hören.

»Mein Gott, jetzt sind wir blind …«, murmelte Francesco.

»Nein, … warte. Dieses Ding …, ich glaube, es hat uns geblendet.«

Nach endlosen Sekunden zeichneten sich im Licht der Taschenlampen nach und nach wieder die Schatten ab und beleuchteten die Nische, die jetzt leer war.

»Ich glaube, wir sollten alles so lassen, wie es war«, murmelte Francesco. »Mir gefällt das alles überhaupt nicht.«

»Unmöglich. Selbst wenn ich wollte, könnte ich nicht. Die Platte ist zertrümmert und ich möchte wissen, was in diesem Rohr ist«, sagte Claudio und versuchte es zu öffnen.

»Nein. Bitte, wenn du es schon öffnest, dann draußen. Ich möchte nicht, dass uns an diesem Ort etwas Seltsames geschieht. Wir sollten hier raus«, drängte Francesco.

Claudio hob die Schatulle und das Metallrohr auf und verstaute beides in der Segeltuchtasche.

»Ich gehe davon aus, du erinnerst dich noch an den Weg«, raunte Claudio, um etwas zu sagen.

Francesco schaute ihn lediglich vielsagend an.

Nur auf dem Rückweg nach Jerewan öffnete er den Mund, um zu sagen, dass er am nächsten Tag gegen Mittag am Hotel vorbeikäme.

Kapitel 8

Jerewan, Armenien
1974

Francesco Martucci fühlte sich emotional erschöpft. Er ließ Claudio am Hoteleingang aussteigen und fuhr zu seiner bescheidenen Unterkunft. Er hatte im Haus einer Witwe ein Zimmer gemietet. Sie und ihre Tochter lebten in einem einzigen Raum und in den übrigen drei wohnten andere Familien. Das Zimmer im rückwärtigen Teil des Hauses, das nur die Aussicht auf den Hinterhof eines anderen, ebenso vernachlässigten Gebäudes bot, war sein Zufluchtsort. Er hätte besser leben können, aber Francesco Martucci war ein Mann, der das einfache Leben gewohnt war, auch wenn ihm seine Anstellung als Professor für Archäologie und Kunstgeschichte Zugang zu vielen Orten verschaffte, die für andere unerreichbar waren. In Jerewan war alles vom kommunistischen System kontrolliert und er schätzte sich glücklich, ein Zimmer für sich alleine zu haben. Der Anfang war schwer gewesen, aber er wurde von Funktionären, die für die Regierung arbeiteten, weiterempfohlen, und wenn man in einem Land wie Armenien bestimmte Kontakte hatte, konnte das Leben erträglicher sein. Das alles verdankte er seinem guten Freund Claudio Contini-Massera und dem Geld, das dieser so verschwenderisch verteilte. Er schüttelte den Kopf, als er an Claudio dachte. Er war das Gegenteil von ihm. Er liebte das gute Leben und ließ sich von Schwierigkeiten nicht aufhalten – je mehr, desto besser. Es schien, als hätte er besonderes Vergnügen daran, gegen die festgelegte Ordnung zu verstoßen. Aber diese Nacht war anders gewesen. Er hatte das Gefühl, dass der Inhalt der Schatulle und die Dokumente ihnen ernste Probleme bescheren könnten. Es hatte ihn zu viel Arbeit gekostet, sich das Vertrauen der Sowjets zu verdienen, um jetzt die Nase in irgendeine zwielichtige Sache zu stecken. Am nächsten Tag würde er mit Claudio viele Dinge klären müssen. Er war der Ansicht, das Leben sei für ihn in jeder Hinsicht zu einfach gewesen. *Viel zu einfach.*

Claudio Contini-Massera betrat mit dem Koffer in der einen und der Segeltuchtasche in der anderen Hand das Hotel. Es war drei Uhr morgens vorbei, eine ungewöhnliche Zeit, um vom Flughafen zu kommen. Also ging er mit unsicheren Schritten, als wäre er betrunken. Wenn es etwas gibt, das Männer miteinander verbindet, dann ein richtiger Schwips. Er klopfte ein paar Mal an die Glasscheibe. Der Portier öffnete seine Augen, und nachdem er mehrmals geblinzelt hatte, erkannte er ihn.

»Guten Abend, Herr Contini«, grüßte er ihn mit schleppender Stimme.

»Guten Abend, Boris«, antwortete Claudio und grinste ihn breit an.

Er ging auf den Portier zu, legte ihm eine Hand auf die Schulter und stützte sich mit voller Kraft auf.

»Vorsichtig, Herr Contini«, mahnte ihn der Portier mit einem verständnisvollen Lächeln und begleitete ihn zur Rezeption.

Er berührte den Arm eines Angestellten, der vor sich hin döste.

»Herr Contini … guten Abend«, begrüßte ihn der Mann, als er ihn erkannte, und räkelte sich.

»Entschuldigen Sie die Uhrzeit …, ich glaube, ich komme etwas ungelegen.«

»Keineswegs, Herr Contini.« Er schlug das Gästebuch auf und notierte seinen Namen. Dann nahm er einen Schlüssel und überreichte ihn. »Ihr Zimmer, wie immer«, sagte er und lächelte leicht.

»Vielen Dank, Micha.«

Er schob ihm so geschickt einen Geldschein zu, dass nicht einmal der Hotelpage es sah.

»Kamerad, führe den Herrn bitte auf sein Zimmer.«

Der Hotelpage machte eine Bewegung, um die Segeltuchtasche zu nehmen, aber Claudio hinderte ihn daran.

»Ist schon in Ordnung, ich nehme sie. Kümmere dich um den Koffer.«

»Wie Sie wünschen«, sagte der Junge dankbar.

Der Aufzug war außer Betrieb. Sie stiegen die Treppen zum zweiten Stockwerk hinauf, dann wurde ein Gang sichtbar, von dem an jeder Seite sechs Türen abgingen. Eine davon führte in sein Zimmer.

Nachdem er den Pagen mit einem Trinkgeld verabschiedet hatte, stellte er die Segeltuchtasche vorsichtig auf den Teppich. Er musste dringend schlafen. Später würde er sich den Inhalt der Röhre ansehen. Er wollte mit allen Sinnen wach sein und im Moment wurden ihm die Augenlider schwer. Er hatte nicht geschlafen, seit er Rom verlassen hatte. Er trank den in der Probeflasche verbliebenen Rest vom Wodka, mit dem er sich den Mund gespült hatte, bevor er in das Hotel gegangen war. Dann streifte er seine Schuhe ab und warf sich, ohne sich auszuziehen, auf das Bett. Fast im selben Augenblick war er eingeschlafen.

Als er aufwachte, suchte sein Blick als Erstes die Segeltuchtasche. Ohne Zeit zu verlieren, öffnete er sie und sah sich noch einmal ihren Inhalt an. Da waren sie. Ein Kästchen, das wie eine alte Schatulle aussah, und eine Röhre. Er nahm das Kästchen heraus und stellte es vor dem Spiegel auf einen kleinen Tisch. Dann öffnete er es erneut und betrachtete seinen Inhalt. Er strahlte im Tageslicht nicht, es war ein Stück Metall oder etwas Ähnliches. An einer der beiden Seiten der Schatulle war mit einem Klebestreifen ein kleines längliches Bündel befestigt, das in ein Stück wattierten Stoff eingewickelt war. Vorsichtig nahm er das Klebeband ab und öffnete den flauschigen Stoff, der das Bündel bedeckte; darin befand sich eine Kapsel aus einem dicken glasähnlichen Material, durch das man eine zähflüssige Substanz sehen konnte. Die Kapsel war versiegelt. Er legte sie vorsichtig auf das Bett und richtete dann seine Aufmerksamkeit auf die Metallröhre, die noch in der Segeltuchtasche lag. Als er sie herausnahm, bemerkte er, dass sie in der Mitte einen Schlitz aufwies. Er zog an beiden Seiten und sie öffnete sich. In ihr befand sich eine Rolle mit mehreren foliogroßen Seiten, die handschriftlich in lateinischer Sprache beschrieben waren. Es schien sich um Aufzeichnungen, Berechnungen und Formeln zu handeln. An den Rändern waren Notizen in deutscher Sprache vermerkt und mit Pfeilen versehen, die auf einige ihm unverständliche Wörter zeigten. Er verstand nur wenig Latein. Zwar sprach er deutsch, aber die Randbemerkungen konnte er nicht verstehen. Seufzend steckte er die Blätter wieder in die Röhre und legte diese neben die noch offene Schatulle. Die Glaskapsel verwahrte er vorsichtig in ihrem Inneren, und bevor er die Schatulle verschloss, zog er die Vorhänge zu. Im Dämmerlicht begann das Metallstück, das ihm anfangs wie ein unförmiger Stein erschienen war, erneut zu strahlen. Ein Schatten huschte durch seine Gedanken und er betete, er möge sich irren. Er schloss die Schatulle und betrachtete sie von außen. Dem Aussehen nach war es eine Schatulle wie viele andere auch, die auf den Trödelmärkten verkauft wurden, die Imitation einer Antiquität, mit aus Holz gefertigten Teilen und dünnen Leisten aus Eisen. Aber ihr Gewicht entsprach nicht ihrem harmlosen Äußeren. Vielleicht fanden sich Antworten in den Dokumenten, die in der Metallröhre waren. Er würde warten, bis Francesco kam.

Claudio Contini-Massera zog seine Kleidung aus, die vom Vortag noch schmutzig und staubig war. Er hatte einen athletischen Körper. Er stellte sich unter die Dusche und der kalte Wasserstrahl machte ihn vollends munter. Während er sich kräftig einseifte, musste er daran denken, dass der Fund vielleicht wertvoll war; vielleicht weitaus wertvoller als die Reliquien und Kunstwerke, die ihm die Nachkommen der Opfer politischer ›Säuberungen‹ für ein Almosen überlassen hatten. Geplünderte Schätze, die in seine Hände gelangten statt an ihren Bestimmungsort. Und auch, dass Francesco Martucci indirekt, und ohne es zu wissen, die Verbindung war. Er lächelte, als er an seinen geliebten Freund dachte. Es gab wenige Menschen, die so ehrlich waren wie Francesco. Wenn er wüsste … Gleichzeitig befürchtete er, der Gegenstand in der Schatulle könnte gefährlich sein. Er begann, sich kräftig die Hände zu reiben, als wolle er jede Spur einer Verunreinigung beseitigen. Nach geraumer Zeit verließ er die Dusche.

Claudio Contini-Massera war mit seinen fünfunddreißig Jahren einer der jüngsten Unternehmer Italiens. Für ihn stellte sich die Nachkriegszeit als ein Terrain voller Gelegenheiten dar. Sein Vater, Adriano Contini-Massera, hatte während der Diktatur Mussolinis das Vermögen der Familie in Sicherheit gebracht und sich auf seinen Wohnsitz in Bern zurückgezogen. Das war eine der weisesten Entscheidungen, die er in dieser konfliktreichen Zeit getroffen hatte. Claudios älterer Bruder Bruno, der Haupterbe, hatte die gleiche Neigung wie sein Vater: Er wusste lediglich zu leben, als wäre dies schon genug. Er schien geduldig zu warten, bis Adriano Contini-Massera einem seiner zahlreichen Gebrechen erlag, die Claudio mehr dessen Untätigkeit als anderen Gründen zuschrieb, um sich das Vermögen anzueignen, das ihm, wie Bruno meinte, rechtmäßig zustand.

Adriano, der Patriarch der Familie, war zwar unfähig, Geld zu verdienen, aber er hatte ein besonderes Gespür dafür, es sicher zu verwahren, und auf keinen Fall würde er die Zukunft der Contini-Massera seinem Erstgeborenen überlassen. So ging zur Überraschung vieler, darunter auch Brunos junger Ehefrau, der größte Teil des Erbes an Claudio. 1974 hatte sich sein Vermögen durch eine Reihe von Importunternehmen sowie durch eine große Anzahl von Kunstwerken und Reliquien von unschätzbarem Wert und zweifelhafter Herkunft bereits vergrößert. Claudio sah darin aber einfach nur eine Art göttlicher Gerechtigkeit. Ihm zufolge war es besser, sie befanden sich in seinem Besitz, bevor sie in die Hände des kommunistischen Regimes fielen, welches sich eines großen Teils Europas bemächtigt hatte und deren Vertreter zu seinem Glück der Bestechung und jeder Art ›legaler Betrügereien‹ sehr zugetan waren.

Claudio hatte keine Skrupel, wenn es darum ging, Geld zu verdienen. Nicht, nachdem er erfahren hatte, dass selbst die Heilige Römische Kirche in zwielichtige ›Absprachen‹ verwickelt war, um gewisse Nazis zu retten, die wegen ihrer Kriegsverbrechen verfolgt wurden. Es war Francesco, der darunter litt. Sein guter und rechtschaffener Freund. Er war in einem gewissen Grad mit ihm verwandt und kannte ihn seit seiner Kindheit, da er der Sohn seiner Amme war. Es wurde gesagt, er sei der uneheliche Sohn seines Vaters Adriano, aber Claudio konnte das nie beweisen. Sie waren exakt neun Monate auseinander. Claudio hat ihn immer wie einen Bruder behandelt, nicht etwa, weil er sich dessen sicher gewesen wäre, sondern weil er ihn wirklich liebte. Er war sein Spielkamerad, und wäre da nicht seine unerklärliche priesterliche Berufung gewesen, die ihm seine Mutter eingeschärft hatte, hätten sie ihre Ausbildung gemeinsam fortgesetzt. Claudio hatte seiner Amme immer die Schuld für ihre Trennung gegeben. Mit der Zeit verstand er, man kann jemanden nur schwerlich eine Berufung einreden, es sei denn, der Keim dazu ist im Inneren bereits vorhanden. Als er dann so weit war, sich seinen Irrtum einzugestehen, war sie bereits tot und

Francesco dem Orden vom Heiligen Grab beigetreten, wo er sein Studium der Geisteswissenschaften fortsetzte und sich auf alte Sprachen spezialisierte. Seine Fähigkeiten waren bald über die Grenzen hinaus bekannt, und da man sehr wertvolle Dokumente gefunden hatte, für die man den erfahrenen Blick eines Experten benötigte, wurde er von der römisch-katholischen Kirche Armeniens angefordert, um in der Verborgenheit eines *Skriptoriums* zu arbeiten. Dort begann er, sich in seinen freien Stunden mit der Archäologie zu beschäftigen. Bedenkt man, dass Armenien einer der ersten Orte war, an denen sich die menschliche Zivilisation entwickelte hatte, und der erste christliche Staat der Welt, dann ist es leicht, sich Francescos Begeisterung vorzustellen. Mitten in der sowjetischen Besatzungszeit hatte er Zugang zu den alten Ruinen der ersten religiösen Bauten, die auf das Jahr 301 n. Chr. zurückgingen.

Als Francesco ihm erzählte, dass er sich aufgrund der Besonderheiten seines Berufes relativ frei in Armenien, in der Ukraine und in den benachbarten Republiken bewegen konnte, erwachte in Claudio das Interesse für die Archäologie, allerdings von einem praktischen Gesichtspunkt aus. Genauso wie bei einigen sowjetischen Funktionären dieser Zeit.

Durch sein harmloses und bescheidenes Äußeres gewann Francesco das Vertrauen des Regimes. Er konnte in Armenien ein- und ausreisen, behördliche Genehmigungen für Ausgrabungen an jedem Ort erhalten. Nach einigen Jahren hörten sie auf, ihm Inspektoren zu schicken, da sie merkten, dass es in den Ruinen mehr Staub und Felsen als anderes gab. So jedenfalls schien es.

KAPITEL 9

Protestantischer Friedhof, Rom, Italien
12. *November* 1999 - 10.34 *Uhr*

Francesco Martuccis Hand an meinem Handgelenk schien eher eine verzweifelte als eine bedrohliche Gebärde zu sein. Ich bemerkte den angstvollen Zug auf seinem Gesicht und einen Moment lang war ich versucht, ihn tröstend zu umarmen. Er lockerte den Druck und senkte den Blick.

»Entschuldigen Sie, *Signore*. Ich glaube, ich bin zu weit gegangen.«

»Ich glaube, wir sind beide nervös, Bruder Martucci. Sie müssen jetzt offen zu mir sein und mir ein für alle Mal sagen, was die Schatulle enthielt und wovon die Dokumente, die Sie gefunden haben, handelten.«

»Die Schatulle enthält ein Element, ein künstliches radioaktives Isotop. Das war es, was in der Dunkelheit gestrahlt hat«, erklärte Martucci, während wir unsere Schritte erneut auf einen der Friedhofswege lenkten, die dicht von Bäumen gesäumt waren, die geradezu perfekt zu den kunstvollen Grabsteinen und Mausoleen passten. »Bei den Dokumenten, die sich in der Röhre befanden, handelte es sich um Notizen, die einem Kriegsverbrecher namens Josef Mengele gehörten und die, wie es scheint, das Ergebnis seiner Forschungsarbeiten waren. Er hatte sich immer für die Verlängerung des Lebens, oder was viele als ›die Formel der ewigen Jugend‹ bezeichnen würden, interessiert.«

»Wie konnte Mengele das in Armenien verstecken? Das war sowjetisches Gebiet. Ich denke, die Kommunisten hassten die Nazis …«

»Mengele hatte viele armenische Freunde. Einer von ihnen war Doktor Paul Rohrbach, mit dem er es sich während der Hitlerzeit zur Aufgabe gemacht hatte, nachzuweisen, dass die wahre Abstammung der Armenier indoeuropäisch ist, weshalb sie als arisch galten. Tatsächlich existierte ein berühmtes Bataillon, das Bataillon 812, das auf Anordnung der Wehrmacht geschaffen wurde und sich aus Armeniern zusammensetzte. Bevor Mengele zum ersten Mal nach Amerika floh, ist es ihm auf irgendeine Weise gelungen, in armenisches Gebiet einzudringen. Merkwürdigerweise hatte Mengele ein Äußeres, wie viele Zigeuner es aufweisen. Ich nehme an, er hat sich verkleidet und es auf diese Weise geschafft. Dieser Mann hatte mehr Glück als der Teufel höchstpersönlich. Ich habe mit Claudio nie über diese Einzelheiten gesprochen. Er erfuhr erst Jahre später, was in dieser Zeit passiert ist. Ich war mit dem, was Claudio tat, nicht einverstanden, aber er war mein Freund. Der einzige, den ich hatte. Für mich war er mehr als nur ein Bruder.«

Francesco Martucci blieb einen Augenblick stehen und hob den Blick, den er bis zu diesem Moment fest auf den Weg gerichtet hatte.

»Wollen Sie damit sagen, Onkel Claudio hatte etwas mit Mengele zu tun?«

»Ja. Claudio dachte, er könnte mit diesen Fundstücken ein großartiges Geschäft machen und reiste nach Amerika, um Mengele zu suchen. Aufgrund seiner Kontakte im Schweizer Konsulat wusste er, wo er sich aufhielt, da Mengele 1956 nach Europa zurückgekehrt war. Überrascht Sie das? Mengele war mit seiner zukünftigen Frau Martha und seinem Sohn Rolf in Genf.«

»Mich überrascht inzwischen nichts mehr.«

»Später erfuhren wir, dass es ihm bei dieser Gelegenheit nicht möglich gewesen war, nach Armenien zu reisen und er nach Südamerika zurückkehren musste. Der Deutsche war zu jener Zeit einer der meistgesuchten Männer, hinter ihm waren der Mossad und ein Nazijäger namens Wiesenthal her. Aber sie konnten ihn nicht finden, was überraschend war, denn Mengele lebte noch relativ frei in Argentinien. Nachdem wir die Schatulle und die Dokumente gefunden hatten, nahm Claudio den Kontakt zu einigen Personen in Paraguay auf und von dort aus gelang es ihm, Mengele in einem bescheidenen Haus in Brasilien aufzuspüren. Zu jener Zeit war er bereits der meistgesuchte Mann! Aber Claudio hatte einen besonderen Spürsinn, für ihn war nichts unmöglich. Andererseits glaube ich, es traf sich für den berühmten Wiesenthal ganz gut, dass einer der Nazis, die aufs Engste dem Hitlerregime verbunden waren, sich weiterhin auf der Flucht befand, da er ihm als Propaganda für seine Sache diente. Als Claudio dann Mengele fand, hatte sich dieser gerade von einem Gehirnschlag erholt. Der Mann war furchtbar verängstigt, lebte versteckt vor aller Welt und es war nicht leicht, ihn zu überzeugen. Aber Claudio hatte eine Kopie seiner Notizen bei sich und überredete ihn, sich mit ihm zusammenzutun. Mengele setzte seine Forschungsarbeit in einem Labor in den Vereinigten Staaten fort, bei dem Ihr Vater Claudio Teilhaber war, und in diesem Labor perfektionierte Mengele die verflixte Formel und experimentierte mit Claudio, der sich dafür freiwillig zur Verfügung gestellt hatte. Es blieb ihm keine andere Möglichkeit. Er war dem Inhalt der Schatulle ausgesetzt und hatte dadurch irreversible Schäden erlitten, deren Folgen von Mengele selbst nur hinausgezögert wurden. Ebenso wie Mengele, war Claudio von der Idee der ewigen Jugend besessen. Eine der Voraussetzungen aber war, dass er einen Sohn haben musste.«

»Ich nehme an, deshalb wurde ich gezeugt«, sagte ich mehr zu mir selbst.

»Claudio musste einen Sohn haben, der dieselbe Blutgruppe wie er hat. So hat er es mir erklärt. Das Glück meinte es einmal mehr gut mit ihm, weil Sie perfekt kompatibel waren, das heißt, Sie hätten jedes Organ Ihrer Körper untereinander austauschen können.«

»Wie ich sehe, hat Onkel Claudio mich zu seiner Organbank gemacht.«

»Reden Sie keinen Unsinn, *Signore mio*! Er hätte die Gelegenheit gehabt, Ihnen eines Ihrer Organe zu entnehmen und er hat es nicht getan. Ist Ihnen das denn nicht bewusst?«

In meinem Gedächtnis blitzten Erinnerungen auf, die jetzt erst einen Sinn ergaben. Onkel Claudio, das heißt mein Vater, reiste gerne mit mir. Einmal reisten wir in die Vereinigten Staaten, um einen Herrn zu besuchen, der, wie er sagte, ein alter Freund war, und der Mann war wirklich sehr alt. Zumindest schien es mir so. Ich habe sehr angenehme Erinnerungen an ihn. Seit dieser Reise nahm Onkel Claudio mir gelegentlich Blutproben ab. Wenn er uns zu Hause besuchte, brachte er manchmal eine Spritze mit und sagte, er sei um meine Gesundheit besorgt. Ich ließ die Spritzen zu, weil ich wusste, wir würden danach ausgehen und dann gab es Eis und Fruchtsaft. Der Angestellte, der ihn immer begleitete, hatte einen hermetisch verschlossenen Behälter bei sich, in dem er das Röhrchen mit dem Plasma verwahrte und Onkel Claudio — selbst jetzt fällt es mir schwer, an ihn als meinen Vater zu denken — und ich machten den versprochenen Ausflug. Das letzte Mal, als das zu Hause geschah, hatten meine Mutter und er einen heftigen Streit und danach besuchte er uns nicht mehr. Aber ich entwischte mit Pietro, um ihn zu besuchen und er fuhr damit fort. Es machte mir nichts aus. Ich liebte ihn so sehr, dass ich alles getan hätte, damit er zufrieden war.

»Wie konnte Mengele in die Vereinigten Staaten einreisen?«, fragte ich, als ich von meinen Erinnerungen zurückkehrte.

»Das war das Einfachste von allem. Der oberste Chef von INTERPOL war ein Ex-Nazi. Er machte alles möglich. Wenn Sie wüssten, wie viele dieser Gestalten während der Nachkriegszeit wichtige internationale Posten innehatten …«

»Ich glaube, ich verstehe allmählich. Hat er bekommen, was er wollte?«

»Er stand kurz davor. Claudio begann, an Lungeninsuffizienz zu leiden. Dennoch, ich weiß nicht, ob es Ihnen aufgefallen ist, aber Claudio, Ihr Vater, hatte für sein Alter von sechzig Jahren ein ausgesprochen jugendliches Aussehen. Fast könnte man sagen, er habe mit vierzig aufgehört, zu altern. Mengele starb und die Forschung blieb unvollendet. Claudio wurde nicht mehr behandelt und seine Krankheit schritt langsam fort.«

»Ich glaube, Josef Mengele ist Ende der sechziger Jahre in Brasilien gestorben. Das habe ich irgendwo gelesen.«

»Das ist die Nachricht, die man verbreiten ließ. Josef Mengele wurde zweiundachtzig Jahre alt, das heißt, er lebte bis vor sechs Jahren. Von da an begann sich Claudios Gesundheit zu verschlechtern, obwohl man es ihm nicht ansah. Er bewahrte alle Unterlagen über Mengeles Forschungsarbeit auf, denn er war schließlich sein Teilhaber. In dem Kästchen, das sie zur Erinnerung aufbewahrt hatten, befindet sich noch immer das radioaktive Isotop, das der Auslöser für diesen ganzen Wahnsinn war. Claudio wollte die Forschung mit dem amerikanischen Pharmakonzern fortsetzen, dessen Teilhaber er war. Sie waren an den Studien, die Mengele hinterlassen hatte, interessiert und Claudio wurde von ihnen sogar untersucht, denn er war der lebende Beweis dafür, dass es möglich war. Aber etwas ging schief. Offenbar gab es mit zwei Teilhabern des Konzerns, die jüdischer Abstammung waren, Unstimmigkeiten, als diese von der Herkunft der Forschungsarbeiten erfuhren. Die

Angelegenheit zog sich hin, zum Leidwesen von Claudio. Aber glauben Sie mir, Dante, es ist möglich und alle Studien basierten auf ihm sowie auf vielen anderen. Allerdings hat man bei anderen Personen nicht so ausgezeichnete Resultate erzielt wie bei Claudio. Er besaß in einem Gen eine Mutation, die bewirkte, dass sein Organismus diese Mutterzellen bei der Regenerierung des Gewebes unterstützt. Und Sie sind Ihrem Vater genetisch ähnlich. Nur Sie können die Arbeit fortsetzen, die ihm das Leben gekostet hat. Verstehen Sie mich jetzt? Wissen Sie, was das für die Menschheit bedeuten würde?«

»Natürlich. Bevölkerungsexplosion«, erwiderte ich mit einem ironischen Unterton, den Martucci nicht zur Kenntnis nahm.

»Seien Sie nicht naiv, Dante. Die Formel wäre einer kleinen Gruppe von Auserwählten vorbehalten. Die NASA würde sich im Hinblick auf ihre langjährigen Weltraumreisen sehr dafür interessieren, und das ist nur ein Beispiel. Die Sache ist die: Bevor er starb, hat Claudio einige außerordentlich wichtige Daten versteckt und seiner Meinung nach sind Sie der Einzige, der sie finden kann. Er hat es mir selbst gesagt. Ich bedaure es außerordentlich, dass er sich nicht auf mich verlassen hat, aber es ist verständlich, denn ich bin sicher, ich werde diese Welt ebenfalls bald verlassen.«

»Was wollen Sie damit sagen?«

»Ich war der Strahlung ausgesetzt, wenn auch in einem geringeren Ausmaß. Meine Lungen funktionieren daher nicht wie sie sollten.«

Nach diesem Gespräch war ich davon überzeugt, dass Martucci eine der naivsten Personen war, die ich kennengelernt hatte. Er hatte ein blindes Vertrauen in die Ehrlichkeit der anderen. Wie konnte er glauben, Onkel Claudio würde sich damit begnügen, seine Formel an einige wenige Auserwählte zu verkaufen? So wie ich ihn kannte, war sein Bemühen um ihre

Verwirklichung vor allem darauf zurückzuführen, dass er mit ihr ein großes Vermögen machen wollte. Ich weiß nicht, ob ich so gedacht habe, weil ich in einer gewissen Weise enttäuscht war. Ich hätte mir gewünscht, ein Produkt der Liebe zu sein.

Kapitel 10

Protestantischer Friedhof, Rom, Italien
12. November 1999 - 11.00 Uhr

Francesco Martucci und ich kamen zu einem eindrucksvollen Mausoleum. Es erinnerte mich an das, in dem jetzt Onkel Claudios sterbliche Überreste ruhten. Ich hatte das merkwürdige Gefühl, beobachtet zu werden. Daher blieb ich einen Augenblick stehen, sah mich verstohlen um und es war mir, als würde ich zwischen den Grabsteinen und den hochgewachsenen Zypressen eine Silhouette erkennen. Ein Mann spazierte mit einem Buch in der Hand umher und schien die Vegetation zu genießen. Er sah wie ein amerikanischer Tourist aus. Ich würde sie an jedem Ort wiedererkennen.

Bruder Martucci sah in die gleiche Richtung und versuchte, sich nichts anmerken zu lassen.

»Es ist wohl besser, wir gehen.«

»Ich weiß nicht warum, aber ich habe den Eindruck, es folgt uns jemand«, sagte ich lächelnd, als würde ich mich unterhalten und als wäre mein Interesse auf die gefleckte Katze gerichtet, die gerade über den Weg lief. »Hier gibt es sicher nicht viele Ratten«, fügte ich hinzu, damit es wie eine zwanglose Unterhaltung aussah.

»Die Zahl der Katzen auf diesem Friedhof wird jeden Tag größer, aber niemand unternimmt etwas dagegen. Der Friedhof verwahrlost geradezu«, bestätigte Bruder Martucci.

Wir kehrten um und gingen den Weg zurück.

»Ihrer Meinung nach weiß ich also, wie das Dokument, das die Formel enthält, zu finden ist. Und wenn ich Ihnen sage, dass ich keine Ahnung habe?«, fragte ich und versuchte, leise zu sprechen.

»Wahrscheinlich wissen Sie es und es ist Ihnen nicht bewusst.«

»Es wäre großartig, das Geheimnis der ewigen Jugend zu besitzen. Es gäbe viele Anwendungsmöglichkeiten und sein Wert wäre unschätzbar.«

»Jetzt reden Sie schon wie Claudio«, merkte Martucci lächelnd an. »Ich werde mich darauf beschränken, Ihnen die Röhre mit den Originaldokumenten zu geben. Den Teil, der fehlt, müssen Sie finden. Bald wird Claudios Testament verlesen, ich brauche Ihnen nicht zu sagen, dass Sie darin als Haupterbe genannt sind.«

Ich erwiderte nichts. Seit meiner Ankunft in Rom schien zu viel Zeit vergangen zu sein. Ich hatte viele ungeahnte Details aus Onkel Claudios Leben erfahren, wobei es mir schwerfiel, von ihm als ›meinen Vater‹ zu denken. In gewisser Weise hatte ich das Gefühl, als wäre ich älter geworden und als würde mich eine unbekannte Kraft antreiben, ihm nachzueifern.

»Wissen Sie, Martucci? Bis vor wenigen Tagen war es mir nur wichtig, an etwas Geld zu kommen, um meine Schulden bei der Blumenhändlerin zu bezahlen. Jetzt glaube ich, bei Onkel Claudios Vermächtnis geht es um mehr als nur um Geld. Um viel mehr. Nebenbei gesagt, ich denke, ich nenne ihn lieber Onkel Claudio.«

»Ausgezeichnet. Das war die Veränderung, die mein lieber Freund Claudio sich gewünscht hätte. Und Sie können ihn nennen, wie Sie möchten, das ist Ihr gutes Recht. Ich möchte Sie nur bitten, sehr vorsichtig zu sein. Ich weiß, es gibt Personen, die diese Formel um jeden Preis haben wollen und mit

Sicherheit werden sie Ihre Schritte aus nächster Nähe verfolgen. Es steht viel auf dem Spiel, *carissimo amico mio.* Sehr viel.«

»Wer? Sie sagten, in dem Konzern, der an der Formel interessiert war, haben sich zwei jüdische Teilhaber dagegengestellt.«

»Genau. Sie würden die Formel am liebsten vernichten, damit von Mengeles Studien und Forschungen nichts bleibt. Das ist wegen alldem, was mit diesen Studien verbunden war, bis zu einem gewissen Punkt verständlich, aber sie sind fanatisch und von Rache getrieben. Claudio ist zwei Anschlägen entkommen. Diese Personen kennen mich, daher möchte ich verhindern, dass sie uns beide miteinander in Verbindung bringen. Wahrscheinlich befürchten sie, Mengele könnte am Ende noch als Wohltäter der Menschheit gelten, sollte die Formel Erfolg haben.«

Kapitel 11

Auf der Suche nach Josef Mengele
1975 – 1976

Während des Rückflugs musste Claudio Contini-Massera ständig darüber nachdenken, wie er Mengele finden konnte. Wenn er die Dokumente in Armenien in ihrem Versteck gelassen hatte, dann doch nur, weil es ihm unmöglich war, sie zu holen. Wie man in einigen den Nazis nahestehenden Kreisen munkelte, hielt er sich wahrscheinlich in Paraguay auf. Der Diktator dieses südamerikanischen Landes stand in der Nachkriegszeit einigen Deutschen sehr nahe, insbesondere Anhängern Hitlers, auch wenn Claudio vermutete, dass seine Vorliebe für sie vor allem auf wirtschaftlichen Interessen beruhte. Dort würde er mit der Suche beginnen. Er hatte einige Kontakte zur Stroessner-Regierung und er hielt es für zweckmäßig, sie zu nutzen.

Kaum war er in Rom angekommen, fertigte er von jedem einzelnen Blatt Kopien an und verwahrte die Originale in seinem Tresor. Er war sich sicher, diese Entdeckung würde die Wissenschaft revolutionieren. Soweit er es beurteilen konnte, handelte es sich um die Ergebnisse der minutiösen Studien und Aufzeichnungen zu den Experimenten, die Mengele in Auschwitz an Zwillingen durchgeführt hatte. Sie waren in lateinischer Sprache abgefasst. Zum Glück konnte Francesco sie lesen, auch wenn sein armer Freund vor Entsetzen außer sich war und die Aufzeichnungen nicht weiter übersetzen wollte.

Was würde ein Nazi tun, der sich verstecken wollte? Er überlegte. Er würde natürlich versuchen, unbemerkt zu bleiben. Er würde einen anderen Namen führen und Kontakte zu anderen Deutschen haben. Mengele und seine Frau, so fand er heraus, hatten sich scheiden lassen. Er hatte einen Sohn, der Rolf hieß, und seine letzte Einreise nach Europa war 1956 über die Schweiz erfolgt, vielleicht in der Absicht, nach Armenien zu reisen, um die Papiere zurückzuholen, aber etwas sehr Schwerwiegendes musste ihn daran gehindert haben. Letzteres erfuhr er bei einem Gespräch mit einem Freund, den er in der Schweizer Botschaft hatte und der über das, was vorgefallen war, Bescheid zu wissen schien, da die deutsche Regierung einen erheblichen Lärm veranstaltet hatte, um jeglichen Verdacht, sie würde flüchtigen Nazis eine Tarnung geben, von sich zu weisen. Tatsache aber ist, die Regierung in Bonn gab sich weder die nötige Mühe noch ging sie mit der erforderlichen Sorgfalt vor. Die westdeutsche Botschaft in Asunción fand heraus, dass Mengele in Paraguay lebte, und als sie vom deutschen Innenministerium die Akte anforderte, lieferte man ihnen einige Dokumente, die keine relevanten Informationen enthielten. *Das jedenfalls behaupteten sie.*

Als Claudio begann, seine Reise nach Paraguay zu organisieren, war er sich sicher, dass Mengele von der Regierung Stroessner gedeckt wurde. Dort würde er mit seinen Nachforschungen beginnen. Zehn Monate später war er in Asunción und nahm Verbindung mit Alejandro von Eckstein auf, einem persönlichen Freund des Präsidenten Stroessner. Er hatte eine Empfehlung von der Schweizer Regierung und daher keine größeren Schwierigkeiten, ihn zu finden und von ihm empfangen zu werden. Einfacher, als er sich das vorgestellt hatte, erhielt er Informationen über einige von Mengeles Bekanntschaften.

Er fuhr zu einem Grenzort namens Hohenau, der etwa dreißig Kilometer nördlich von Encarnación liegt. Wenn man von den wogenden Palmen, die die Landschaft säumten, einmal absah, war der Ort die Nachbildung eines Dorfes, wie es sie in Deutschland zuhauf gab. Claudio hätte schwören können, dass er sich in Europa befand. Er betrat eine Gaststätte, ging auf den Tresen zu und bestellte ein Bier.

»Guten Tag, schön haben Sie es hier«, sagte er auf Deutsch.

»Guten Tag, … stimmt. Es ist ein ruhiger Ort«, antwortete der Mann hinter dem Tresen.

»Gibt es hier einen Laden, wo man einkaufen kann?«, fragte Claudio, um mit ihm ins Gespräch zu kommen.

»Natürlich, zwei Straßenecken von hier gibt es einen Gemischtwarenladen. Dort bekommen Sie Lebensmittel und Eisenwaren.«

»Ich würde gerne an einem Ort wie diesem leben, weit weg von der Stadt. Man könnte glauben, man wäre in Europa auf dem Land.«

Der Mann lächelte mit einer gewissen Genugtuung. Hohenau war ein guter Ort und es freute ihn, dass jemand das anerkannte.

»Nicht umsonst nennt man es ›Neubayern‹«, erklärte der Mann hinter dem Tresen und hob das Kinn.

»Wissen Sie von einem Grundstück, das zum Verkauf steht?«

Der Mann sah ihn eindringlich an, während das Lächeln langsam aus seinem Gesicht verschwand.

»Wenn Sie sich hier niederlassen möchten, sollten Sie mit Herrn Alban Krug sprechen. Er ist in dieser Region der Vorsitzende der Landbesitzerkooperative.«

»Wo kann ich ihn finden?«

»Auf seiner Hacienda, in Richtung Norden.«

Der Mann an der Bar begann, den Tresen blank zu putzen. Es machte den Eindruck, es wäre ihm lieber, das Gespräch nicht fortzusetzen. Claudio hatte diese Haltung vorhergesehen, und als er sie bestätigt sah, wurde ihm deutlich, dass dieser paradiesische Ort wie eine Inszenierung war. Einer Art Bühnenbild, an das sich seine Schauspieler noch nicht vollends gewöhnt hatten.

»Nach Norden … Gibt es ein Schild, das den Weg anzeigt?«

»Es ist die Hacienda Krug. Sie können auf dem Weg dorthin fragen.«

Claudio stieg in seinen gemieteten Pickup, und nachdem er einige Male gefragt hatte, fuhr er von Caguarene auf der Landstraße Hohenau 4 zu einem Landbesitz, auf dem ein riesiges und weiß getünchtes Haus mit einem enormen und mit roten Schindeln gedecktem Giebeldach stand, das von langen Säulenveranden und Blumenkästen voller Geranien umgeben war. Es gab ihm einen Eindruck über die Art von Personen, die darin lebten. Er stieg aus dem Fahrzeug und ging auf die riesige Holztür zu.

Ein korpulenter Mann mit grauem Haar erschien am Eingang, als hätte er seine Ankunft erwartet.

»Herr Alban Krug? Guten Tag, ich komme von Alejandro von Eckstein«, sagte Claudio auf Deutsch und reichte ihm zwei Visitenkarten. »Ich bin Claudio Contini-Massera.«

Alban Krug warf einen Blick auf die Visitenkarten und seine Gesichtszüge entspannten sich.

»Kommen Sie herein«, sagte er einladend, während er zur Seite trat. »Womit kann ich Ihnen dienen?«

»Sie haben ein sehr schönes Haus, Herr Krug«, bemerkte Claudio ausweichend, um auf die Frage des Deutschen nicht direkt einzugehen.

»Das Klima hier ist mild und die Natur ist, wie Sie sehen, paradiesisch«, bestätigte Krug mit einem breiten Lächeln. »Sie wollen eine Immobilie kaufen?«

Bevor er antwortete, wägte Claudio sorgfältig seine Worte ab. Wie er feststellen konnte, hatte ihn der Mann in der Bar seinem Gesprächspartner bereits angekündigt.

»Ich komme in einer besonderen Mission. Ich muss Josef Mengele ausfindig machen«, sagte er geradeheraus.

»Den kenne ich nicht«, antwortete Krug barsch.

»Herr von Eckstein sagte mir, Sie könnten mir einen Hinweis auf seinen derzeitigen Aufenthaltsort geben. Ich muss ihn unbedingt sehen. Ich bin kein Nazijäger, das versichere ich Ihnen. Ganz im Gegenteil.«

»Ich nehme an, wenn Sie ein Nazijäger wären, wie Sie es bezeichnen, würden Sie es mir nicht sagen, nicht wahr? Lassen Sie mich etwas klarstellen: Ich habe mit Nazi-Angelegenheiten nichts zu tun, weder jetzt noch in der Vergangenheit.«

Claudio verharrte schweigend. Sein Blick streifte durch das Haus, als suche er etwas, worauf er sich stützen könne, und er stieß auf eine Vitrine, in der sich riesige blaue Morphofalter befanden. Krug bewegte sich verdrießlich in seinem Sessel, zog eine Zigarette heraus und schickte sich an, sie anzuzünden.

»Sie haben recht, Herr Krug«, setzte Claudio das Gespräch auf Deutsch fort. »Nur rein hypothetisch: Wenn ich Ihnen sagen würde, ich sei derjenige, der Doktor Josef Mengele aus der Klemme helfen könnte, würden Sie mir helfen, ihn zu finden?«

»Hypothetisch könnte das sein. Aber wie dem auch sei, ich weiß nicht, wie Sie auf mich gekommen sind.«

»Die Herren Werner Jung und Alejandro von Eckstein, die ihm dabei geholfen haben, die paraguayische Staatsbürgerschaft zu erhalten, hatten keine Bedenken, mich an Sie zu verweisen. Sie können die Karte lesen, Herr Krug.«

Der Deutsche seufzte, während er den Rauch der Zigarette ausstieß. Schließlich lenkte er ein.

»Warum haben Sie sich nicht an seine Familie gewandt, in Lundsburg?«

»Sie hätten mir nicht geholfen. Und da ich schon einmal hier bin, jede Art von Hilfe Ihrerseits wäre für mich nützlich.«

Krugs Bereitschaft dazu schien nicht besonders groß zu sein. Er fasste sich an das Kinn, und nachdem er darüber nachgedacht hatte, beschloss er, Rücksprache zu nehmen.

»Ich muss einige Anrufe tätigen …, ich bin mir nicht sicher, ob Herr Mengele noch in Paraguay ist. Jedenfalls, sollte ich eine Spur finden, werde ich es Sie in ein paar Tagen wissen lassen.«

»Vielen Dank, Herr Krug. Ich bin sicher, Herr Stroessner wird es Ihnen danken.«

Krug warf ihm einen unbestimmten Blick zu, als wäre er verärgert, den Namen des Präsidenten zu hören.

»Es ist nicht nötig, mich einzuschüchtern. Sollte ich etwas in Erfahrung bringen, werde ich Sie informieren.«

»Ich glaube, Sie haben mich falsch verstanden, Herr Krug, das war keine Einschüchterung. Es ist wahr, der Präsident ist sehr daran interessiert, dass ich ihn finde«, wagte sich Claudio vor.

»In welchem Hotel werden Sie wohnen?«

»Ich bin gerade eingetroffen und direkt hierher gekommen.«

»Kommen Sie in zwei Tagen wieder, vielleicht habe ich dann eine Nachricht für Sie.«

Als er wieder im Ort war, suchte er sich in einem Gasthaus eine Unterkunft, verwahrte mit Ausnahme der Dokumente, die er im Pickup mit sich führte, seine Habseligkeiten und fuhr los, um die Gegend zu erkunden, dabei kam er erneut an der Kneipe vorbei. Die übrige Zeit verbrachte er in seinem Zimmer.

Zwei Tage später fuhr er zu Krugs Hacienda, und als er sein Gesicht sah, wusste er, Krug hatte ihm etwas zu sagen.

»Herr Contini, Herr Josef Mengele lebt derzeit in Brasilien. Nach dem, was ich in Erfahrung bringen konnte, wohnt er in einem kleinen Haus in São Paulo, in einem Vorort, der El Dorado heißt. Aber ich glaube, Sie sollten sich zuerst mit Herrn Bossert in Verbindung setzen.«

Er reichte ihm ein Papier.

»Vielen Dank, Herr Krug. Ich stehe in Ihrer Schuld. Danke für den Gefallen«, sagte er auf Deutsch.

»Ich hoffe, es hilft. Es ist immer nützlich, wenn man einen Gefallen gut hat«, sagte Krug mit einem Lächeln und fügte hinzu: »Ich denke, ich muss Ihnen nicht sagen, dass Sie sehr vorsichtig sein müssen. Viele Leute suchen nach ihm und Ihre Ankunft könnte ihn beunruhigen. Ich empfehle Ihnen daher größte Zurückhaltung. Nennen Sie ihn ›Don Pedro‹ und das muss streng geheim bleiben.«

»Ich bin am meisten daran interessiert, Herr Krug. Ich verspreche Ihnen, ich werde seine Sicherheit nicht gefährden.«

»Ich rate Ihnen, auf ein einfaches Äußeres zu achten, verstehen Sie? Es ist ein armer Vorort. Jeder Ausländer, der wie Sie aussieht, würde Aufmerksamkeit erregen.«

Wenige Tage später befand sich Claudio Contini-Massera mit Wolfram Bossert auf der Landstraße Alvarenga. Eine staubige Strecke, voller Schlaglöcher, durch die der Pickup von einer Seite zur anderen geschüttelt wurde. Er vertrieb sich die Zeit damit, die Erfahrung des Chauffeurs zu bewundern, während *A garota de Ipanema* das Fahrzeuginnere mit sanften Akkorden erfüllte.

Unter der Nummer 5555 präsentierte sich ihnen ein kleines gelb verputztes Haus mit schadhaften Dachziegeln. Sie gingen den schmalen, mit Fliesen ausgelegten Pfad entlang und Bossert klopfte an die Tür. Wenige Augenblicke danach wurde sie von einem Mann, der einen Schnauzbart trug, geöffnet.

Der Mann mit dem Schnauzbart musterte den hochgewachsenen Mann, der Bossert begleitete, und gleichzeitig schienen seine Gesichtszüge einzufallen.

»Guten Tag, ›Don Pedro‹«, begrüßte ihn Bossert. »Ich komme mit einem Freund.«

»Erlauben Sie mir, dass ich mich vorstelle. Ich bin Conde Claudio Contini-Massera.«

Teilnahmslos nahm ›Don Pedro‹ die Hand, die Claudio ihm entgegenstreckte.

»Welchem Umstand verdanke ich die Ehre Ihres Besuches?«, fragte der Mann mit dem Schnauzbart in einem bissigen Tonfall.

»Er kommt auf Empfehlung von Herrn Krug, ›Don Pedro‹«, versuchte Bossert, der sich sichtlich unbehaglich fühlte, ihn zu beruhigen.

»So ist es, ›Don Pedro‹. Ich komme in friedlicher Absicht und möchte Ihnen einen Vorschlag machen.«

»Einen Vorschlag«, wiederholte ›Don Pedro‹ leise.

»Ja, ›Don Pedro‹. Ich bringe Ihnen ein paar Dokumente, die Sie möglicherweise interessieren könnten«, erläuterte Claudio auf Deutsch.

Der Mann schreckte sichtlich auf.

»Worum handelt es sich?«, fragte er vorsichtig nach.

»Ich habe sie in Armenien gefunden.«

Der Mann atmete hörbar. Es war eindeutig. Er wollte seine Sorge um das, was für ihn eine große Bedeutung zu haben schien, verbergen. Seine Augen nahmen einen ungewöhnlichen Glanz an und auf seinen Lippen, die durch den grauen Schnauzbart halb verdeckt waren, zeigte sich eine Spur von Furcht. Mit einer Geste hieß er sie eintreten und bot Claudio einen Platz an. Dann brachte er Bossert zur Tür, die noch halb geöffnet war.

Sie gingen hinaus und ›Don Pedro‹ wandte sich an Bossert.

»Wie ist er hierher gekommen?«

In seiner Stimme war die Angst zu hören, die er zu verbergen versuchte.

»Alban Krug hat ihn mir empfohlen. Er hat Erkundigungen eingeholt und mit von Eckstein gesprochen. Der Mann ist vertrauenswürdig, sonst hätte ich ihn nicht hergebracht«, antwortete Bossert.

›Don Pedros‹ Schultern entspannten sich und er sah seinen Freund an.

»Könnten Sie mich mit ihm alleine lassen? Ich hoffe, Sie verstehen …«

»Natürlich, mein Freund, ich werde etwas herumfahren und in einer Stunde wiederkommen.«

»Danke, Bossert. Sie sind ein guter Mensch.«

Der Mann mit dem Schnauzbart betrat das Haus und setzte sich Claudio gegenüber.

»Wer sind Sie?«, fragte er, während er seine grünen Augen zusammenkniff.

»Das habe ich Ihnen bereits gesagt …, ich bin Claudio Contini …«

»Sie wissen, dass ich das nicht meine«, unterbrach der Mann ungeduldig.

»Dann sagen Sie mir zuerst, wer Sie wirklich sind. Ich kann mit niemand anderem darüber sprechen.«

Der Mann stand auf. Sein hochmütiges Aussehen passte nicht zu seiner schlichten, aber sehr gepflegten Kleidung.

»Keine Angst, ›Don Pedro‹. Sie müssen mir vertrauen, ich möchte mit Ihnen über Geschäftliches sprechen«, erklärte Claudio, der ihn zu beruhigen versuchte.

›Don Pedro‹ setzte sich erneut. Er schlug die Beine übereinander und sah ihn prüfend an. Claudio fühlte sich, als würde er untersucht, als wäre er einer der Gefangenen in den Lagern.

»Wie sind Sie an diese Dokumente gekommen? Wo haben Sie sie? Weiß noch jemand davon?«

»Es ist belanglos, wie ich an sie gekommen bin. Ich habe die Kopien bei mir.« Er öffnete die Mappe und nahm ein Bündel Papiere heraus. »Nehmen Sie. Machen Sie sich keine Sorgen. Niemand sonst weiß etwas davon.«

›Don Pedro‹ nahm rasch die Blätter an sich und setzte seine Brille auf. Während sein Blick die Zeilen der in Latein abgefassten Notizen überflog, verzog er den Mund breit und es schien, als würde er lächeln.

»Ich habe mir so sehr gewünscht, das hier in meinen Händen zu halten … Als ich nach Europa zurückgekehrt bin, war es mir unmöglich, nach Armenien zu reisen. Ich habe zehn Tage bei meiner Familie verbracht. Mein Vater hatte mich darum gebeten und ich wollte ihm nicht widersprechen, er hatte nämlich für mich und die Witwe meines Bruders Pläne gemacht. Geschäftliche Angelegenheiten. Ich hatte einen Autounfall und die Sache drang an die Öffentlichkeit. Die Polizei begann, Nachforschungen anzustellen und ich musste Deutschland so schnell ich konnte verlassen.«

»Ich habe Ihnen die Reise erspart.«

Claudio zeigte auf die Papiere. Er ließ seinen Blick durch das Zimmer schweifen, und bevor er etwas sagen konnte, erklärte ›Don Pedro‹:

»Ja. Meine wirtschaftliche Situation ist nicht sehr gut. Wenn man so viele Jahre auf der Flucht ist, kann man nirgendwo eine Zukunft beginnen.«

»Dann kann ich also davon ausgehen, dass Sie mir vertrauen?«

»Herr Contini, im Laufe dieser Jahre habe ich gelernt, niemandem zu vertrauen, mit Ausnahme einiger Personen, die, wie Sie festgestellt haben, ausgezeichnete Freunde sind. Ich bin Josef Mengele. Derselbe, den die ganze Welt wegen angeblicher Verbrechen sucht, die man in einem unvorstellbaren Maße übertrieben hat.«

»Ich bin nicht gekommen, um Sie zu verurteilen, Herr Mengele, sondern um Ihnen etwas vorzuschlagen. Ich bin daran interessiert, die Studien, die Sie in Auschwitz begonnen haben, weiterzuführen. Ihren Notizen sowie einigen der hier vermerkten Formeln zufolge, scheint es Ihnen gelungen zu sein, ein Gen zu stabilisieren, das für die Langlebigkeit verantwortlich ist.«

»Nicht nur für die Langlebigkeit, geschätzter Freund. In diesem Gen gibt es einen Faktor X, der den Chromosomen andere Anweisungen erteilt und ihnen einzigartige Eigenschaften verleiht. Ich kann Reparaturzellen oder Wachstumszellen dazu bringen, sich unendlich zu reproduzieren. Begreifen Sie, was das bedeutet?«

»Ich bin weder Biologe noch Genetiker, Herr Mengele, aber ich vertraue darauf, dass Sie wissen, wovon Sie sprechen. Das ist der Grund, weshalb ich hier bin.«

»Ich wäre Ihnen dankbar, wenn Sie mich mit ›Don Pedro‹ ansprechen würden, aus Sicherheitsgründen. Sie verstehen sicherlich?«

»Ich verstehe Sie vollkommen, Don Pedro. Glauben Sie, Sie können die Formel gegen den Alterungsprozess entwickeln, die Sie in diesen Studien schildern?«, fragte Claudio und zeigte auf die Papiere.

»Ja, wenn ich über ein Labor mit den entsprechenden Instrumenten verfüge.«

»Ich werde Ihnen beschaffen, was Sie verlangen. Stellen Sie eine Liste auf und ich werde es Ihnen einrichten. Nicht hier natürlich. Wie Sie verstehen werden, muss das an einem abgelegenen Ort sein, der über ausreichende Sicherheitsmaßnahmen verfügt, damit es nicht gefunden werden kann. Natürlich können Personen Ihres Vertrauens, falls Sie das wünschen, Zugang zu diesem Ort haben. Herr Bossert könnte uns als Verbindung nach außen dienen …«

»Ich würde ihn lieber da heraushalten. Ich habe ihn bereits zu sehr in meine Probleme verwickelt.«

»Es ist ein komplexer Plan, aber ich glaube, er ist machbar. Zunächst einmal muss für Sie ein Doppelgänger gefunden werden. Jemand, der Ihre ›Verfolger‹ verwirren kann. Ich habe viele seltsame Geschichten gehört, vor allem von Wiesenthal; ständig will er Sie an den absurdesten Orten aufgespürt haben, aber ich glaube, er macht das, damit Sie weiterhin aktuell bleiben. Das kann für ihn zu einer zweischneidigen Waffe werden, denn sollte es ihm gelingen, Ihren tatsächlichen Aufenthaltsort zu finden, können wir das nutzen, um Zweifel zu säen. Sie müssen dieses Haus verlassen. Gibt es Personen, mit denen Sie näheren Kontakt haben und von denen Sie wiedererkannt werden könnten?«

»Es kommt eine Frau zum Saubermachen. Außerdem ein Junge, der sich um die Gartenarbeit kümmert. Ab und zu bleibt er und leistet mir etwas Gesellschaft. Von meinen wirklichen Freunden habe ich nichts zu befürchten.«

»Sie werden der Frau, die bei Ihnen sauber macht, und dem Jungen sagen müssen, dass Sie ihre Dienste nicht länger bezahlen können. Es ist besser, Ihr Doppelgänger hat mit ihnen nichts zu tun.«

»Ich glaube, das ist der einfachste Teil«, merkte Mengele ironisch an. »Haben Sie den Inhalt der Schatulle berührt?«, fragte er unvermittelt.

»Ja …«

»Wie lange?«

»Ist das wichtig?«

»Wie lange?«, wiederholte Mengele drängend.

»Das erste Mal nur für einen Augenblick.«

»Wenn Sie mit dem, was sich in der Schatulle befindet, mehr als einmal in Berührung gekommen sind, Conde Contini-Massera, fürchte ich, dass Sie in ernsthafter Gefahr sind. Der Inhalt ist äußerst radioaktiv. Wir müssen uns beeilen, um zu sehen, ob ich die Folgen hinauszögern kann.«

Claudio erhielt nun Gewissheit über den Verdacht, von dem er wusste, dass er leider zutraf.

»Uns beeilen?«

»Haben Sie Nachkommen?«

»Ich habe nie geheiratet.«

»Ich meine nicht Ihren Familienstand, Herr Contini«, erklärte Mengele lächelnd. »Wenn Sie keine Kinder haben, dann müssen Sie anfangen, über die Möglichkeit nachzudenken, dies zu ändern. Es ist nicht wichtig, von wem sie sind, worauf es ankommt, sind die Föten.«

»Was sagen Sie da?«, fragte Claudio, während sich sein von Natur aus freundliches Gesicht vor Schreck verzerrte. »Soll eine Frau etwa ein Kind von mir empfangen, um es dann zu opfern?«

»Wenn Ihnen diese Idee zu unehrenhaft erscheint, könnten wir versuchen, von einem dieser Kinder die Nabelschnur zu erhalten und darauf hoffen, dass diese mit Ihrem Organismus kompatibel ist. Das ist die einzige Möglichkeit, Ihr Leben zu retten.«

»Ich weigere mich, wahllos Kinder in die Welt zu setzen.«

Mengele sah ihn durch seine dicken Brillengläser hindurch prüfend an.

»In Argentinien habe ich in einigen Labors, bei denen ich Teilhaber war, Studien durchgeführt und fortgeschrittene Experimente zu Stammzellen hinterlassen. Wissen Sie, was das ist?« Als er Claudios Gesichtsausdruck sah, fuhr er fort: »Das sind Zellen, aus denen andere Zellen hervorgehen, die sich von ihnen unterscheiden. Das heißt, es sind undifferenzierte Zellen, die die Fähigkeit besitzen, differenzierte Zellen zu erzeugen. Ich erkläre es Ihnen: Die leistungsfähigste, stärkste Stammzelle ist das Ei oder die Zygote, das heißt, die befruchtete Eizelle. Diese einzigartige Zelle ist imstande, alle spezifischen Zellen hervorzubringen, aus denen ein Individuum später besteht, Knochenzellen, Nervenzellen und so weiter. In den ersten Stadien des Embryos sind die Zellen fast so leistungsfähig wie diese erste große Stammzelle. Je mehr der Embryo wächst und sich der Fötus verändert, desto weniger leistungsfähig sind die Stammzellen, und zwar in dem Sinne, dass sie nicht mehr alle anderen Zellarten produzieren können. Einige Stammzellen produzieren nun andere Zellarten. Sie sind spezialisierter. Wir brauchen sie, um die Leukämie zu heilen, die Sie mit Sicherheit haben, wenn Sie dem radioaktiven Isotop ausgesetzt waren, das sich in der Schatulle befindet. Ich habe Jahre gebraucht, um zu merken, dass in der Eizelle oder in den Stammzellen der Schlüssel liegt, der meine Forschung zur Lösung führen könnte.«

Claudio hatte einen Mann vor sich, der von Menschen sprach, als ginge es darum, Rinder zu kreuzen, um die Rasse zu verbessern. Er wollte diese Richtung nicht weiterverfolgen und konzentrierte sich auf das, was er über seine Krankheit gesagt hatte.

»Ich werde einen einzigen Sohn haben. Wenn seine Nabelschnur für mich nützlich ist, werden wir sie verwenden. Sollte das nicht der Fall sein, werde ich es dabei belassen und die Krankheit soll ihren Lauf nehmen.«

Mengele wandte seinen Blick von ihm ab und schüttelte den Kopf.

»Bei so vielen Vorurteilen ist es wirklich schwer, Fortschritte in der Wissenschaft zu erzielen. Aber gut, es ist Ihr Leben. Wenn Sie wirklich von der Formel gegen den Alterungsprozess profitieren wollen, dann muss ich Sie darauf aufmerksam machen, dass ein Krebs in den blutbildenden Zellen kontraproduktiv sein könnte. Der Faktor X, von dem ich bereits gesprochen habe. Wenn die Behandlung erfolgreich sein soll, dann werden Sie mir aufmerksam zuhören und meine Anweisungen Schritt für Schritt befolgen müssen.«

Kapitel 12

Villa Contini, Rom, Italien
1975

Claudio Contini-Massera lag in seinem riesigen Bett in der Villa Contini. Er musste unablässig an Carlota denken, die Frau seines Bruders. *Wenn er wüsste …,* dachte er. Aber sein Bruder war schon immer ein im wahrsten Sinne des Wortes apathischer Mensch. Ihm genügte es, von den Geschenken seines Vaters zu leben und auf den Tag zu warten, an dem er das Familienerbe erhalten würde. Auch Carlota erwartete das. Aber das würde nicht geschehen. Nicht weil er, Claudio, es nicht wollte. Adriano, sein Vater und das Familienoberhaupt, hatte das beschlossen und es ihm erst gestern mitgeteilt.

Sein Bruder Bruno wusste auch nicht, dass das Kind, das im Leib seiner Frau heranwuchs, nicht sein Kind war. Claudio öffnete die zweite Nachttischschublade und nahm Carlotas Foto heraus. Seit dem ersten Tag, an dem er sie im Garten der Villa Contini herumtoben gesehen hatte, liebte er sie. Später war sie eine Fünfzehnjährige, die eine erwachsene Frau sein wollte und mit Bruno und ihm kokettierte. Bald merkten sie, dass aus dem Teenager eine Frau geworden war. Aus dem Spiel wurde ein ständiger Kampf um ihre Aufmerksamkeit, und obwohl Claudio wusste, dass Carlota ihn vorzog, war es Bruno, den sie gewählt hatte.

»Es gibt einen bestimmten Typ von Frauen, die zu heißes Blut in ihren Adern haben«, sagte *Nona*, seine Amme. »Nimm dich vor ihnen in Acht, Claudio, denn so eine Frau ist nicht für einen einzigen Mann gemacht.« Es schien, Carlota gehörte zu dieser Art von Frauen. Schon bevor sie seinen Bruder heiratete, hatte er sie besessen oder sie ihn. Was beinahe dasselbe war. Er hatte sie nie gefragt, wer ihr erster Mann war, und wenn er sie vor sich hatte, interessierte ihn nur, dass er sie begehrte. Selbst in der Hochzeitsnacht, während das Fest einem Gemälde von Hieronymus Bosch glich, das zum Leben erwacht war, schlich sie sich mit ihm in eines der zahlreichen Zimmer der Villa. Bruno übte sich in einer seiner bevorzugten Todsünden, der Dummheit, und es fiel ihm nichts Besseres ein, als sich in seiner Hochzeitsnacht zu betrinken.

Es war Claudio, der das Privileg hatte, die Braut zu entkleiden und er tat es mit Bedacht und mit allen Sinnen, denn er wusste, sie war die Frau seines Bruders. Ihr Bild blieb ihm unauslöschlich im Gedächtnis, ebenso wie die schmerzvollen Augenblicke in der Kirche, als er Carlota im Brautkleid auf Bruno zugehen sah, um ihm ihre Hand zu reichen. In dieser Nacht entschädigte er sich dafür und nahm den Kampf seines Lebens auf. Ohne Gewissensbisse, so wie auch Bruno keine wegen ihm hatte. Carlota, seine Trophäe, lag in dieser Hochzeitsnacht wie die Venus von Urbino da, mit ihrem offenen Haar, den vollen Rundungen und ihrer samtweichen Haut, die mit ihrer Seele aus Eis im Körper eines Raubtiers voller Begierde in einem Widerspruch stand. Während er mit ihr schlief, hallten in seinem Gedächtnis die Worte des Priesters wider: »In Armut und Reichtum, in Gesundheit und Krankheit erkläre ich euch zu Mann und Frau, im Namen des Vaters, des Sohnes und des Heiligen Geistes ... Amen.« Seine Tränen vermischten sich mit dem erregten Stöhnen Carlotas, die nichts ahnte von dem Reinigungsritual, das er in diesem Augenblick vollbrachte, und endete, als er von dem Kind erfuhr, das sie in dieser Nacht empfangen hatte und das ihn für immer mit der Liebe seines Lebens vereinen würde.

Nicholas Blohm
Manhattan, Vereinigte Staaten
10. *November* 1999 - 2.00 *Uhr*

Nicholas hätte gerne weitergelesen, aber seine Augen konnten nicht mehr und fielen ihm zu. Mit der letzten Seite, auf der er stehengeblieben war, nach oben geöffnet, legte er das Manuskript auf den Schreibtisch. Dann ging er direkt ins Bett und schlief ein. Sein letzter Gedanke war, dass er früh aufstehen müsse, um den Roman zu fotokopieren.

Jedes Mal, wenn Linda an Nicholas' Zimmer vorbeiging, sah sie das Licht, das unter der Tür hindurchschien. Als es im Zimmer endlich dunkel war, beschloss sie hineinzugehen. Sie würde noch warten, bis Nicholas eingeschlafen war. Sie war furchtbar neugierig, wovon sein neuer Roman handelte. Nicht etwa, weil sie sich für Literatur interessiert hätte. Sie wollte einfach nur wissen, was so wichtig war, dass es ihr zum Rivalen wurde.

Zehn Minuten später drückte Linda die Türklinke herunter und betrat vorsichtig das Schlafzimmer. Nicholas schlief tief und fest. Er hatte sich nicht einmal zugedeckt. Das Manuskript lag offen auf dem Schreibtisch. Sie ging darauf zu, nahm es und verließ den Raum. Mit Bedacht legte sie an der Stelle, an der Nicholas stehen geblieben war, ein Blatt ein und begann von der ersten Seite an zu lesen.

›Ohne Titel‹, war das Erste, was sie sah. Sie fand das seltsam, aber noch seltsamer war, dass sie nirgends Nicholas' Namen entdecken konnte.

Kapitel 1

»Als sie den Strand bereits verlassen hatte und die Holzstufen hinaufstieg, bemerkte sie, dass sie ihre Lesebrille vergessen hatte. Widerwillig ging sie zurück, konnte aber ihre ›anderen Augen‹, wie sie ihre Brille immer nannte, nicht finden. Es störte sie, sie benutzen zu müssen, aber solange sie sich keine Kontaktlinsen kaufen konnte … Als sie an die Stelle kam, an der sie heute, während sie las, ihr Sonnenbad genommen hatte, sah sie mit Erstaunen, wie eine Krabbe ihre Brille im Sand vergrub. Es dauerte kaum eine Sekunde, da war sie samt ihrer Brille verschwunden, und obwohl sie im Sand grub und mit der Hand in das Loch fasste, das das Krustentier hinterlassen hatte, konnte sie sie nicht zurückbekommen. Verzweifelt setzte sie sich in den Sand und weinte. Sie hatte keine andere Brille und konnte ohne sie nicht arbeiten. Sie konnte nichts tun. Sie verfluchte das gemeine Krabbeltier und verfluchte sich selbst für ihre Idee, zum Lesen an den Strand zu gehen.«

Linda unterbrach ihre Lektüre. *Sein großer Roman handelte von einer diebischen Krabbe?*, fragte sie sich, während sie sich Mühe gab, nicht laut loszulachen. Und was war mit Mengele und der Formel für die ewige Jugend? *Lügen von Nicholas natürlich.* Das also war die Geschichte, die ihr Rivale sein sollte. Sie wollte nicht weiterlesen. Genau genommen war sie eine schlechte Leserin, sie sah lieber fern oder ging ins Kino. Egal was, nur nicht stundenlang über ein paar Seiten sitzen. Das war für sie das Langweiligste der Welt und eine Verschwendung ihrer wertvollen Zeit. Obwohl ihre Zeit nicht wirklich wertvoll war, da sie diese für irgendwelche belanglosen Aktivitäten vergeudete.

Sie legte das Manuskript an seinen Platz zurück und ging in das Zimmer, das Nicholas ihr zugewiesen hatte.

Kaum hatte Nicholas seine Augen geöffnet, suchte sein Blick das Manuskript. Ein Seufzer der Erleichterung entrann seiner Brust, als er sah, dass es offen war. Er befürchtete, die Geschichte, die er gerade las, könnte verschwunden sein, gleichzeitig würde es ihn wundern, wenn sie sich nicht verändert hätte, wie es bei diesem Manuskript normal zu sein schien.

Er gähnte, streckte sich und nahm als Erstes das Manuskript, um seine Lektüre fortzusetzen. Es war leer. Sein Herz überschlug sich. Er blätterte die Seiten durch und es gab nicht eine beschriebene Zeile. Er schloss es und versuchte, das Ritual vom ersten Mal zu wiederholen, und als er es erneut öffnete, war es immer noch leer. Es gab keine andere Geschichte, es war einfach alles verschwunden.

Er taumelte aus dem Zimmer und stieß auf Linda.

»Was ist los?«, fragte sie, als sie ihn sah.

Er war so blass, als hätte ihm ein Vampir alles Blut aus den Adern gesaugt.

»Es ist leer.«

»Was?«

»Das Manuskript ist leer.«

»Hast du schon viel geschrieben? Ist es nicht in deinem Computer?«

»Nein. Ich habe es nirgends. Es war der beste Roman, der Roman meines Lebens …«

»Der von der diebischen Krabbe?«

Nicholas sah sie aufmerksam an.

»Was meinst du damit?«

»Nichts.«

Nicholas hielt sie am Arm fest und sah ihr prüfend ins Gesicht.

»Wovon sprichst du? Was hast du gemacht?«

»Ich? Nichts. Ich habe nur geschlafen. Ich verstehe dich nicht. Wie kannst du einen Roman schreiben und keine Kopie in deinem Archiv haben, wenn er, wie du sagst, das Beste war, was du geschrieben hast?«

»Ich habe keine Kopie! Der Roman ist weg! Verstehst du das denn nicht?« Er ging in sein Zimmer, nahm das leere Manuskript und zeigte es ihr. »Sieh selbst. Da steht nichts drin.«

Linda nahm das Manuskript und blätterte in den Seiten.

»Es ist unglaublich. Da steht nicht, was ich gelesen habe. Bist du dir sicher, dass es das Manuskript ist?«

»Was du gelesen hast, sagst du? Linda, wenn du irgendwas mit meinem Roman gemacht hast, dann schwöre ich dir, dass …«

»Nicholas …, ist ja gut. Ich bin gestern hereingekommen, um dein Manuskript zu sehen. Ich habe nur einen Absatz über eine Krabbe gelesen, die die Brille einer Frau im Sand versteckt hat. Ich fand es nicht sehr gut, also habe ich es wieder dort hingelegt, wo es war.«

»Mein Gott! Also du warst es …«

»Ich schwöre es dir, Nicholas, ich habe nichts getan. Ich habe alles so gelassen, wie es war«, wiederholte sie.

Nicholas drehte sich um und sperrte sich in seinem Zimmer ein. Er musste es tun, damit nicht noch etwas Fürchterliches geschah. Er blickte auf das Manuskript auf dem Schreibtisch, die silbergrüne Ringbindung schien ihm zuzuzwinkern. Er näherte sich und musterte das Manuskript. Er schloss es und schlug es wieder auf, aber nichts half. Er ging aus dem Zimmer und suchte Linda.

»Du musst hier sofort ausziehen.«

»Nicholas …, ich weiß nicht, wohin ich gehen soll.«

»Zwinge mich bitte nicht dazu, dich rauszuwerfen. Ich muss alleine sein, ganz und gar alleine.«

»Gib mir wenigstens ein paar Stunden, damit ich einige Anrufe machen kann. Das kannst du doch nicht mit mir machen.«

»Doch, das kann ich.« Nicholas überlegte einen Moment. »Ich werde jetzt rausgehen, Linda. Wenn ich zurückkomme, möchte ich dich hier nicht mehr sehen.«

Er nahm das Manuskript und verließ die Wohnung.

Er hoffte, der Mann vom Friedhof wäre da. Warum, wusste er nicht genau, denn er hatte keinen Einfluss auf das Manuskript. Aber er war in diesem Augenblick nicht in der Lage, vernünftig zu denken. Er wollte nur mit ihm sprechen, ihm alles erzählen, sein Unglück mit ihm teilen.

Als er ankam, sah er niemanden. Abgesehen von einer Taube, die wegflog, als er sich ihr näherte, war die Bank leer. Er setzte sich und suchte in den spiralgebundenen Blättern, die er vor sich hatte, vergeblich nach einem Zeichen. Plötzlich wusste er, was er tun musste. Er selbst würde den Roman schreiben, schließlich war er Schriftsteller. *Oder etwa nicht?*, fragte er sich. Tatsache aber war, dass es ihm schwerfallen würde, dem nachzueifern, der die Geschichte mit der Schatulle erfunden hatte. Italien … Claudio Contini-Massera, Armenien und seine Katakomben … Wo konnte er Daten finden? Im Internet natürlich. Wo noch? Er musste Informationen suchen. Er hoffte, dass er Linda nicht mehr antraf, wenn er zurückkam. Sie hatte genug Schaden angerichtet. Er hatte keine Gewissensbisse, dass er sie auf die Straße warf. Er sah in ihr diejenige, die an seinem Unglück schuld war, früher und jetzt.

Kaum war er wieder in der Wohnung, stellte er erleichtert fest, dass sie nicht mehr da war. Er ging direkt zum Computer und gab in die Suchmaschine das Erste ein, was ihm einfiel: Claudio Contini-Massera.

Zu seiner Überraschung erschien zu diesem Namen eine ganze Seite mit Suchtreffern.

»Der bekannte Millionär und Unternehmer Conde Claudio Contini-Massera verstarb gestern, am Mittwoch, den 10. November 1999. Seine sterblichen Überreste werden in seinem Privatmausoleum in der Villa Contini beigesetzt. Sein Neffe, Dante Contini-Massera, den viele als seinen Erben ansehen, befindet sich in Rom und …«

Nicholas war sprachlos. Die Figuren des Romans, der vor mehr als drei Monaten geschrieben wurde, gab es wirklich, und nicht nur das, es war genau das eingetreten, was er im Manuskript gelesen hatte. Das heißt also ..., die Idee erschien vor seinen Augen, als stünde sie auf einem riesigen Leuchtschild: *Alles, was im Manuskript erzählt wurde, entsprach der Wirklichkeit.* Das Geheimnis, die Formel, die Katakomben, Mengeles Forschungen auf der Suche nach der ewigen Jugend ...

Während sein Herz schlug, als wäre es eine Trommel, suchte Nicholas weiter nach Informationen und fand noch einige Angaben zum Werdegang des verstorbenen Claudio Contini-Massera.

Er musste nach Rom reisen. Er musste Dante und den Bruder Martucci kennenlernen und diese Geschichte zu Ende schreiben. Wie viel Geld hatte er noch auf der Bank? Er sah auf seinem Konto nach und überprüfte den Saldo: 3.400 Dollar. Das war nicht viel. Und für Europa noch weniger. Er hatte noch seine Kreditkarten. Nach Möglichkeit würde er noch an diesem Abend abreisen, er durfte Dantes Spur nicht verlieren. Er erinnerte sich an das Datum, das ihn interessierte: 12. November auf dem Protestantischen Friedhof von Rom.

Nicholas Blohm
Protestantischer Friedhof, Rom, Italien
12. *November* 1999 - 10.30 *Uhr*

Das Taxi setzte ihn genau vor dem Eingang des Friedhofs ab. Nicholas betrat ihn und vertrieb sich die Zeit damit, die vernachlässigten Gräber zu betrachten und die zahlreichen Katzen zu beobachten, die von diesem Ort offenbar Besitz ergriffen hatten. Er warf einen Blick auf die Armbanduhr und wandte sich dem Eingang zu. Der silberfarbene Maserati müsste jeden

Augenblick eintreffen und direkt an einer der Mauern parken, die sich in unmittelbarer Nähe zum Eingang befanden. Er war vom Flughafen direkt hierher gekommen, damit er Dante und Martucci an diesem Ort antreffen konnte. Als er das sanfte Schnurren von Dantes Wagen hörte, musste er sich beherrschen, um nicht einen Triumphschrei auszustoßen. Vor seinen Augen standen die Figuren *seines* Romans. Es war genau so, wie er es gelesen und sich vorgestellt hatte. Sie stiegen aus dem Fahrzeug und betraten den Friedhof. Er hielt sich in einiger Entfernung und beobachtete sie ungeduldig, während er sich im Stillen Notizen zu den beiden Männern machte, die etwa zwanzig Schritte vor ihm gingen.

Jetzt werden sie unter einem Baum stehen bleiben, sich unterhalten und nach einer Weile wird Dante sich von Martucci abwenden, sich auf eine Grabplatte setzen und den Kopf zwischen die Hände nehmen. Kurz danach wird sich der Mönch ihm nähern, murmelte Nicholas. Und tatsächlich ging Bruder Martucci, der hochgewachsen und dünn war, langsam auf Dante zu und blieb vor ihm stehen.

Nicholas wartete und beschränkte sich darauf, die beiden zu beobachten. Er wusste Schritt für Schritt, was sie tun würden und sogar, über was sie gerade sprachen und was jeder von ihnen fühlte. Er wartete, bis sie den Weg, der zum Mausoleum führte, wieder aufnahmen und drängte sich zwischen die Büsche, um ihnen unauffällig zu folgen. Dann betrachtete er Dante genauer. Er war größer als Martucci, mit hellbraunem Haar und von athletischem Körperbau. Er bewunderte dessen elegante Haltung und Gestik, die ebenso wie die des Mönchs sehr mediterran war. Seine Neugier ließ Nicholas unachtsam werden. Da wusste er, dass Dante ihn zwar sehen, ihn aber für einen Touristen halten würde. Er verließ sein Versteck zwischen den Bäumen und ging direkt auf den Ausgang zu. Er musste darauf vorbereitet sein, Dante zu folgen und eine Möglichkeit finden, sich ihm zu nähern. Aber wie? Dante war einer der mächtigsten Männer Italiens. *Oder bald wäre er es. Ich werde mich als Journalist ausgeben.* Nicholas hatte noch den Ausweis der New York Times, bei der er bis vor zwei Monaten Kolumnist war.

Er hielt ein Taxi an.

»Warten Sie bitte einen Augenblick«, sagte er zum Fahrer und hoffte, dieser würde ihn verstehen.

Der Taxifahrer schien Englisch zu sprechen. Er schaltete den Fahrpreisanzeiger an und wartete.

»Folgen Sie bitte dem Maserati aus einiger Entfernung.«

Er spürte den Blick des Mannes über den Rückspiegel. Einen Augenblick lang dachte er, er würde sich weigern, aber er folgte seinen Anweisungen. Der Maserati fuhr in die Innenstadt Roms und hielt in einer engen Straße. Der Mönch stieg aus und der Maserati fuhr weiter. Er fuhr, ohne anzuhalten, bis zur Villa Contini, die sich in einem der Außenbezirke befand. Nachdem der Wagen die beiden Steinlöwen passiert hatte, sah er aus der Entfernung, dass sich hinter Dantes Wagen ein Gitter schloss. Nicholas fragte sich, woher dieses kam und wo sich das Wachhaus befand. Das hatte nicht im Manuskript gestanden.

»Ich muss mit Herrn Dante Contini-Massera sprechen. Ich komme aus den Vereinigten Staaten und arbeite bei der New York Times«, erklärte Nicholas dem Wachmann.

»Haben Sie einen Ausweis?«

Nicholas zeigte ihm den Ausweis und seinen Pass. Nachdem er beides sorgfältig geprüft hatte, blickte ihm der Wachmann direkt ins Gesicht, als würde er es sich einprägen.

»Haben Sie einen Termin mit ihm?«

»Nein. Aber könnten Sie ihn fragen, ob er mich empfangen kann? Ich muss noch heute Abend in mein Land zurückkehren.«

»Warten Sie bitte einen Augenblick.«

Der Wachmann betrat die Pförtnerloge und Nicholas beobachtete, wie er telefonierte. Er wartete eine Weile, schließlich näherte sich der Mann dem Taxi.

»Ist in Ordnung. Herr Contini-Massera wird Sie empfangen. Warten Sie einen Moment.«

Er kehrte zum Wachhaus zurück und das Gitter öffnete sich.

Sie fuhren den mit Bäumen gesäumten Weg entlang und er sah die Villa Contini. Der Wohnsitz, den er sich in diesen Tagen so oft vorgestellt hatte. Ein Rondell, in dessen Mitte die Skulptur einer Frau hervorragte, die Wasser aus einem Krug vergoss, verlieh der Villa einen besonderen Charme. Das Taxi hielt genau vor dem Haupteingang.

»Könnten Sie warten? Ich weiß nicht, wie lange ich brauchen werde, aber es wird für mich schwierig sein, ohne Auto von hier wegzukommen.«

Der Mann warf einen Blick auf den Fahrpreisanzeiger, dann sah er ihn an.

»*Va bene, signore* … Ich werde hier warten.«

»Danke.«

Nicholas stieg die Eingangstreppe hinauf. Die enorme geschnitzte Tür öffnete sich, noch bevor er die Klingel gedrückt hatte.

»Guten Tag, bitte kommen Sie herein. Herr Contini-Massera wird Sie in wenigen Augenblicken empfangen. Bitte folgen Sie mir.«

Nicholas war von dem Luxus, den er im Haus vorfand, beeindruckt. Er folgte dem Butler und betrat einen Salon, der eher zu einem Museum zu gehören schien als zum Alltag einer Familie. Er nahm in einem der Sessel Platz und wartete längere Zeit. Nach neun Minuten erschien Dante auf der Türschwelle.

»Guten Tag, Herr Blohm. Sagen Sie mir bitte, wobei kann ich Ihnen behilflich sein?«

Für einen kurzen Moment war Nicholas wie gelähmt. Vor ihm stand die Figur *seines* Manuskripts. Er stand auf und reichte ihm die Hand; er verspürte dringend den Wunsch, ihn zu berühren.

»Herr Contini-Massera, ich bin Gesellschaftskolumnist der New York Times. Zuallererst möchte ich Ihnen mein Beileid aussprechen. Ihr Onkel, der Conde Contini-Massera, war in den gesellschaftlichen Kreisen und in der Finanzwelt meines Landes eine bekannte Persönlichkeit«, wagte sich Nicholas vor.

»Das wusste ich nicht. Ich danke Ihnen für Ihre Worte. Möchten Sie, dass wir über meinen verstorbenen Onkel sprechen?«, antwortete Dante und lud ihn ein, sich zu setzen.

»Eigentlich bin ich gekommen, um Sie zu interviewen.«

»Ein Interview? Und worüber könnte ich denn sprechen?«, fragte Dante verwundert nach.

»Mit dem Tod Ihres Onkels werden Sie sein Vermögen erben, nicht wahr? Das ist eine Nachricht, die viele interessieren würde. Werden Sie auch den Titel erben?«

»Ich fürchte, dass ich Ihnen diese Fragen nicht beantworten kann, Herr Blohm. Das sind ganz und gar persönliche Angelegenheiten.«

»Ich verstehe Sie voll und ganz, Herr Contini. Aber da ich schon einmal hier bin, könnten Sie mir etwas sagen, irgendetwas, damit ich nicht mit leeren Händen zurückkehre?«

Dante verharrte schweigend und auf seinem Gesicht zeichnete sich ein kaum wahrnehmbares Lächeln ab. Von einem Augenblick zum anderen war er zu einer wichtigen Person geworden und vor drei Tagen hatte er nicht einmal das Geld, um seine Reise zu bezahlen. Der Mann, der vor ihm saß, schien kein versierter Journalist zu sein, wie er sie bei den Konferenzen gesehen hatte, die sein Onkel Claudio gab. Er war offenbar ein Neuling. Wie er. Er war ihm sympathisch. Wenn es etwas gab, was ihm an den Amerikanern gefiel, dann war es die Arglosigkeit, die diese Menschen ausstrahlten.

»Ich habe eine Zeit in Ihrem Land gelebt und in Yale den Master in Wirtschaftswissenschaften gemacht. Ich bin gerade erst zurückgekehrt und habe hier die traurige Nachricht erhalten, dass ich den liebsten Menschen, den ich hatte, verloren habe. Sie können in Ihrer Kolumne schreiben, dass sein Tod mir großen Schmerz bereitet hat und dass ich noch nicht weiß, ob ich der Erbe bin. Die Familie ist groß, den Inhalt des Testaments meines Onkels kenne ich nicht und das interessiert mich auch nicht besonders.«

»Sie haben recht. Ich finde es nicht in Ordnung, Familiengeheimnisse zu verbreiten und viel weniger noch, wenn es sich um finanzielle Angelegenheiten handelt. Aber es ist meine Arbeit und etwas muss ich schreiben. Wir könnten daher über Ihren Aufenthalt in meinem Land sprechen.«

»Im Grunde war ich dort, um zu studieren und das Leben in den Vereinigten Staaten etwas kennenzulernen.«

»Haben Sie dort jemanden zurückgelassen? Ich meine, zwei Jahre, das sind eine Menge Tage ...«

»... und viele Nächte, das ist wahr«, schloss Dante mit einem Lächeln, das Nicholas fesselte. »Aber mein Kopf war bei meinem Studium. Natürlich hatte ich ein paar Freundinnen ..., nichts von Bedeutung.«

»Haben Sie vor, zurückzukehren? Ihre Rückkehr nach Rom erfolgte wohl sehr plötzlich. Ich nehme an, es sind noch Dinge zu erledigen.«

»Die könnte ich hier veranlassen. Ich habe nicht vor, bald zurückzukehren.«

Dante dachte an Irene. Er würde ihr das Darlehen zurückzahlen müssen. Ein Schatten verdüsterte sein Gesicht und er sah Nicholas prüfend an. *Wer war dieser Mann?* Martucci hatte ihn vor Irenes dunklen Geschäften gewarnt.

»Ihr Leben scheint sehr klar zu sein, Herr Contini.«

Dante hatte Nicholas einen Augenblick lang nicht zugehört. Etwas an seiner Gestalt rief in ihm eine Erinnerung hervor, flüchtig, aber zunehmend deutlicher. Die Silhouette auf dem Friedhof kam ihm in den Sinn.

»Sie sind mir gefolgt, nicht wahr?«

»Ja. Und ich bitte Sie, mir zu verzeihen. Aber ich habe Sie mit dem Priester gesehen und wollte Sie auf dem Friedhof nicht ansprechen«, kam Nicholas in den Sinn, zu sagen.

Das war besser, als es zu leugnen.

»Was wollen Sie genau von mir, Herr Blohm?«

Nicholas seufzte und presste die Lippen zusammen. Er beschloss, zu reden.

»Sehen Sie, Herr Contini. Ich bin Schriftsteller und außerdem Journalist. Ihr Onkel, Herr Claudio Contini, war für mich immer ein faszinierender Mann. Ich wollte Sie kennenlernen und hoffte, Sie erklären sich vielleicht bereit, etwas von Ihrer Familie zu erzählen. Ich interessiere mich für Geheimnisse … Ich weiß, Ihr Onkel hat Ihnen eines hinterlassen.«

Nicholas sah die brüske Bewegung, die Dante machte.

»Ich glaube nicht, dass wir dieses Gespräch fortsetzen sollten, Herr Blohm.« Dante ging zu einer Konsole und legte seine Hand darauf. Unmittelbar darauf erschien der Butler. »Fabio, rufen Sie bitte Nelson.«

Der Butler verschwand und Dante beobachtete Nicholas aufmerksam. Etwas war nicht in Ordnung.

»Herr Contini, bitte hören Sie mir zu. Ich bin weder ein Dieb noch ein Verbrecher. Hören Sie mir bitte nur zu. Wenn ich Ihnen erzähle, was mir widerfahren ist, glauben Sie es vielleicht nicht oder Sie denken, ich sei verrückt.«

Nelson nahm den gesamten Raum der zweiflügeligen Tür ein. In Nicholas' Augen würde er den Raum jeder Tür ausfüllen. Seine fast zwei Meter Körpergröße waren Ehrfurcht gebietend, ebenso wie seine Muskeln, die sich unter dem handschuheng anliegenden schwarzen Hemd abzeichneten.

»Bitte, Nelson, begleiten Sie den Herrn zum Ausgang.«

»Herr Contini, Sie machen einen Fehler ..., ich wollte nur ... Was ist in Armenien mit Ihrem Onkel Claudio und Francesco Martucci passiert? Und die Schatulle, was enthält sie? Hören Sie mir zu! Ich kenne einige ...«

Dante machte eine Handbewegung und Nelson ließ Nicholas' Arm los.

»Warte draußen, Nelson. Ich werde dich rufen.«

Bevor sich der Riese zurückzog, durchsuchte er Nicholas mit schnellen und fachmännischen Handgriffen. Er befand ihn als ›sauber‹ und hielt Dante den Pass, ein Flugticket und den gesamten Inhalt seiner Taschen hin.

»Leg alles auf die Konsole, Nelson, danke. Und Sie, nehmen Sie bitte Platz.«

Dante wies mit einer Handbewegung auf einen Sessel und setzte sich danach in einen anderen. Er öffnete den Pass, las sorgfältig die Angaben, überprüfte den Einreisestempel und untersuchte das Ticket. Dann legte er beides auf einen kleinen Tisch, der sich links von ihm befand.

Nicholas war sich nicht sicher, wie er sich verhalten sollte und auch nicht, wie viel er ihm sagen sollte. Besessen von einem Manuskript war er nach Rom gereist und die Situation wurde für ihn immer komplizierter. Allmählich bereute er es, so impulsiv gehandelt zu haben. Wenn er ihm die Wahrheit erzählte, würde er es niemals glauben, er hatte keine Beweise. Das Manuskript war leer. Und er stellte allmählich fest, dass nicht alles, was in ihm geschrieben stand, unbedingt stimmte. Es gab gewisse Variablen, wie das Eingangsgitter, dieses Mastodon von Leibwächter oder die Persönlichkeit des jungen Mannes, der vor ihm saß und der überhaupt nichts mit einem nichtsnutzigen und trägen Millionärssohn gemein hatte. Seine Gesten und sein Verhalten zeigten, dass er ein sehr selbstsicherer Mann war.

Dante schwieg lange Sekunden. Er wusste, wie er seinen Gegner nervös machen konnte, denn mehr als ein Vater war

Onkel Claudio sein Lehrer gewesen. Er hatte das Gefühl, dass die Person, die er vor sich hatte, ein Lebenskünstler war. Wie viel wusste er über das, was er sagte? Er dachte an die Vorsichtsmaßnahmen, die Martucci ergriffen hatte und die ihm jetzt vergeblich schienen.

»Also, Herr Nicholas Blohm, jetzt werden Sie meine Fragen beantworten. Was genau suchen Sie hier?«

»Herr Contini, wie ich bereits erwähnt habe, bin ich Schriftsteller. Auf eine äußerst merkwürdige Weise ist ein Manuskript in meine Hände gelangt. Genau dieses hier.« Er reichte es ihm. »Darin stand eine Geschichte, die keinen Titel trug. Sie bezog sich auf ein Geheimnis, das der Conde Claudio Contini-Massera besaß und das er Ihnen nach seinem Tod mithilfe des Mönchs Martucci hinterlassen hat. Ich weiß, es klingt ungewöhnlich, aber glauben Sie mir, es ist die Wahrheit.«

Dante blätterte im Manuskript und sah, dass es leer war.

»Hier steht nichts.«

»Ich weiß. Dieses Manuskript ist etwas Besonderes. Ich habe in ihm viel über Sie, Ihren Onkel und Ihre Familie gelesen. Ich dachte, es wäre nur ein Roman, aber als der Inhalt des Manuskripts plötzlich verschwand, begann ich, weil ich in meiner Verzweiflung das, was darin stand, niederschreiben oder wiederherstellen wollte, im Internet zu suchen. Dabei stieß ich auf die Nachricht über den Tod Ihres Onkels. Da wusste ich, was ich gelesen hatte, war Wirklichkeit, so seltsam es auch scheinen mag.«

Nach dem Gespräch mit Martucci hatte sich Dantes Fähigkeit, zu staunen, erweitert. Vor ein paar Tagen hätte er vielleicht noch anders gehandelt, aber dieser Amerikaner schien das, was er sagte, zu glauben.

»Ich sage nicht, dass ich Ihnen glaube, Herr Blohm. Aber ich hätte gerne, dass Sie mir all das erzählen, was Sie in diesem Manuskript angeblich gelesen haben.«

Und Nicholas erzählte. Die Zeilen, die ihn so sehr beeindruckt hatten, waren ihm noch frisch im Gedächtnis. Er hielt sich so genau er konnte an die Geschichte und Dante hörte aufmerksam zu. Zuerst neugierig, dann verwandelte sich die Neugier in Verblüffung, als der Amerikaner am Ende sagte:

»Ich weiß, Claudio Contini-Massera war Ihr Vater und ich kenne den Schlüssel, mit dem Sie die Formel finden können.«

Als er diese Worte hörte, hatte er das Gefühl, dass in seinem Leben etwas Außerordentliches geschah. Vorausgesetzt natürlich, Nicholas Blohm war nicht einfach nur ein Scharlatan.

Der Pakt

An diesem Punkt war ich nun angelangt. Vor mir hatte ich einen Amerikaner, den ich nicht kannte und der schwor, alles, was er mir erzählt hatte, in einem Manuskript gelesen zu haben, in dem nicht ein einziges Wort geschrieben stand, und aus irgendeinem merkwürdigen Grund glaubte ich ihm. Er sah nicht aus, als sei er gefährlich, obwohl ich gelernt hatte, dem äußeren Anschein nicht zu trauen. Das Ungewöhnliche an alldem ist, dass er viel wusste. Mehr, als ich selbst erst an diesem Tag erfahren hatte. Dadurch war er im Vorteil, aber ich verstand nicht, warum er mir helfen wollte.

»Was wollen Sie im Gegenzug dafür?«, fragte ich.

»Ich möchte bei der Suche nach dem Geheimnis, das Ihr Onkel Claudio Ihnen hinterlassen hat, dabei sein.«

»Und warum denken Sie, dass ich das erlauben werde?«

»Ich glaube, Sie haben keine andere Wahl, Herr Contini. Es ist nicht meine Absicht, Sie zu erpressen, falls Sie das denken sollten. Sehen Sie, ich bin sicher, die außergewöhnliche Geschichte Ihres Onkels ist einen Roman wert. Ich kann die Geschichte erzählen, ohne Namen zu erwähnen. Ich muss nur an den Ereignissen teilnehmen. Ich verlange von Ihnen nichts, was unmöglich wäre.«

»Und wenn ich mich weigere?«

»Ich könnte den Roman mit dem schreiben, was ich bereits weiß. Es gibt da viele Geheimnisse, die ich benutzen könnte. Die Beziehung Ihres Onkels mit Mengele, die Formel, an der mehr als nur ein Pharmaunternehmen interessiert sein wird, abgesehen von der schmutzigen Wäsche der Familie …«

»Wenn Sie das keine Erpressung nennen … Sie riskieren viel, Herr Blohm. In diesem Augenblick kann ich keine Entscheidung treffen. Ich muss darüber nachdenken, aber ich verspreche Ihnen, ich werde Ihnen eine Antwort geben. Setzen Sie sich morgen Abend mit mir in Verbindung, ich gebe Ihnen dann Bescheid.«

Ich bemerkte, wie Nicholas Blohm mich ansah, als warte er auf etwas.

»Haben Sie verstanden, was ich Ihnen gesagt habe?«, fragte ich ihn.

»Ja, ich werde Sie morgen Abend anrufen. Können Sie mir eine Nummer geben, unter der ich anrufen kann?«

»Stand die nicht im Manuskript? Ach! Es hat sich ja gelöscht …«, merkte ich ironisch an.

Ich notierte eine Nummer in ein Notizbuch, das auf der Konsole lag, und riss die Seite heraus. Ich wollte nicht, dass er von mir eine Visitenkarte hatte. Ich reichte ihm den Zettel und rief Nelson.

»Können Sie mir den Pass zurückgeben?«

»Der Pass bleibt bei mir, ebenso wie das Flugticket. Aber Sie können Ihre Brieftasche mitnehmen. Warten Sie einen Augenblick.«

Ich öffnete seine Brieftasche und nahm die Kreditkarten sowie alle Karten, Papiere oder Dokumente heraus, die ihn ausweisen könnten. Ich übergab ihm lediglich das Geld und einige Schlüssel.

»Aber das ist unmöglich, ich kann doch hier nicht ohne Ausweispapiere herumlaufen. In jedem Hotel wird man einen Ausweis von mir verlangen. Das ist illegal …, meine Kreditkarten … Ich werde mich bei der amerikanischen Botschaft beschweren.«

»Tun Sie das, Sie würden mir einen großen Gefallen tun. Sie können aber auch dem Taxifahrer sagen, dass er Sie in ein Hotel bringen soll, in dem man Sie nicht nach Ihrem Namen fragt. Ich schlage Ihnen vor, Sie begleiten jetzt Nelson, Herr Blohm. Ich warte auf Ihren Anruf.«

»Geben Sie mir wenigstens das Manuskript«, bat er verzweifelt.

»Das Manuskript bleibt bei mir, bis wir uns wiedersehen.«

Nicholas Blohm sah mich an und schüttelte den Kopf. Ich sah die Angst in seinen Augen, während Nelson mit seiner hartnäckigen Schweigsamkeit ihm bedeutete, dass es Zeit wäre, mich in Ruhe zu lassen. Ich sah ihre Rücken hinter der Tür verschwinden, nahm den Pass, das Flugticket und seine übrigen Sachen und ging damit in mein Zimmer. Ich musste noch an diesem Tag mit Martucci sprechen. Nicholas Blohm hatte sich in mein Leben gedrängt und das würde ihn teuer zu stehen kommen. Ich wusste, er könnte neue Kreditkarten anfordern. Er müsste nur sagen, er hätte seine verloren. Aber es wäre ein zusätzliches Hindernis. Und nebenbei hatte er keine Ausweispapiere. Andererseits hatte mir sein angsterfülltes Gesicht tiefe Genugtuung bereitet. Ich weiß nicht, was er dachte, was ich mit ihm tun könnte, jedenfalls hatte er jetzt etwas, über das er sich Sorgen machen konnte.

Ich rief Martucci unter seiner Privatnummer an, die er mir vor kaum einer Stunde gegeben hatte.

»Abt Martucci, es hat sich ein Problem ergeben. Ich glaube nicht, dass es zweckmäßig ist, am Telefon darüber zu sprechen. Bitte sagen Sie mir, wo ich Sie abholen kann.«

»Ich werde hundert Meter von La Forchetta auf Sie warten …«, er machte eine Pause, »in einer halben Stunde.«

Ich mochte Martucci. Ich verstand, weshalb Onkel Claudio ihm vertraute. Er stellte keine unnützen Fragen, zögerte nicht, war direkt. In gewisser Weise tat es gut, ihn an meiner Seite zu haben. Was hätte Onkel Claudio unter diesen Umständen getan? Dem Spiel des Amerikaners folgen? Ihn verschwinden lassen? Die Idee war nicht schlecht. Aber das konnte ich mir nicht erlauben. Andererseits, wie viel Schaden konnte mir Nicholas Blohm zufügen? So wie ich es sah, war er jemand, der, wie er sagte, um jeden Preis versuchte, einen Roman zu schreiben.

Ich ging in die Garage und wählte einen dunkelblauen Wagen. Der einzige, der gewöhnlich aussah. Ein Fiat, den das Personal zum Einkaufen benutzte. Er hatte dunkle Scheiben und ich konnte unentdeckt bleiben.

Martucci stand an einer Ecke. Ich erkannte ihn, obwohl er seine Kutte nicht trug.

»Warten Sie, bis ich es Ihnen erzähle. Sie werden es nicht glauben«, warnte ich ihn, gleich nachdem er eingestiegen war.

»Glauben Sie mir, *Signore mio*, in meinem Leben habe ich schon fast alles gehört. Nehmen Sie das hier.«

»Was ist das?«

»Diese Röhre enthält die Dokumente. Auf dem ersten Blatt stehen die Anweisungen.«

»Es ist wohl besser, wir fahren in die Villa. Ich möchte nicht in den Straßen von Rom herumfahren. Dort sind wir sicher.«

»Ich dachte, *la sua mamma* wäre dort.«

»Sie ist lieber in ihrer Wohnung in Rom. Ich bin in der Villa, weil ich mich nicht bei meiner Mutter einquartieren möchte.«

Er nickte zustimmend und auf dem Weg erzählte ich ihm von meiner Begegnung mit dem Amerikaner.

Bruder Martucci schien nachdenklich. Ich bin mir sicher, sein Gehirn arbeitete emsig.

»Sie haben den Amerikaner in den Vereinigten Staaten nie getroffen?«, fragte Martucci.

»Ich habe ihn nie zuvor gesehen. Das Schlimmste an allem ist, ich glaube ihm. Ich weiß nicht, warum, aber ich habe den Eindruck, dass es wahr ist, was er sagt. Ich habe das Manuskript in meinem Besitz, ebenso seinen Pass und seine Kreditkarten.«

Martucci lächelte leicht, ich sah es und er bemerkte es.

»Ich glaube, Claudio hätte es ebenso gemacht«, sagte er. »Es ist schade, dass er Sie jetzt nicht sehen kann.«

Als wir in der Villa angekommen waren, gingen wir direkt in mein Zimmer. Ich zeigte ihm das Manuskript, das nur aus ein paar leeren Blättern mit schwarzen Einbanddeckeln bestand, die von einer Spiralbindung zusammengehalten wurden.

»Es scheint nichts Außergewöhnliches zu sein. Haben Sie an die Möglichkeit gedacht, dass dieser Mensch vielleicht verrückt ist? Es gibt viele Wahnsinnige auf dieser Welt und die Amerikaner sind dafür besonders anfällig.«

»Dann wäre es auf alle Fälle ein hellseherischer Wahnsinn. Er hat mir in allen Einzelheiten gesagt, was Sie mir erzählt haben, und mehr. Wie sollte jemand so etwas wissen?«

»Nehmen wir einmal an, der Amerikaner sagt die Wahrheit und dass das hier«, er legte die Hand auf das Manuskript, »eine Art Buch des Lebens ist. Ich werde das jetzt nicht infrage stellen. Die Sache ist nur: Warum? Warum ist das ausgerechnet diesem Mann passiert? Aus welchem Grund erschien das Leben von Claudio Contini-Massera in diesem Manuskript? Was will er? Einen Roman mit einer Handlung schreiben, die er dem Leben einiger Personen entnimmt? Das scheint nicht sehr intelligent zu sein. Mit dem, was er weiß, könnte er bereits mit dem Schreiben beginnen und den Rest erfinden. Er ist nicht einmal ein guter Schriftsteller. So viel ist sicher.«

»Er sagte, er wolle mir dabei helfen, das Geheimnis zu suchen, das Onkel Claudio mir hinterlassen hat.«

»Meint er damit die Worte, an die Sie sich erinnern sollen? Das schaffen Sie ohne seine Hilfe.«

»Das stimmt. Aber ich habe keine Ahnung, wo ich anfangen soll.«

»Und der Amerikaner glaubt, dass er Ihnen helfen kann?«

»Er sagte, er erinnere sich an alles, was geschrieben stand und dass der Kode im Manuskript war.«

Francesco Martucci fasste sich an das Kinn, während er, den Blick auf den Boden gerichtet, im Zimmer langsam auf und ab ging.

»Sind Sie sich darüber im Klaren, dass der Amerikaner ebenfalls Zugang zu der wertvollen Formel hat, wenn er Ihnen dabei hilft, den Kode zu finden?«

»Ja. Aber er wird nicht unbedingt etwas damit anfangen können.«

»Was meinen Sie damit?«

»Ich glaube, er kennt den Schluss ›des Romans‹ nicht«, sagte er und versuchte, dabei nicht allzu ironisch zu wirken. »Das Ende kann ich schreiben. Natürlich nicht im wörtlichen Sinne, aber ich kann dafür sorgen, dass die Dinge geschehen.«

»Sie sind keine Romanfigur, Dante«, sagte Francesco Martucci ungeduldig.

»Das weiß ich ja. Ich versetze mich nur in seine Lage. Er hat einen Teil des Manuskripts gelesen, in dem ich vorkomme. Danach kann ich dafür sorgen, dass die Dinge sich ereignen. Es ist, wie frei zu sein, verstehen Sie mich?«

»Wie ich sehe, werden Sie sich von dem Amerikaner helfen lassen.«

»Wenn man es so sieht, ja. Bis zu einem gewissen Punkt ist es aufregend.«

»Sie fangen an, wie Claudio zu sprechen. *Andiamo*! Das ist kein Spiel, *Don Dante*!«

»Beruhigen Sie sich, Martucci, ich glaube, ich weiß, wie ich damit umgehen muss. Vielleicht wird der Amerikaner mir nützlich sein. Jedenfalls brauche ich Sie als Verbündeten. Im Gedenken an meinen Vater, an Ihren Freund Claudio, müssen Sie mir versprechen, dass Sie sich an das halten werden, was wir hier vereinbaren.«

Martucci sah mich mit seinen seltsamen Augen an, als versuche er, mich einzuschätzen. Aber es gab noch etwas, was seine offenbar so gewissenhafte Haltung nicht verbergen konnte. Eine Geste, die gleichgültig wirken sollte, verriet seine Angst.

»Einen Pakt …«

»Haben Sie Angst, Ihr Wort zu geben?«

»Nein, das ist es nicht, was ich fürchte.«

»Was dann?«

»Ich habe Angst, vorher zu sterben«, sagte Martucci düster.

»Was sagen Sie! Wir werden alle eines Tages sterben!«

»Ich weiß. Aber ich habe Gründe anzunehmen, dies könnte früher der Fall sein, als ich möchte.«

»Es ist wegen der Strahlung, nicht wahr?«

»Ich war ihr weniger ausgesetzt. Derjenige, der ihr mehr als einmal ausgesetzt war, war Claudio.«

»Wo befindet sich die Schatulle jetzt?«

»Ich habe sie an einem sicheren Ort verwahrt. Glauben Sie mir, zu Ihrer Sicherheit ist es besser, wenn ich es Ihnen nicht sage.«

Das war alles, was ich wissen musste. Ich erläuterte Bruder Martucci meinen Plan und er war, wie ich bereits angenommen hatte, einverstanden. Er bekreuzigte sich dreimal und sah in Richtung Himmel. Danach rief er zu meiner Verwunderung:

»Zum Teufel noch mal!«

Ich fuhr mit ihm in das Stadtzentrum von Rom und ließ ihn an einer Ecke aussteigen.

Das Testament

»Ihre Mutter hat angerufen. Sie sagte, es sei dringend.«

Kaum war ich wieder zurück, richtete mir Fabio diese Botschaft aus. Wie immer war es bei meiner Mutter dringend. Wahrscheinlich wollte sie über die Testamentsverlesung sprechen. Ich irrte mich nicht. Ich rief sie an und wenig später hörte ich ihre Stimme am Telefon. Meine Mutter war meist kurz angebunden, wenn sie Anweisungen gab.

»Vergiss nicht, die Lesung findet morgen um zehn statt. Die Rechtsanwälte haben alle Beteiligten benachrichtigt, wir werden uns in ihrer Kanzlei treffen. Du weißt, wo das ist, nicht?«, fragte sie nach, als wäre ich nicht in der Lage, die richtige Adresse zu finden.

»Ja, Mama. Ich werde ganz sicher da sein.«

Meine Befürchtungen kehrten zurück. Ich wusste, dass ich mich nach der Testamentsverlesung früher oder später mit dem Vorstand der Firma treffen musste, diesmal in Vertretung von Claudio Contini-Massera. Was hatte er sich wohl dabei gedacht, als er beschloss, mir die Verantwortung für all das zu übertragen? Ich fühlte mich überfordert von der Last, die damit verbunden wäre und weil es ihm so viel bedeutet haben musste. Ich wünschte, ich könnte seinem Anspruch gerecht werden. Offen gesagt, das war es, was ich mir in diesem Augenblick am meisten wünschte.

Fabianni, Estupanelli & Condotti, die Anwaltskanzlei, die Onkel Claudios Testament verwahrte, befand sich im letzten Stock eines Gebäudes, das an die Piazza Navona angrenzte. Um zehn Uhr morgens fanden wir uns im Besprechungsraum ein und Fabianni ließ sich an der Stirnseite des Tisches nieder. Estupanelli, Condotti und zwei andere Herren, die ich als Mitglieder der Firma wiederzuerkennen glaubte, nahmen auf den Stühlen neben ihm Platz. Meine Schwester und meine Mutter saßen mir gegenüber.

»Die Herren Bernini und Figarelli gehören der Anwaltskanzlei an, die die Firma vertritt, und sie haben den Finanzbericht des Unternehmens mitgebracht«, stellte Fabianni vor. »Zuerst werden wir das Testament verlesen.«

Meine Mutter pflichtete ungeduldig bei und Fabianni öffnete die große Mappe, die vor ihm lag:

Claudio Contini-Massera – Mein letzter Wille und Testament

Ein Assistent händigte uns eine Kopie des Dokuments aus, »damit für uns alles klar ist«, wie Fabianni erklärte.

Während ich Fabiannis Stimme zuhörte, las ich meine Kopie. Darin stand klar und deutlich, dass ich die Gesamtheit aller Güter meines Onkels erbte. Hierzu gehörte auch der Adelstitel. Meine Mutter und meine Schwester erhielten ein kleines Legat, von dem sie leben konnten, wenn auch nicht so bequem wie bisher. Ich glaube, das war es, was meine Mutter veranlasste, das Gesicht zu verziehen und die Augenbrauen zu heben, als würde sie fragen, ob sie sich nicht irrten.

Es blieb keine Zeit, ihr weitere Beachtung zu schenken, denn kaum hatte er die Verlesung beendet, sagte Fabianni, dass Bernini uns nun die finanzielle Situation der Firma erläutern würde.

»Die Firma, das Unternehmen, das Herr Claudio Contini-Massera als Hauptaktionär und Gründer leitete, verfügt über Vermögenswerte von etwa drei Milliarden Dollar. Allerdings … hat es Verbindlichkeiten, die sich auf über vier Milliarden Dollar belaufen.«

Ich dachte, ich hätte nicht richtig gehört. Ich blieb reglos sitzen und war unfähig, einen Finger zu rühren. Ich fühlte mich wie gelähmt. Meine Mutter dagegen sprang auf.

»Was für ein Scherz ist das? Das kann doch nicht wahr sein!«

Ich wünschte mir heftig, es möge sich um einen Scherz handeln, aber etwas in mir sagte, dass es die Wahrheit war. Ich hatte das Gefühl, als wäre die schwarze Marmorplatte, die Onkel Claudio bedeckte, auf mich gefallen.

»Mama, beruhige dich«, sagte meine Schwester.

»Ich kann nicht, Elsa, das ist doch nicht möglich. Es muss doch eine Erklärung geben.«

»Es gibt sie, *Signora*«, sagte Bernini mit Nachdruck. Dann sah er mich an. »Claudio Contini-Massera hat in der Vergangenheit an der Börse Millionen verdient, trotzdem hat er hohe Summen als Darlehen aufgenommen. Als die Zinsen zu steigen begannen, dachte er, das sei vorübergehend und sie würden erneut sinken, und er kaufte weiterhin langfristige Titel. Die Banken gaben ihm aufgrund seines Rufes Kredite, aber er fuhr fort, in äußerst riskante Werte zu investieren und so konnten die Darlehen über die Refinanzierungen nicht mehr zurückgezahlt werden. Es wurden auch Gewinne ausgewiesen, sehr hohe Gewinne. Aber sie flossen nicht in die Firma. Das weist darauf hin, dass er in seinem eigenen Unternehmen Geld veruntreut hat. Kurz und gut: Er hat den Kauf von Vermögenswerten finanziert, indem er die bereits erworbenen Werte als Garantien benutzt hat, das heißt, er hat illegal gehandelt. Leider stiegen dann die Zinssätze so stark an wie selten zuvor in der Finanzgeschichte und die Darlehen konnten seine aufgelaufenen Schulden nicht mehr decken.«

»Sie sagten, er hat hohe Gewinne erzielt. Wo sind diese jetzt?«

»Das wissen wir nicht, Frau Contini.«

Aber ich wusste es. Ich war mir sicher, das gesamte Geld war für die Forschungsarbeiten der verfluchten Formel von Mengele bestimmt.

»Heißt das, wir bekommen nichts.«

»Sie und Ihre Tochter schon, Frau Contini. Es gibt einen Betrag auf einem Bankkonto, der von den Anwälten treuhänderisch verwaltet wird. Sie erhalten einen monatlichen Betrag. Machen Sie sich keine Sorgen.«

»Natürlich«, antwortete meine Mutter mit einem sarkastischen Lächeln.

Sie erhob sich von ihrem Stuhl und sah meine Schwester an. Dann ging sie hinaus, ohne sich zu verabschieden. Bevor sie ihr folgte, legte Elsa ihre Hand auf meine Schulter.

»Bleib ruhig, Bruder. Wir werden eine Lösung finden.«

Sie gab mir einen Kuss auf die Wange und ging hinaus.

Ich sah Fabianni an. In seinen gutmütigen Gesichtszügen nahm ich einen Ausdruck wahr, wie ich ihn bei Beileidsbekundungen auf Beerdigungen gesehen hatte. Und darüber wusste ich bereits einiges.

»Herr Contini-Massera, vielleicht interessiert es Sie zu wissen, dass Ihr Onkel auf die Villa Contini eine Hypothek aufgenommen hat. Er hat mit der Bank eine Absprache getroffen, wonach Sie in der Villa noch bis zu einem Jahr wohnen können.«

Ich achtete nicht mehr auf das, was er sagte. Ich verstand nur, dass ich für den Augenblick dort bleiben könnte. Mein Blick suchte Bernini, der meinem auszuweichen schien.

»Herr Bernini, ich will morgen um neun Uhr mit dem Vorstand der Firma sprechen. Ich möchte, dass alle anwesend sind.«

Er sah mich an, als wäre ich ein Schatten.

»Darf ich wissen, welcher Punkt behandelt werden soll?«

»Ich muss die Mitglieder des Vorstandes informieren, dass wir bankrott sind.«

»Das wissen sie schon. Und sie ergreifen gerade entsprechende Vorkehrungen …«

»Mit Ihrer Hilfe, nehme ich an.«

Bernini sah mir ins Gesicht und schwieg. Vielleicht erinnerte es ihn an Onkel Claudio.

»Ich glaube nicht, dass diese Versammlung notwendig ist, Herr …«

»Ich bitte Sie nicht um Erlaubnis, Herr Bernini. Ich möchte, dass sich morgen alle dort versammeln, Sie mit eingeschlossen. Ich habe Ihnen etwas sehr Wichtiges zu sagen.«

Ohne auf seine Antwort zu warten, verabschiedete ich mich und ging ganz im Stil von Onkel Claudio hinaus.

Auf dem Weg zur Villa rief ich Martucci an. Er war im wahrsten Sinne des Wortes sprachlos, als ich ihm erzählte, dass ich jetzt ärmer war als zuvor.

»Martucci, Sie sagten, die zwei Millionen, die mein Onkel vom Börsenmakler gerettet habe, seien sicher verwahrt.«

»Das sind sie, Dante. Und zu Ihrer Verfügung, auf meinem Konto.«

»Wenigstens werden sie mir für das, was ich vorhabe, von Nutzen sein.«

»Ist es das, was ich denke?«

»Ich habe vor, mich auf Schatzsuche zu begeben«, sagte ich in einem scherzhaften Ton, um die Situation etwas zu entspannen.

»Haben Sie jemanden, dem Sie in Geldangelegenheiten vertrauen können? Denken Sie daran, Sie dürfen auf Ihrem Konto nicht viel Geld haben, da es sonst beschlagnahmt wird.«

Ich dachte an Pietro. Der gute und treue Pietro, der in der Wohnung in New York geblieben war.

»Ja. Ich werde Sie heute etwas später anrufen, um Ihnen die Kontonummer zu geben, Bruder Martucci. Sie können morgen dann die Überweisung durchführen.«

An diesem Abend musste ich mit Pietro telefonieren und Nicholas Blohm sollte sich mit mir in Verbindung setzen;

vielleicht wäre er derjenige, der mir helfen könnte, die Firma zu retten. Aber er sollte das nicht erfahren, er würde sonst unhaltbare Forderungen stellen.

Endlich konnte ich mich setzen und die Dokumente lesen, die Martucci mir ausgehändigt hatte. Ich öffnete die Röhre und strich vorsichtig die Blätter glatt. Es handelte sich um chronologische Aufzeichnungen. Sie waren in lateinischer Sprache geschrieben und mit deutschsprachigen Anweisungen versehen. Auf der ersten Seite gab es jedoch eine Notiz, die Onkel Claudios Schriftzüge trug. Einige Worte, die ziemlich unverständlich waren:

Lieber Dante, verwahre diese Dokumente im Tresor. Ich hoffe, Du erinnerst Dich an die Kombination. Ich wünsche Dir alles Glück, das Du haben kannst und ich appelliere auch an Dein Gedächtnis: Meester snyt die keye ras/ myne name is lubbert das. Wenn Du damit nichts anfangen kannst, so führe ich das rote Buch an und denke daran: Buchstaben und Primzahlen werden wie ein Schatz aufbewahrt. Vertraue den Menschen, die Dir am nächsten sind.

In diesem Moment begriff ich, welches Vertrauen er in mich setzte. Ich hatte kein Recht, über ihn zu urteilen. Es mussten sehr wichtige Gründe gewesen sein, die ihn dazu bewogen hatten, die Firma in den Ruin zu führen und es war meine Pflicht, Gesicht zu zeigen. Ich las die Worte erneut, aber mein Gedächtnis half mir nicht. Warum hat er das verschlüsselt geschrieben, anstatt mir direkt zu sagen, was er wollte? Ich habe so viel mit ihm gesprochen! Welches rote Buch meinte er?

Offensichtlich war mein Kopf nicht klar genug, um das Rätsel aufzuklären. Laut Martucci sollte ich es wissen, aber es war nicht so. Ich verwahrte die Dokumente im Tresor und legte das Blatt so auf den Schreibtisch, dass ich es sehen konnte. Dann wählte ich die Nummer der Wohnung in New York. Nach dem dritten Läuten war Pietros ruhige Stimme zu hören.

»Pietro?«

»*Don* Dante, was für eine Freude, Sie zu hören.«

»Onkel Claudio ist gestorben.«

»Das tut mir sehr leid, *Don* Dante …«, sagte Pietro.

Seine Stimme klang, als würde sie ihm jeden Moment versagen.

»Danke, Pietro. Ich weiß nicht, wann ich nach New York zurückkehren werde. Ich muss einige Probleme lösen. Gib mir bitte die Nummer deines Girokontos, ich werde eine Überweisung machen.«

Er diktierte mir die Nummer und in diesem Augenblick erfuhr ich zum ersten Mal seinen Nachnamen. Nach so vielen Jahren erfuhr ich, dass er Pietro Falconi hieß.

»Sobald die Überweisung erfolgt ist, Pietro, muss ich dich bitten, dass du einen Scheck ausstellst und ihn persönlich überreichst.«

Ich gab ihm Irenes Anschrift und konnte in dieser Hinsicht nun beruhigt sein. Ich hatte mir fünftausend Dollar geliehen und würde ihr, wie ich es ihr versprochen hatte, zehntausend Dollar zurückgeben. Ich weiß, in meiner Lage konnte ich nicht gerade mit Geld um mich werfen, aber ich hatte mein Wort gegeben und ich wollte mit ihr keine Probleme haben.

»Das geht in Ordnung, Herr Dante. Ich werde auf die Überweisung warten und ihre Anweisungen befolgen.«

Ich hatte das Gefühl, ihm eine Erklärung zu schulden. Der alte Pietro war alleine, praktisch verlassen, in einem Land, das nicht das seine war und wer weiß, wie lange er noch dort bleiben musste.

»Pietro, es ist wichtig, dass du dort bleibst. Ich werde dein Girokonto benötigen, um etwas Geld zu bewegen, verstehst du? Es sind keine unlauteren Geschäfte, es ist nur eine Frage der Sicherheit.«

»Wie Sie wünschen, *Don* Dante. Machen Sie sich keine Sorgen. Ich werde auf Ihr Geld achten, wie ich es immer getan habe.«

»Und bitte, nimm dir, was ich dir schulde. Ich weiß, dass du die Ausgaben von deinen Ersparnissen bestritten hast.«

Ich kannte Pietro und wusste, es war ihm unangenehm. Ich freute mich, ihn in meinen Diensten zu haben. Eine weitere kluge Wahl von Onkel Claudio.

Als Martucci an diesem Abend anrief, gab ich ihm die Nummer des Kontos, an das er die zwei Millionen überweisen sollte. Pietro würde mir das Geld, wenn ich es brauchte, über Western Union in kleinen Beträgen zurückschicken, so würde es nicht auf meinem Konto erscheinen. Ich sah auf die Uhr. Es war bereits nach neunzehn Uhr, jeden Augenblick würde Nicholas Blohm anrufen. Kaum hatte ich das gedacht, erschien der Butler.

»Herr Nicholas Blohm ist am Telefon, Herr Dante«, sagte Fabio und reichte mir den Apparat.

»Guten Abend, Herr Blohm.«

»Herr Contini, wie lange werden Sie mich noch in diesem Hotel gefangen halten?«

»Sie können gehen, wohin Sie möchten. Ich nehme an, Sie haben einen Zimmerschlüssel …«

»Sie wissen, was ich meine.«

»In welchem Hotel sind Sie?«

»Im Viennese Rome.«

»Geben Sie mir die Anschrift. Ich werde jemanden nach Ihnen schicken.«

»Es ist in der Via Marsala, wenige Meter vom Bahnhof Termini entfernt.«

»Warten Sie bitte an der Rezeption auf Nelson und bringen Sie Ihr Gepäck mit. Es gibt eine Menge, worüber wir reden müssen.«

»Mein Koffer ist in einem Schließfach am Flughafen.«

»Er wird Sie dort hinbringen, wo Sie es wünschen.«

Der Kode

Nicholas Blohm war der Prototyp eines amerikanischen Mannes, so wie ich sie mir vorstelle. Sie mischen sich unglaublich leicht in Dinge ein, die sie nichts angehen, haben das Gefühl, dass die Welt frei ist und ihnen gehört, dass sie mit ihr machen können, was sie wollen, und berufen sich auf die berühmte Meinungsfreiheit, von der sie ohne Rücksicht auf Unterschiede Gebrauch machen und die sich wie eine ansteckende Krankheit auf die gesamte westliche Welt ausgebreitet hat. Nicht, dass ich etwas dagegen hätte, aber es stört mich zutiefst, wenn in ihrem Namen skrupellos die ureigenen Geheimnisse einer Person der Öffentlichkeit vorgeführt werden. Für Geld sind sie zu allem fähig. Ich muss mich berichtigen: für Geld und für Ruhm. Ich würde auf keinen Fall zulassen, dass der Amerikaner auf meine Kosten reich wird. Aber ich bedurfte ›seiner Dienste‹ und musste mich diplomatisch verhalten.

Ich muss zugeben, als ich ihn neben Nelson auftauchen sah, tat er mir ein wenig leid. Schlaksig und unbeholfen, mit Kleidern, die ihm eine Nummer zu groß zu sein schienen, und der schwarzen Lederjacke vom Vortag, die vom Gebrauch abgenutzt war und die ganz zu ihm passte. Sein Ausdruck erinnerte mich an den eines geprügelten Hundes. Seine dunklen, herabhängenden Augenbrauen ließen ihn traurig aussehen, obwohl man in seinen blauen Augen die Schärfe und Intelligenz eines Mannes, der geistig tätig ist, erahnen konnte.

»Nehmen Sie Platz, Herr Blohm. Wie geht es Ihnen?«

»Gut, danke. Könnten Sie mir das Manuskript geben?«, sagte Nicholas mit einem Blick auf den Schreibtisch.

Ich reichte ihm das Manuskript. Er nahm es und hielt es an seine Brust.

»Nelson, sage Fabio, er soll Herrn Blohms Koffer auf sein Zimmer bringen«, befahl ich dem Leibwächter. Nicholas schien nicht überrascht zu sein. »Herr Blohm, ich habe mir überlegt, dass wir eine Vereinbarung treffen könnten.«

»Lassen Sie mich hören.«

»Sie sagen, Sie haben den Schlüssel, der fehlt, um den Teil der Formel meines Onkels Claudio zu finden. Wenn das so ist, erteile ich Ihnen die Erlaubnis, Ihren Roman zu schreiben und dabei unsere Geschichte zu verwenden. Ich glaube, das ist fair.«

Ich bemerkte, dass diese Möglichkeit das Interesse des Amerikaners geweckt hatte. Seine Haltung war nun eine andere, er stand vom Sessel auf und ging wortlos auf und ab. Plötzlich blieb er stehen und legte das Manuskript auf den Schreibtisch.

»Haben Sie das Blatt?«

Ich erinnerte mich, dass er so viel über die Dokumente wusste, wie er im Manuskript gelesen hatte. Ich ging zum Schreibtisch und zeigte es ihm. Er nahm es in seine Hände, als wäre es das von Gott höchstpersönlich geschriebene Alte Testament. Vorsichtig hielt er es an den Ecken fest und legte es auf den Schreibtisch.

Er sah lange auf die Zeilen, die Onkel Claudio geschrieben hatte.

Obwohl es sehr persönliche Anweisungen waren, hielt ich es für notwendig, dass er sie las. Schließlich war es auch möglich, dass der Schlüssel in diesen Zeilen lag.

»Zweifelsohne hat Ihr Onkel darauf vertraut, dass Sie auf Ihr Gedächtnis zurückgreifen werden. Er sagt das mehrmals. Im Manuskript habe ich das ebenfalls gelesen. Und ich glaube, der Schlüssel liegt in der Art, in der er Ihnen das Lesen beigebracht hat. Ich glaube, mich daran zu erinnern, dass er Ihnen immer ein Lied, eine Art Kinderreim, vorsang.«

»Natürlich! So habe ich das Alphabet auswendig gelernt: ›A plus B plus C plus D plus E …, das sind eins und zwei und drei und vier …‹«, stimmte ich an, während ich in meine Erinnerungen eintauchte.

»Genau. So habe ich es im Manuskript gelesen«, bestätigte Nicholas mit einem zufriedenen Lächeln.

»Wirklich?«

»Haben Sie die Nachricht Ihres Onkels, die Bruder Martucci Ihnen gegeben hat?«

»Ja, hier ist sie.«

Nicholas las die Nachricht sorgfältig. Nachdem er sie geprüft hatte, legte er sie neben das Blatt.

»Das ist der zweite Hinweis auf das rote Buch. Wir müssen ein rotes Buch suchen. Wissen Sie, wo es sich befindet?«

Kopfschüttelnd verneinte ich. Er nahm einen Kugelschreiber und bat mich um ein Blatt Papier.

»Lassen wir das für später. Die Wörter, die sich wiederholen, sind: erste, Buchstaben, Schatz, rotes Buch ... Im Manuskript habe ich etwas darüber gelesen, wie Sie sich an die Buchstaben des Alphabets erinnerten, indem Sie diese mit der Familie in Verbindung brachten. Wissen Sie, was damit gemeint ist?«

»Natürlich, die Buchstaben des Alphabets stimmen mit den Namen meiner Familie überein:

A – Adriano, mein Großvater.

B – Bruno, mein Vater, der Erstgeborene.

C – Claudio, mein Onkel.

D – Dante, das bin ich.

E – Elsa, meine Schwester.«

»Und F, Francesco, der Priester«, erinnerte Nicholas.

»Er zählt nicht. Ich habe ihn nie als ein Mitglied der Familie betrachtet und ihn, mit Ausnahme von vor ein paar Jahren und jetzt, nie gesehen.«

»Aber wer weiß, je mehr Möglichkeiten, desto besser. Nach dem, was ich gelesen habe, gehörte er zur Familie. Vielleicht als ein unehelicher Sohn ...« Er sah das Missfallen in meinem Gesicht und fügte hinzu: »Und jeder Buchstabe hat eine Zahl, das ist einer der einfachsten Kodes, die es gibt: A - 1, B - 2, C - 3 und so weiter.«

»1 + 2 + 3 + 4 + 5, das ergibt 15.«

»Und 1 + 2 + 3 + 4 + 5 + 6 sind 21. Wenn wir Francesco mitrechnen.«

»Aber der ›Schatz‹ scheint sich meiner Meinung nach nicht auf die Zahlen zu beziehen.«

Nicholas stützte seinen rechten Ellbogen in die linke Hand, während er sich mit der rechten Hand an das Kinn fasste, als würde er versuchen, sich an etwas zu erinnern. Plötzlich schnippte er mit den Fingern und rief aus:

»Ich wusste, ich habe etwas übersehen! Im Manuskript gab es eine Stelle, bei der du dich an eine Kettenbibliothek erinnerst. Wie hieß sie?«

»Hereford?«, schlug ich vor, ohne mich allzu sehr darüber zu wundern, dass er mich inzwischen wie selbstverständlich duzte. Das war typisch für die Amerikaner.

»Ja. Du hast daran gedacht, was dir dein Onkel gesagt hatte, so etwas in der Art wie: Wenn er ein Geheimnis aufbewahren müsste, würde er es dort tun, in einem dieser Bücher, niemand könnte es ihm stehlen, weil sie angekettet sind. Sagt dir das etwas?«

Ich dachte einen Augenblick nach. Wäre es möglich, dass Onkel Claudio etwas so Intimes wie ein Geheimnis in einer öffentlichen Bibliothek aufbewahrt hat? Das schien nicht logisch zu sein. Aber es stimmte, er hatte es gesagt.

»Ich war damals ein Kind, Nicholas. Vielleicht hat er es getan, um mich zu unterhalten. Ich meine, Kindern erzählt man viele Dinge, um ihre Vorstellungskraft anzuregen …«, antwortete ich und schlug ebenfalls den vertraulichen Ton an, bei dem Nicholas sich wohlzufühlen schien.

»Aber es passt, es macht Sinn. Für ihn stellten Bücher einen Schatz dar, so hat er es gesagt, nicht wahr? Die Buchstaben, die

Namen, die Familie, die Bücher. Es ist, als würde er uns den Weg weisen.«

Ich stimmte ihm zu und vermutete, dass er von dem, was er dachte, fest überzeugt war. Man musste wirklich naiv sein, um es zu glauben. Trotzdem spielte ich das Spiel mit, ich sah keine andere Möglichkeit.

»Nehmen wir an, es macht Sinn, wie du sagst. Wie passen die Zahlen dazu? Wir haben die 15 und die 21. Es könnte jede dieser beiden sein. Nehmen wir einmal an, es ist die 21. Ist das ein Band? Ein Band, wovon? Welche Art von Buch könnte die Nummer 21 haben? Oder das Kapitel 21? Oder die Seite 21? Siehst du, es gibt unzählige Möglichkeiten«, überlegte ich.

Es schien mir zu weit hergeholt zu sein.

»Ich bin sicher, es gibt da einen Zusammenhang. Ich muss mich konzentrieren. Ich muss nachdenken.«

»Glaubst du wirklich, Nicholas, dass du die Lösung für dieses Rätsel finden kannst? Es ist wichtig, dass du mir die Wahrheit sagst.«

»Ich verspreche es dir.«

»Das hoffe ich. Es steht viel auf dem Spiel.«

»Ich muss nachdenken. Es gibt etwas, was mir entgeht.«

Er nahm das Manuskript und öffnete es. Er blätterte darin, als würde er hoffen, dort etwas zu finden.

»Fabio wird dich auf dein Zimmer bringen, Nicholas. Du bist mein Gast, bis es uns gelingt, die Antwort zu finden.«

Als ich wieder alleine war, wusste ich, die Zukunft der Firma würde davon abhängen, dass ich in der Lage war, Mengeles Formel zu finden. Die Zukunft des Unternehmens und die der Menschheit. Wenn Onkel Claudio so viel riskiert hatte, um sie zu bekommen, musste sie viel wert sein. Er investierte nie, ohne einen Gewinn zu erhalten, der seine Investition um das Fünffache überstieg – auch wenn er zugelassen hatte, dass sein Vermögen auf unerklärliche Weise verschwand.

Der nächste Tag wäre meine Feuerprobe. Ich musste die Aktionäre des Unternehmens davon überzeugen, dass sie warten sollten, bevor sie gegen die Firma Schritte einleiteten. Alles andere wäre der völlige Ruin. Und als ich darüber nachdachte, wunderte ich mich, dass ich unter diesen Bedingungen das tat. Seit wann war mir all das so wichtig? Ich konnte den Wandel, der sich in mir vollzog, nicht richtig verstehen, denn bis vor wenigen Tagen war ich an den Geschäften meines Vaters noch völlig uninteressiert.

Die Sitzung

Als sich die Aufzugtüre öffnete, stellte sich Nelson theatralisch vor den Eingang, wobei er diesen natürlich vollkommen verdeckte. Dann trat er zur Seite und ließ mich vorbei. Ich betrat den Sitzungssaal, den ich bereits kannte, aber immer aus einem anderen Blickwinkel gesehen hatte. Auf meinem Rücken begann sich eine feine, punktierte Linie abzuzeichnen, als würde ich mir eine jener Tätowierungen machen lassen, die ich nie tragen wollte. Um mir meine Nervosität nicht anmerken zu lassen, atmete ich konzentriert ein und aus und ging mit festen Schritten zur Stirnseite des langen Tisches, auf dessen glänzender Oberfläche sich das Licht von zehn kleinen Lampen spiegelte, die jeden der zehn Sitzplätze beleuchteten. Ich spürte zehn Paar Augen auf mir. Dieselben zehn Paar Augen, die mir bei der Beerdigung ihr Beileid bezeugt hatten, achteten jetzt auf jede meiner Gesten. Ich fühlte mich, als stünde ich auf der Bühne in einer Hauptrolle, ohne zuvor geprobt zu haben.

»Guten Tag, meine Herren, ich danke Ihnen für Ihre Anwesenheit. Die Lage der Firma ist Ihnen bereits bekannt. Ich überspringe daher diesen Punkt und beschränke mich darauf, Ihnen ein Projekt zu unterbreiten.«

Niemand sagte ein Wort und alle warteten darauf, was als Nächstes über meine Lippen kam.

»Claudio Contini-Massera hat an einem Projekt gearbeitet, das er unvollendet ließ und das ich fortzusetzen gedenke. Ein Projekt, dessen Ergebnis für die Menschheit so wichtig ist, dass es in nächster Zukunft wohl kaum eine andere Entdeckung von ähnlicher Bedeutung geben wird. Ich trage die Verantwortung dafür, dass es zu Ende gebracht wird, und wenn das geschieht, erlangt die Firma nicht nur ihr Kapital zurück, sondern wird sich dieses, mit entsprechenden Gewinnen für alle Aktionäre, vervielfacht haben. Ich setze Sie davon in Kenntnis, damit Sie innerhalb einer Frist von sechs Monaten keine Maßnahmen gegen das Unternehmen ergreifen. Das ist die Zeit, die meiner Rechnung nach erforderlich ist, um die Verhandlungen abzuschließen. Zu diesen Verhandlungen werde ich Ihnen bis zu unserer nächsten Sitzung keine Angaben machen, da es sich um ein Geheimnis handelt, das aus Sicherheitsgründen nicht preisgegeben werden darf.«

»Ist das der Grund für die Anwesenheit Ihres Leibwächters? Ihr Onkel, möge er in Frieden ruhen, sah nie eine Veranlassung, Nelson zu den Sitzungen mitzubringen«, sagte Bernini, auf dessen Gesichtsausdruck die Überraschung der Skepsis gewichen war.

»Das ist der Grund, weshalb er nicht bei uns ist«, behauptete ich leichtfertig.

»Kommen Sie schon, junger Mann. Ihr Onkel starb an einem Herzinfarkt, das wissen wir alle«, beharrte er.

Ich wägte sorgfältig ab, was ich durchblicken lassen könnte, und sagte langsam:

»So war es tatsächlich. Aber dieser Infarkt wäre vermeidbar gewesen, hätte es von Ihrer Seite mehr Mitwirkung gegeben.«

Ein Gemurmel ging durch den Saal und einen Augenblick lang konnte ich nahezu deutlich den Akt des Letzten Abendmahls vor meinen Augen sehen.

»Junger Mann, er war krank, während Sie es sich in den Vereinigten Staaten gut gehen ließen ... Was soll das jetzt, uns die Schuld am Gesundheitszustand Ihres Onkels zu geben?«, warf ihm Bernini vor.

»Ich war auf einer besonderen Mission. Mein Onkel trug die ganze Verantwortung für die Entdeckung, die die Firma in den Bankrott geführt hat. Seine Gesundheit war aufgrund einer chemischen Vergiftung angeschlagen, weil er sich als Versuchskaninchen hergegeben hat, um sie zu ermöglichen. Abgesehen davon hat es zwei Anschläge auf sein Leben gegeben. Das ist alles, was ich sagen kann.«

»Was Sie von uns verlangen, ist unzumutbar. Claudio Contini-Massera hat das Kapital, das wir ihm anvertraut haben, zweckentfremdet ...«

»Das zum größten Teil von ihm war«, unterbrach ich heftig. »Meine Herren, bitte glauben Sie nicht, durch den Tod meines Onkels hätte sich etwas geändert. Verhalten Sie sich, als wäre er noch am Leben. Hätten Sie bei Ihrem jetzigen Kenntnisstand etwas gegen ihn unternommen? Warum tun Sie es jetzt, da er tot ist? Ist es etwa, weil ich, Dante Contini-Massera, nun derjenige bin, der an der Spitze steht? Ich weiß nicht, welche falsche Vorstellungen Sie von mir haben, meine Herren, jedenfalls geben Sie mir einen Vertrauensvorschuss. Ich schlage Ihnen nichts Abwegiges vor: sechs Monate. Das ist alles. Ich bitte Sie nicht um Geld.«

»Sie waren auf einer besonderen Mission?«, unterbrach Bernini, der sich in des Teufels Advokat verwandelt zu haben schien. »Kommen Sie schon, Junge, die ganze Welt weiß, welcher Art Ihre besondere Mission war!«

Ich richtete, so ruhig ich konnte, meinen Blick auf ihn. Ich konnte nicht zulassen, dass er sich mir gegenüber respektlos zeigte. Das war eine der ersten Regeln, die Onkel Claudio mir beigebracht hatte.

»Herr Bernini, auf welcher Seite stehen Sie? Ich habe den Eindruck, Sie arbeiten für die Konkurrenz. Ich glaube, ich werde die Stellung, die Sie in dieser Organisation einnehmen, überprüfen müssen.«

»Junger Mann, Sie beleidigen mich, ich berate seit vielen Jahren …«

»Bitte nennen Sie mich Herr Contini-Massera. So wahren wir besser die Form.«

Ich weiß nicht, ob es die äußerliche Ähnlichkeit mit Onkel Claudio war, die ihre Wirkung tat, aber der Mann schloss langsam seinen Mund, als wolle er das, was er gerade sagen wollte, zurücknehmen. Es war wie eine Kettenreaktion. Im Raum kehrte wieder Ruhe ein und dieses Mal hatte ich das Gefühl, dass ich vor den zehn Paar Augen einige Punkte gewonnen hatte.

»Ich werde Sie auf dem Laufenden halten, sobald es mir möglich ist. Ich muss wissen, ob Sie einverstanden sind.«

Ein zustimmendes Gemurmel war zu hören, das zunächst noch zaghaft war, dann aber lauter wurde. Einer von ihnen war deutlich vernehmbar, obwohl seine Stimme wesentlich leiser war als die der übrigen Anwesenden.

»Herr Dante Contini-Massera, wir vertrauen Ihnen, wie wir auch Ihrem Onkel vertraut hätten.«

Ich hörte ihn, weil alle anderen schwiegen, als er sprach.

Er kam auf mich zu und reichte mir die Hand, dann gab er mir mit einem leichten Nicken eine Visitenkarte. Einer nach dem anderen folgte ihm, als handle es sich um eine zeremonielle Handlung. Zum Schluss hatte ich neun Visitenkarten, auf denen Namen standen, die ich nicht vermutet hätte.

»Sie wissen, Don Dante, ich stehe ganz zu Ihrer Verfügung. Seien Sie sich dessen bitte gewiss«, sagte Giordano Caperotti, der Erste, der sich mir genähert hatte, mit seiner hohl klingenden Stimme. »Ich hoffe, Sie tun das Richtige. Sie haben sechs Monate, denken Sie daran.«

Er drehte sich um und in seinem schwarzen Anzug und mit seinem gekrümmten Rücken erinnerte er mich flüchtig an einen Geier.

Als hätten sie eine stillschweigende Vereinbarung, verließen alle den Saal. Der Letzte war Bernini, der mir seine schlaffe Hand reichte und sich verabschiedete. Ich blieb mit Nelson zurück, der wie ein Totem dastand und mich mit beginnender Bewunderung ansah. Die letzten Worte von Caperotti hatten für mich deutlich wie eine Drohung geklungen. Die erste Probe hatte ich überstanden und das war nur der Anfang.

Der Plan

Auf dem Rückweg zur Villa Contini wollte ich der Wirklichkeit entfliehen und vertrieb mir die Zeit damit, den Touristen zuzusehen, die durch die Straßen Roms strömten. Sie taten es in Gruppen, zu zweit oder auch alleine. Mit der Kamera in der Hand drangen sie in die Kirchen ein, fielen über Plätze her, erfreuten sich an den unzähligen Brunnen und von jedem Winkel, der antik aussah, machten sie Fotos. In Wirklichkeit war ganz Rom alt und wir waren stolz darauf. Bis vor Kurzem gehörte ich einer Schicht dieser Gesellschaft an, die gleichzeitig heterogen, kosmopolitisch, traditionell und avantgardistisch war, und nun stand ich an einem Kreuzweg. Ich spürte eine Last auf mir, die ich nicht tragen wollte, die mir aber in jedem Fall unweigerlich bestimmt war, wenngleich nicht so, wie ich es erwartet hätte. Ich hatte den Eindruck, ich wusste nicht mehr, zu welcher Gesellschaftsschicht ich gehörte.

Meine Hände hatten aufgehört zu zittern, aber sie waren immer noch kalt.

Caperottis Worte hallten in meinem Gedächtnis nach. Sein Benehmen war zu freundlich und zu ruhig. Seine heisere und tiefe Stimme war die eines Mannes, der weiß, er hat es nicht nötig, sich anzustrengen, um gehört zu werden, denn es ist der Gesprächspartner, der sich anstrengen muss, da sein Leben davon abhängen könnte. Das war das unangenehme Gefühl, das diese Stimme in mir hinterließ. Jetzt war ich auf das Gedächtnis und die Vorstellungskraft eines amerikanischen Schriftstellers angewiesen, der ungefragt in mein Leben eingedrungen war. Könnte es sein, dass im Leben einer Person etwas geschieht, das bereits genau vorgezeichnet ist? Ich hatte nicht darum gebeten, an diesem Ort zu sein und trotzdem, hier war ich und saß, im pathetischen Bemühen, meinem Vater oder Onkel Claudio nachzueifern, auf dem Rücksitz einer großen schwarzen Limousine, die von einem martialisch aussehenden Riesen namens Nelson gefahren wurde.

Ein leeres Manuskript war alles, was Nicholas gebraucht hatte, um mich zu überzeugen, dass darin mein Schicksal geschrieben stand. Und ich glaubte ihm.

Als ich ankam, sah ich den Amerikaner auf einem der unbequemen, weiß lackierten Eisenstühle der Terrasse sitzen, die zum inneren Park führte. Er hatte eine Zigarette zwischen den Fingern und schaute abwesend auf ein Blatt Papier, das auf einem kleinen Tisch vor ihm lag. Als er meine Anwesenheit spürte, hob er den Blick und ich sah ihn fragend an.

»Ich glaube, ich habe die Antwort«, sagte er und schaute mich mit seinen von den dunklen, traurigen Augenbrauen gesäumten Augen an. Etwas an ihm ließ mich vermuten, dass er ein wenig mediterranes Blut in seinen Adern hatte.

»Schieß los.«

»Weißt du, was ein Psalm ist?«

»Etwas, was mit der Kirche zu tun hat?«, antwortete ich unsicher.

»Das Wort ›Psalm‹ ist eigentlich griechischen Ursprungs und bezeichnet ein Lied, das zum Saitenspiel gesungen wird.

Ein Psalm ist somit eine gesungene poetische Komposition. *Psalmus* auf Lateinisch und *psalm* auf Englisch. Eine der Wortbedeutungen von **Psalmodie** ist ›das Leiern von Psalmen‹ in einer Art Sprechgesang. Das führt mich zu der Annahme, dass sich der Hinweis auf den Kinderreim auf einen ›Psalm‹ bezieht. Psalm 15 oder Psalm 21, wenn wir das ›F‹ von Francesco Martucci einbeziehen. Wenn wir in der Bibliothek von Hereford suchen, werden wir in diesen Psalmen wahrscheinlich einen Kode oder ein Zeichen finden, das uns eine Antwort auf das, was wir suchen, geben wird.«

»Könnten wir diese Psalmen nicht hier lesen und sehen, worum es sich handelt? Ich habe eine Bibel in meinem Schlafzimmer.«

»Das könnten wir. Allerdings sagt mir die Logik, dass es an diesem Ort sein muss, ›der Ort, an dem dein Onkel einen Schatz verwahren würde, wenn er ihn verstecken müsste‹. Erinnerst du dich? Vielleicht steht es in diesen Psalmen oder vielleicht gibt es etwas hinter dem Buch …«

Die Vorstellung, dass wir der Antwort näherkamen, begeisterte mich. Ich wollte so schnell wie möglich nach England abreisen. Ohnehin hatte ich nicht viel Zeit zu verlieren. Sechs Monate betrug die Frist, die ich mir gesetzt hatte, und ich musste sie einhalten.

Nicholas wollte vor der Abreise noch einige Einkäufe tätigen, die seiner Meinung nach notwendig waren, und ich sagte Nelson, er solle ihn begleiten. Zwischen den beiden Amerikanern hatte ich eine gewisse Sympathie bemerkt. Ich nutzte die Gelegenheit, um mit Martucci zu telefonieren und ihn über die letzten Ereignisse zu informieren.

In Hereford schien die Zeit stillgestanden zu haben. Dasselbe alte Hotel, ›Der Grüne Drache‹, das seinerzeit ein Gasthaus war, an dem Postkutschen hielten und in dem die Reisenden Rast machten, befindet sich mit seiner beeindruckenden

Fassade in der gleichen Straße wie die Kathedrale, ein majestätisches Beispiel normanischer Architektur, das für eine ruhige Stadt wie Hereford einem Eiffelturm gleichkam. Ihre Türme beherrschten die gesamte Landschaft und ragten in den Himmel, als forderten sie Aufmerksamkeit.

Es wurde bereits dunkel, als wir Hereford in einem Auto erreichten, das wir am Flughafen von Birmingham gemietet hatten. Es fiel mir nicht schwer, mich an die Strecke zu erinnern, die ich so viele Jahre zuvor mit Onkel Claudio zurückgelegt hatte. Das Hotel gehörte zwar nicht zu jenen, die einen maximalen Komfort bieten, es hatte jedoch jene Atmosphäre des Althergebrachten, die ihm so sehr gefallen hatte. Aber nichts von alldem war wichtig. Was zählte, war der überaus praktische Umstand, dass man von dort zu Fuß zur Kathedrale gehen konnte. Wir aßen im alten Restaurant ›Shire‹ des Hotels zu Abend, genossen die ausgezeichnete und kühle englische Zuvorkommenheit und ich konnte mich von der Kultiviertheit meines unerwarteten Gefährten bei diesem Abenteuer überzeugen, als ich ihn die Getränke für das Abendessen wählen ließ. Zu meiner Überraschung wählte er Sherry zum Consommé und Rotwein zum Wildschweinragout. Ich nehme an, Schriftsteller zu sein, hat seine Vorteile.

»Warum bist du daran interessiert, die Formel zu finden?«, fragte mich Nicholas plötzlich.

»Ich möchte die Forschungsarbeit abschließen, die Onkel Claudio begonnen hat. Ich würde gerne seinen Wunsch, die ewige Jugend zu erreichen, zu Ende führen.«

»Glaubst du wirklich, dass das möglich wäre?«

»Ich glaube nicht, dass er sich ohne eine Grundlage auf so ein bedeutendes Abenteuer eingelassen hätte. Ich bin sicher, es ist möglich.«

»Und die Auswirkungen? Ist es dir egal, wenn jemand, der wegen seiner abscheulichen Verbrechen zu den meist gehassten Nazis zählt, die treibende Kraft dahinter ist?«

»Glaube bitte nicht, dass mir das egal ist. Aber die Wissenschaft hinterlässt immer Opfer. Es gibt Forscher, die sich selbst einen Virus eingeimpft haben, um am eigenen Körper die Wirkung zu studieren und ein Heilmittel zu erhalten.«

»Das war bei Mengele nicht der Fall.«

»Sieh mal, Nicholas …, es ist sehr wichtig, dass ich die fehlenden Notizen erhalte. Sonst wäre dieses Gemetzel doch umsonst gewesen, glaubst du nicht?«

»Wenn du es sagst.«

»Weißt du schon, was wir in der Bibliothek suchen werden?«

»Ja«, antwortete er. »Eine Bibel. Ich gehe davon aus, es wird eine geben. Wir fangen damit an, dass wir die Psalmen 15 und 21 suchen. Das heißt, mit und ohne Francesco einzubeziehen.«

Ich nickte zustimmend und dachte, dass wir bereits nahe dran waren, unsere Suche abzuschließen.

»Kann ich dir ein paar Fragen stellen?«, fragte Nicholas.

»Ich nehme an, du weißt mehr von mir als ich selbst«, antwortete ich und fühlte mich für einen Moment entblößt.

Es gibt nichts Schlimmeres, als einer Person gegenüberzustehen, die vermutlich von einem mehr weiß, als man sich selbst erinnern kann.

»Was hättest du beruflich gemacht, wenn dein Onkel noch am Leben wäre?«

»Ich nehme an, ich hätte letztendlich dann doch das getan, was ich jetzt tue, an der Spitze der Firma stehen.«

»Fühlst du dich in dieser Rolle wohl?«

»Auch wenn es dir merkwürdig scheint, ja. Es ist, als hätte ich immer für diesen Augenblick gelebt. Nicht, weil ich mir das etwa gewünscht hätte, aber das weißt du ja.«

»Bist du sehr reich? Was empfindet man, wenn man so viel Geld hat?«

»Das kann ich dir nicht sagen, Nicholas.«

»Denke an unsere Vereinbarung. Ich schreibe einen Roman und muss meine Figuren ergründen.«

»Ich nehme an, reich sein ist genauso wie arm sein. Ich glaube, es ist eine Frage der Gewöhnung. In Wirklichkeit weiß ich nicht, was ich dazu sagen soll. Wenn ich wüsste, was es bedeutet, arm zu sein, könnte ich es vergleichen, aber ich habe keine Ahnung.«

»Das habe ich mir schon gedacht. Weißt du, dass es zu einer Obsession wird, wenn man etwas möchte und nicht haben kann, weil du kein Geld dafür hast? Es gab Momente, in denen ich mir so sehr gewünscht habe, ein Käsebrötchen zu essen …, und ich hatte kein Geld, mir eines zu kaufen. Als ich dann mein erstes Geld als Autowäscher verdiente, habe ich mich mit Käsebrötchen vollgestopft. Du kannst dir nicht vorstellen, wie sich das anfühlt«, sagte Nicholas.

Ich nahm in seinem Blick eine Missbilligung wahr, die mich für alle armen Kinder in der Welt, die kein Geld für ein Käsebrötchen hatten, schuldig fühlen ließ.

»Ich wollte einmal ein Auto der Formel Eins haben, eine Miniaturnachbildung eines Ferrari. Onkel Claudio hat sich geweigert. Er sagte, es bestünde die Gefahr, dass ich dann Rennfahrer werden möchte.«

»Mein Gott! Und wie alt warst du?«

»Acht, glaube ich. Ich hatte immer schon eine Vorliebe für Autos.«

»In diesem Alter war ich in einem Waisenhaus und kämpfte darum, meinen Platz auf dem Hof zu verteidigen.«

»Deine Kindheit muss sehr fröhlich gewesen sein.«

»Mehr oder weniger genauso wie deine. Vielleicht hast du recht, wenn du sagst, dass es gleich ist, reich oder arm zu sein. Ich habe mein Leben gelebt, ohne zu wissen, was jenseits der Mauern des Waisenhauses war. Also habe ich nichts vermisst.«

»Und jetzt bist du hier, suchst eine Formel und stehst kurz davor, eine Geschichte für deinen Roman zu bekommen. Wenn ich du wäre und wüsste, was du weißt, hätte ich bereits einen geschrieben. Ich weiß nicht, was du dir von mir erhoffst.«

Nicholas sah mich nachdenklich an. Er sagte nichts und richtete seine Aufmerksamkeit darauf, mit dem Rand seines Glases zu spielen. Nach einer Weile sah er auf die Gäste, die den Tisch zu unserer linken Seite verließen, und warf einen Blick auf die übrigen Personen, die noch im Restaurant waren.

»Hast du nicht den Eindruck, uns beobachtet jemand?«

»Glaubst du, man folgt uns?«, fragte ich, während ich mich ihm näherte.

»Drei Tische rechts von dir sitzt ein Mann, der alleine ist. Er scheint kein Tourist zu sein und das ist merkwürdig, denn mit Ausnahme von uns sind hier *alle* Touristen. Er ist nicht wie ein Tourist gekleidet, er verhält sich nicht wie ein Tourist, also ist er kein Tourist.«

Ich sah unauffällig zu dem Mann an dem Tisch, auf den Nicholas mich aufmerksam gemacht hatte. Er schien völlig in das Essen auf seinem Teller vertieft, als müsse er sorgfältig auswählen, was er sich zum Mund führt. Er musste etwa vierzig Jahre alt sein, sein schlanker Körper sagte mir, dass er in Form war. Sein schwarzes und ein wenig unordentliches Haar verlieh ihm ein lässiges Aussehen. Er benutzte Schuhe mit Gummisohlen.

»Ich glaube, es ist ein Tourist. Sieh dir seine Schuhe an.«

»Spione tragen Schuhe mit Gummisohlen.«

»Wie kommst du denn auf diese Idee?«

»Es ist logisch. Sie können sich bewegen, ohne gehört zu werden, bequem laufen, klettern …«

»Ich kann mich nicht erinnern, James Bond in Schuhen mit Gummisohlen gesehen zu haben«, hielt ich dagegen.

Nicholas schmunzelte und ich begann, mich wie ein Idiot zu fühlen.

»Es ist besser, wir gehen schlafen«, schlug ich vor.

»Geh du nur. Ich bleibe noch eine Weile hier und gehe an die Bar«, sagte Nicholas und machte sich auf den Weg dorthin.

Von meinem Bett aus sah ich in einer der vier Zimmerecken die feinen Spinnweben. Ich dachte, vielleicht sind das die gleichen wie damals, als ich mit Onkel Claudio hier war. Ich wünschte mir, in Nicholas' Zimmer gäbe es giftige Spinnen. Ob es wohl stimmte, dass uns jemand folgte? Bis zu diesem Augenblick war ich unbeschwert und hatte an die unmittelbar bevorstehende Aufdeckung von Onkel Claudios Rätsel gedacht, aber Martucci hatte mich gemahnt, auf die zu achten, die einen Anschlag auf das Leben von Claudio Contini-Massera verübt hatten. Vielleicht stimmte das und der Mann aus dem Restaurant hatte den Auftrag, die Forschungsarbeiten oder die Entwicklung der Formel zu verhindern. Letztendlich wäre es sehr einfach, die Formel zu bekommen. Sie müssten mir nur auf den Fersen bleiben.

Ich setzte mich im Bett auf. Ich musste Nicholas warnen. Eilig verließ ich das Zimmer und ging in die Bar, aber er war nicht da. Es waren kaum acht Minuten vergangen, seit ich auf mein Zimmer gegangen war. *Wo zum Teufel steckte er?*, dachte ich verärgert, da ich mich hintergangen fühlte. Da erinnerte ich mich, dass Nicholas Raucher war und in den dreiundachtzig Zimmern dieses Hotels das Rauchen verboten war. Ich verließ das Hotel durch den Haupteingang und sah ihn. Er hatte eine Zigarette zwischen den Lippen und betrachtete den Himmel.

»Hast du herausgefunden, wer der Mann war?«, fragte ich ohne weitere Umschweife.

»Er ist Gast im Hotel. Er kam fast gleichzeitig mit uns an. Er sei Italiener, sagte mir der Page.«

»Und wie kam es, dass wir ihn nicht gesehen haben? Er musste mit demselben Flug gekommen sein. Er muss uns von Rom aus gefolgt sein.«

»Er ist der Typ von Mann, der unbemerkt bleibt. Außerdem haben wir nicht darauf geachtet, ob uns jemand folgt. Ein gravierender Fehler.«

»Was machen wir?«

»Ich weiß es nicht. Ich wurde noch nie von jemandem verfolgt.«

»Aber du bist Schriftsteller, es muss dir etwas einfallen.«

Es schien, als habe Nicholas die Ironie bemerkt, denn er musterte mich durch seine wegen des starken Windes halb geschlossenen Augen und kicherte.

»Ich glaube, wir halten an unseren Plänen fest. Wir gehen in die Kathedrale, suchen die Zeichen, die dein Onkel hinterlassen hat, und kehren so schnell wie möglich zum Flughafen zurück. Aber wir werden nicht den gleichen Flug nehmen, du nimmst einen anderen und wir treffen uns in der Villa Contini. Ich werde versuchen, dass er mir folgt, denn er denkt, wir fliegen gemeinsam.«

»Die Sache wird kompliziert. Ich hoffe, die Mühe lohnt sich.«

»Das werden wir morgen in der Bibliothek erfahren«, urteilte Nicholas und drückte die Zigarette mit der Schuhsohle aus.

Die Kettenbibliothek

Bis zu diesem Augenblick hatte ich das Gefühl, als würde ich auf einem Hochseil Tango tanzen, aber allmählich spürte ich, wie ich ein gewisses Gleichgewicht gewann. Auf das aber, was ich an diesem Morgen zu sehen bekam, war ich nicht vorbereitet. Nicholas erschien als Priester gekleidet an meiner Zimmertür. Er trug einen schwarzen Anzug mit einem Beffchen. Es hätte eigentlich irgendein ein schwarzer Anzug sein können, aber das weiße Detail verlieh ihm das geistliche Attribut. Das Unglaubliche war, Nicholas' Persönlichkeit schien perfekt zu dieser Aufmachung zu passen, seine schlaksige Figur mit den hängenden Schultern und sein trauriger Blick gaben ihm das Aussehen eines geheiligten Märtyrers. Als er mein Gesicht sah, lächelte er in einer völlig anderen Weise als am Abend zuvor.

»In Rom ist das alles einfach zu bekommen«, erklärte er und zog die Schultern hoch, in einem vergeblichen Versuch, das Sakko zurechtzurücken, damit der Anzug richtig saß. »Ich glaube, das wird uns die Suche erleichtern.«

»Ist dieser Aufzug denn nötig?«, bemerkte ich belustigt. »Als Journalist hast du doch überall Zutritt.«

»Jeder Journalist hat einen Presseausweis, ich habe meinen. Aber wir wollen doch nicht, dass die Leute uns erkennen, oder?«

Ich sagte nichts. Es war einleuchtend. Ich zog mir einen grauen Pullover an und wir machten uns auf den Weg.

Wenn es in Kathedralen etwas gibt, dann das Gefühl von Größe. Diese Gebäude wurden in Dimensionen erbaut, die jeden in Andacht versetzen, der es sich anmaßt, die gesamte Stirnseite des Hauptflügels abzuschreiten, oder die Kapitelle betrachtet, die die Gewölbe zwischen den verschiedenen Räumen stützen. Die Kathedrale von Hereford hat bildhauerisch gestaltete Kapitelle, es gibt keinen Winkel, der nicht für irgendein Zeichen von überwältigender Größe genutzt worden wäre. Ich glaube, dass selbst nicht religiöse Menschen, wenn sie einen Ort wie diesen betreten, heftig den Wunsch verspüren, an etwas zu glauben. Wir spazierten im Inneren der Kathedrale herum und warteten, bis es zehn Uhr war und die Bibliothek geöffnet wurde. Um in die Bibliothek zu gelangen, mussten wir die Kathedrale verlassen und uns zu einem Gebäude begeben, das sich an der südöstlichen Ecke befand; ein Ort, der zur beeindruckenden Größe der Kathedrale in keinem Verhältnis stand. Hinter einem kleinen Schreibtisch saß eine Frau, die zu diesen alten

Bänden passte. Als sie uns kommen sah, begrüßte sie Nicholas. Ich wurde von ihr praktisch ignoriert. Auf einem Anschlagzettel wurden Besucher dazu eingeladen, vier Pfund zu spenden. Ich legte acht Pfund Sterling auf den Schreibtisch.

»Möchten Sie einen Rundgang machen?«

»Eigentlich nicht, *Madam*«, erläuterte Nicholas. »Ich komme aus den Vereinigten Staaten und wurde eigens von der Katechese der Heiligen Bibel geschickt, um die berühmten geheiligten Bände dieser Einrichtung persönlich kennenzulernen.«

»Das ist eine Ausstellungsbibliothek, Hochwürden …«

»Reverend Nicholas Blohm. Wie ist Ihr Name, gute Frau?«

»Molly Graham. Studien oder Konsultationen sind nicht gestattet, es sei denn, Sie haben zuvor um eine Genehmigung gebeten.«

»Ich sehe ein, ich bin unangemeldet erschienen, aber es ist ein Versprechen, das ich erst jetzt nach vielen Jahren erfüllen kann. Dürfte ich einen kleinen Blick auf Ihre Bibeln werfen? Ich wäre Ihnen zutiefst dankbar. Ich garantiere Ihnen, an dem Tag, an dem Sie unser Land besuchen, werden Sie von unserer Kongregation mit allen Ehren empfangen. Ich muss noch heute Nachmittag in die Vereinigten Staaten zurückkehren …«

Nicholas verfügte definitiv über eine große Überzeugungskraft. Mir schien, die gute Frau glaubte die Geschichte genauso, wie ich es getan habe. Sie sah das zerknirschte Gesicht von Nicholas und zögerte einen Augenblick. Als sie ihn die Latexhandschuhe überziehen sah, trat sie hervor und sagte:

»Folgen Sie mir.«

Wir gingen hinter ihr her. Sie steuerte mit kurzen und eiligen Schritten auf eine Tür zu, öffnete diese mit einem Schlüssel und ging in die Abteilung, in der die Heiligen Schriften aufbewahrt wurden. Sie war kleiner, als ich sie in Erinnerung hatte. Ich habe viele Bibliotheken gesehen und diese konnte sich weder an Schönheit noch an Größe mit ihnen messen. Ich kann sagen, dass sie anders ist, vor allem wegen der großen Anzahl grober Ketten, die an jedem seiner fast zweitausend wertvollen Originalwerke und all diesen Manuskripten aus dem Mittelalter hingen. Ich glaube, als Kind sieht man die Dinge aus einer anderen Perspektive, was aber für mich in dieser schlichten Umgebung noch immer da war, das war das Mysterium. Alle Bücher sahen alt und abgenutzt aus. Die Seiten sind nicht begradigt wie bei normalen Büchern, es ist eine Ansammlung von Blättern, in einigen Fällen aus Pergament, die wirr zwischen den Einbänden herausragen.

Ohne viel Zeit zu verlieren, suchte sie mit dem Zeigefinger zwischen den Büchern, die sie vor sich hatte, bis sie bei einem voluminösen, bedeutend aussehenden Band, der natürlich angekettet war, innehielt. Nicholas gab mir ebenfalls ein Paar Handschuhe.

»Bitte gehen Sie vorsichtig damit um. Es ist ein seltenes Exemplar und enthält von Hand gefertigte Illustrationen aus dem 17. Jahrhundert. Ein ähnliches Exemplar gibt es nur noch in der Britischen Bibliothek in London. Aber … Sie haben mir nicht gesagt, welche Art von Bibel Sie suchen.«

»Die protestantischen natürlich.«

»Dann ist die hier die Richtige«, bestätigte die Frau zufrieden. »Obwohl Sie auch andere finden können.«

Nicholas nahm die Bibel und die Aufregung stand ihm im Gesicht geschrieben. Er hielt sie mit äußerster Vorsicht, als handle es sich um einen Schatz, und verneigte sich leicht. Ich nehme an, er küsste das Buch nur deshalb nicht, um es nicht zu verunreinigen.

»Danke, Schwester, Gott möge es Ihnen vergelten.« Plötzlich richtete er seine flehenden Augen auf sie und fragte: »Haben Sie zufällig hier ein rotes Buch?«

»Sie möchten das ›Rote Buch‹ sehen?«

»Ich würde es zu gerne sehen.«

»Es steht in der Reihe auf der anderen Seite dieses Regals. Ich bitte Sie dringend, seien Sie äußerst vorsichtig damit.«

»Ich versichere Ihnen, ich werde es hüten wie mein Leben.«
Molly Graham sah Nicholas befremdet an.

»In wenigen Minuten kommt eine Gruppe Japaner. Ich bitte Sie, dehnen Sie Ihre Lektüre nicht zu sehr aus.«

Nicholas legte sich die Hand auf die Brust und senkte zustimmend den Kopf. Die Frau zog sich zurück und schien glücklich zu sein, zu einem guten Werk beigetragen zu haben.

An jeder der Regalreihen war ein langes Pult angebracht, eine Art Regalbrett, auf das man die Bücher legte, damit man die Ketten nicht zu weit von der Stelle bewegen musste. Wir saßen vor dem beunruhigenden Band und begannen, die Psalmen zu suchen. Eigentlich mussten sie nach dem Buch Hiob stehen, aber dort waren sie nicht.

»Das muss ein seltenes Exemplar sein. Es ist merkwürdig, dass die Psalmen nicht da sind«, murmelte Nicholas. »Molly hat recht, wenn sie mit dieser Bibel so vorsichtig ist.«

»Das brauchst du nicht erst zu sagen«, stieß ich aus. »Ich glaube, wir müssen eine andere suchen«, pflichtete ich ihm dann bei.

Ich begann, mich an die Leichtigkeit zu gewöhnen, mit der Nicholas Vertrauen zu den Leuten fasste.

»Die Bände stehen mit dem Rücken nach hinten«, murmelte Nicholas, der verdutzt auf die Bücherreihe sah, die sich vor unseren Augen erstreckte. »Wie zum Teufel sollen wir wissen, welches wir nehmen müssen?«

Ich legte einen Finger auf meine Lippen, um ihn zu ermahnen, seine Sprache zu mäßigen.

Wir stellten die protestantische Bibel an ihren Platz zurück und Nicholas nahm die nächste, wobei die Ketten einen entsprechenden Lärm verursachten. Sie war in Aramäisch geschrieben. Wenn ich etwas wiedererkenne, dann ist es dieses für mich unentzifferbare Alphabet, das man laut Onkel Claudio von rechts nach links las, denn in seinem Arbeitszimmer hatte er eine Kopie des Targums; der hebräischen Bibel, die im 11. Jahrhundert in das Aramäische übersetzt wurde. Nicholas stellte sie an ihren Ort zurück, nahm die folgende und versuchte dabei, mit den Ketten so wenig Lärm wie möglich zu machen, aber es war unvermeidlich. In der Stille der Bibliothek hörte man sie, wie Glocken, die zur Messe riefen. Inmitten seiner Verzweiflung öffnete Nicholas ein weiteres Buch: die Thora, wir verstanden also ebenfalls nichts. Ich glaube, hätten wir eine Bibel in italienischer Sprache gefunden, so hätten wir aufgrund der Eile nicht gewusst, wo die Psalmen sind.

»Dante, ich gehe zum anderen Ende des Regals, ich muss dieses rote Buch sehen.«

Ich nickte, und während ich versuchte, die Ketten nicht noch mehr in Unordnung zu bringen, nahm ich ein Buch, das in meiner Reichweite stand. Es war alt, seine feinen Blätter unterschieden sich von denen der anderen Bücher, deren Ränder grob und unregelmäßig waren. Auf dem Einband stand auf Englisch: ›Heilige Bibel‹. *Endlich etwas Erkennbares!*, sagte ich mir und öffnete es fast verzweifelt. Zum Glück erschien die Touristengruppe und Molly Graham war mit den Besuchern ziemlich beschäftigt. Ich fand die Psalmen. Ungewollt entfuhr mir ein Freudenschrei, aber sofort erinnerte ich mich daran, dass ich schweigen musste und der Schrei verwandelte sich in ein langes und seltsames Ächzen, das dazu führte, dass Frau Graham ihr Gesicht vorstreckte, um mich am äußersten Ende der Regalreihe zu sehen, ebenso wie Nicholas, der auf der anderen Seite mir gegenüberstand. Ich suchte die Psalmen 15 und 21, sie sagten mir nichts. Es gab weder Markierungen noch Hinweise, ich ging zur vorherigen Seite, zur nächsten Seite, tastete die Stelle ab, an der die Bibel gestanden hatte. Nichts.

»Dante, ich glaube, ich habe etwas gefunden!«, rief Nicholas leise aus und sah mich über die Bücher hinweg an.

Uns blieb keine Zeit. Die Bibliothekarin kam näher, gefolgt von dem Schwarm Touristen, während sie eine Reihe von Erklärungen gab. Bald würde sie um die Ecke und zu unserer Stelle kommen und das Desaster sehen, das wir mit den Ketten angerichtet hatten. Ich schloss das Buch und ein kleiner Zettel fiel heraus. Darauf stand: ›C.C.M.‹. Mein Herz tat einen Sprung; in diesem Augenblick wusste ich, dass ich keine andere Wahl hatte. Ich riss die Seiten von Psalm 15 bis Psalm 50 heraus. Etwa zehn Seiten. Dann klappte ich die Bibel zu und stellte sie an ihren Platz zurück. Molly Graham erschien mit den Besuchern gerade, als ich die Seiten in meiner Hosentasche versteckte und Nicholas sich neben mich stellte. Sie warf uns einen seltsamen Blick zu, als sie sah, dass die Ketten durcheinander und die Bände nicht an ihrem Platz standen.

»Ich kann es Ihnen erklären, *Madam* ...«, begann Nicholas, während er sich ruhig die Handschuhe abstreifte.

Ich hörte mehrere Klicks und wusste, ich würde in irgendeinem Fotoalbum in Japan der Nachwelt erhalten bleiben.

Nicholas nutzte Molly Grahams momentane Zerstreutheit, um seine Einladung zu wiederholen:

»Vergessen Sie nicht, mich zu besuchen, wenn Sie in die Vereinigten Staaten kommen. Denken Sie daran: Sankt Patrick-Kirche in New York und die Kongregation ist die Katechese der Heiligen Bibel«, beharrte Nicholas.

»Vielen Dank, Frau Graham. Sie waren eine große Hilfe. Wir gehen nun. Einen schönen Tag noch«, sagte ich in meiner besten Art, dann verließen wir eilig die Bibliothek.

Erst als wir die Bibliothek verlassen hatten, konnte ich erleichtert aufatmen. Während Nicholas sich das Beffchen abnahm und sein Sakko aufknöpfte, gingen wir rasch zum Hotel. Ich bat an der Rezeption, mir die Rechnung fertigzumachen. Dann gingen wir in mein Zimmer, holten unsere Sachen, die wir bereits gepackt hatten, und kehrten in der Absicht,

Hereford so schnell wie möglich zu verlassen, zur Rezeption zurück. Wenn Molly Graham merkte, dass in der Bibel mehrere Seiten fehlten, bekämen wir mit Sicherheit Probleme und ich vermutete, sie wusste, wo sie uns finden konnte.

Im Auto überprüfte Nicholas wie ein Besessener die herausgerissenen Seiten und verglich sie mit seinen Notizen, während ich, so schnell ich konnte, den Wagen lenkte. Einige Augenblicke später holte er aus einer seiner Jackentaschen ein Blatt mit einer Zeichnung.

»Sieh mal«, sagte er und zeigte mir das Blatt.

Es war die Reproduktion eines Bildes, das mir bekannt vorkam.

»Mein Gott! Hast du es aus dem Buch herausgerissen?«

»Aus dem roten Buch. Und das stimmt mit dem hier überein.«

Als ich einen Blick darauf warf, was er mir zeigte, war ich einen Moment lang abgelenkt. Der Wagen machte eine merkwürdige Drehung und ich hielt an.

Ich bemerkte, wie das graue Fahrzeug, das etwa hundert Meter hinter uns fuhr, seit wir Hereford verlassen hatten, seine Fahrt verlangsamte. Bis zu diesem Augenblick hatte ich mich nicht in Acht genommen. Ich hatte Bruder Martuccis Worte einfach als Fantasiererei betrachtet. Allmählich wurde es mir aber jetzt bewusst, dass ich mich womöglich in Gefahr befand. Als der graue Wagen an uns vorbeifuhr, sah ich, dass der Mann aus dem Restaurant am Steuer saß.

»Er folgt uns seit unserer Abfahrt«, sagte ich zu Nicholas.

»Bist du sicher?«

»Jetzt ja. Was war das, was du aufgetrieben hast?«, fragte ich und setzte den Motor in Gang.

»Erinnerst du dich an die seltsamen Worte in der Nachricht deines Onkels? Ich habe sie abgeschrieben und mitgebracht. Sie stimmen mit der Lithografie eines Bildes von Hieronymus Bosch überein: *Meester snyt die keye ras/ myne name is lubbert das,* das ist Flämisch, wie ich herausgefunden habe. Das rote Buch ist ein Katalog aller Werke des Hieronymus Bosch, es wurde 1730 herausgegeben.«

»Mein Gott …, und du hast eine Seite herausgerissen …«

»Was soll man da zu dir sagen? Es fehlte nicht viel und du hättest keine Seiten mehr in der Bibel gelassen!«

Er hatte recht, es war nicht der Zeitpunkt, um viel Aufhebens zu machen.

»Ich erinnere mich an dieses Bild. Ich glaube, Onkel Claudio hatte eines in seinem Arbeitszimmer«, merkte ich an.

»Er hatte ›Das Steinschneiden‹? Unmöglich. Das befindet sich im Museo del Prado in Madrid.«

»Nein, ich meine nicht das Original. Es gab ein kleines Bild, ich nehme an, es war eine Reproduktion, etwa 33 Zentimeter groß. Übrigens habe ich es in der letzten Zeit nicht mehr gesehen.«

»Und was, wenn das Bild und die Psalmen etwas miteinander zu tun haben?«

Ich antwortete nicht und dachte während der restlichen Strecke nach. Unser Eindringen in die Bibliothek von Hereford war relativ ertragreich gewesen. Wir hatten diesen berühmten Raum praktisch geplündert und ich war mir, was das Ergebnis anging, noch nicht ganz sicher. Nachdem wir das Auto am Flughafen zurückgegeben hatten, sagte ich zu ihm:

»Behalte du die Blätter. Der Mann aus dem Restaurant wird mich verfolgen. Du nimmst das Flugzeug nach Rom und wartest auf mich in der Villa Contini.«

Nicholas nickte zustimmend, obwohl es mir schien, als sei er mit seinen Gedanken woanders.

Im Flughafen ging ich zum Ticketschalter und bemerkte, dass der Mann aus dem grauen Auto mir folgte. Er trug eine Zeitung oder Zeitschrift in der Hand und klopfte damit, als wäre er ungeduldig, ab und zu auf seine linke Hand. Zwischen uns standen zwei weitere Personen in der Schlange.

Ich kaufte ein Ticket nach New York und vermutete, er würde dasselbe tun. Daraufhin ging ich in den Wartesaal meines Fluges und wenig später erschien er. Beim letzten Aufruf erhob ich mich von meinem Platz und stellte mich hinter den übrigen Personen an. Er tat dasselbe. Eine ziemlich kräftige Frau begann mit dem Steward laut zu diskutieren und ich nutzte die momentane Ablenkung und stellte mich hinter dem Mann in die Reihe. Als er es merkte, war er bereits in der Gangway. Ich vergewisserte mich, dass er nicht zurückkehrte und wandte mich dann dem Ausgang zu.

»Es tut mir leid, aber wir starten gleich«, sagte die Angestellte. »Sie müssen in das Flugzeug steigen.«

»Ich kann nicht reisen, ich muss unbedingt zurück. Mir ist gerade etwas Wichtiges eingefallen. Ich werde den nächsten Flug nehmen«, sagte ich eilig und ging so schnell ich konnte hinaus.

Ich kehrte zum Schalter zurück und kaufte ein Ticket für den Rückflug nach Rom.

Die Spur

Als ich die Villa Contini betrat, fragte ich als Erstes nach Nicholas. Fabio sagte, er sei in seinem Schlafzimmer und dass er es seit seiner Ankunft nicht verlassen habe.

Ich klopfte an die Tür und es rührte sich nichts. Ich beschloss, einzutreten und sah erleichtert, dass Nicholas fest schlief. Als ich ihn rüttelte, um ihn aufzuwecken, öffnete er die Augen. Seine Augenbrauen, die ihm seitlich aus dem Gesicht zu fallen schienen, verhießen nichts Gutes.

Er stand rasch vom Bett auf, holte ein Bündel Blätter unter dem Kopfkissen hervor und während seiner Erklärungen begann er, im Raum hin und her zu gehen. Es schien seine Art zu sein, sich zu konzentrieren.

»Psalm 15: ›Regeln der göttlichen Gastfreundschaft‹. Ich habe ihn gelesen und es gibt nichts, was mich auf eine Spur hinweist. Psalm 21: ›Jahwe und sein Gesalbter‹. Lies den Inhalt dieser beiden Psalmen und sage mir, ob sie für dich eine besondere Bedeutung haben.«

»Ich dachte, du wärst derjenige, der den Kode kennt.«

»Es ist möglich, dass im Manuskript nicht alles stand, an das du dich erinnern kannst, wenn du an die Zeit denkst, die du mit deinem Onkel verbracht hast, und dass es in diesen Psalmen etwas Besonderes gibt, bei dem deine Erinnerungen wach werden«, sagte Nicholas, während er auf die Papiere zeigte.

Ich wollte nicht streiten. Mir war klar, ich würde damit nichts gewinnen und begann daher, die Psalmen zu lesen.

Nachdem ich sie sorgfältig gelesen hatte, wählte ich den Psalm 15.

»Von den beiden macht der hier für mich am meisten Sinn, Psalm 15:«

Psalm 15

HERR, wer wird wohnen in deiner Hütte?
Wer wird bleiben auf deinem heiligen Berge?
Wer ohne Tadel einhergeht und recht tut
und redet die Wahrheit von Herzen;
wer mit seiner Zunge nicht verleumdet
und seinen Nächstem kein Arges tut
und seinen Nächsten nicht schmäht;
wer die Gottlosen für nichts achtet,
sondern ehrt die Gottesfürchtigen;
wer sich selbst zum Schaden schwört und hält es;
wer sein Geld nicht auf Wucher gibt
und nimmt nicht Geschenke gegen den Unschuldigen:
wer das tut, der wird wohl bleiben.

»Warum?«, fragte Nicholas.

»Es ist eine Aufforderung, korrekt zu handeln und am Ende ist vom *ewigen Leben* die Rede.«

»Wenn man sich die Sache genauer ansieht, dann passt das irgendwie nicht zusammen. Es ist, als würde dich dein Onkel dazu auffordern, korrekt zu handeln. Aber hat er korrekt gehandelt? Aus den Forschungsarbeiten eines Verbrechers wie Mengele Gewinn zu schlagen, war nicht gerade korrektes Handeln, von anderen dunklen Angelegenheiten mal ganz abgesehen … Entschuldige, wenn ich so von deinem Onkel rede, aber es ist die Wahrheit, der Psalm richtete sich also nicht an ihn, es ist, als gäbe er dir einige Anweisungen.«

»Und was ist mit dem anderen Psalm?«, überlegte ich mehr, als dass ich fragte.

»Material, um abzulenken, nehme ich an. Übrigens, was ist mit dem Mann aus dem Restaurant passiert?«

»Um diese Zeit müsste er etwa die Hälfte des Atlantiks überquert haben.«

Nicholas ließ sein kurzes Lachen erklingen.

»Ich glaube, die Psalmen und die Religionen sind so vieldeutig, dass sie sich für jede Auslegung eignen. Hast du die kleine Notiz, die du in der Bibel gefunden hast?«

»Ja. Hier.«

Ich reichte ihm ein kleines Stück Papier von höchstens drei mal drei Zentimetern.

»In welchem Psalm lag es?«

»Das weiß ich nicht! Es fiel heraus, als ich das Buch zuklappte.«

»Es bleibt noch die Spur, die ich für am zuverlässigsten halte: die Sache mit dem roten Buch. Wie ich dir auf dem Weg zum Flughafen bereits gesagt habe, gibt es zwei deutliche Übereinstimmungen; die Worte, die auf dem Bild erscheinen, sind dieselben, die dein Onkel in seiner Nachricht schrieb, und abgesehen davon, dass es ein alter Katalog der Werke des Hieronymus Bosch ist, ist es auch ein Bestandteil des Bildes: Die Frau trägt ein rotes Buch auf dem Kopf.«

»Dieses kleine Bild befand sich in Onkel Claudios Bibliothek. Komm mit«, forderte ich ihn auf, während wir sein Zimmer verließen. »Ich erinnere mich daran, weil ich einmal bei einer Diskussion dabei war, die mein Onkel mit einem seiner Freunde geführt hatte, der zu Besuch war. Er sagte, das, was aus dem Kopf herausgeholt wird, sei kein Stein, sondern eine Blütenknospe, die für das Fortpflanzungsorgan stehe. Deshalb sei der Name des Bildes verfehlt und ändere seine ganze Bedeutung.«

In der Bibliothek ging ich direkt zu der Stelle, an der ich es immer gesehen hatte. An seinem Platz befand sich ein Rahmen mit einer Fotografie von Mama, meiner Schwester und mir.

»Frag doch Fabio, Butler wissen immer, wo die Sachen sind«, riet mir Nicholas.

Gehorsam drückte ich den Knopf auf der Konsole und nach einigen Augenblicken erschien Fabio.

»Sie haben mich gerufen, *Signore* Dante?«

»Fabio, erinnerst du dich an das kleine Bild, das hier früher hing? Eines, das genauso wie dieses hier aussah.«

Ich zeigte ihm das Bild mit der Zeichnung.

»Ja, *Signore* Dante. Ich erinnere mich. Aber eines Tages, vor etwa zwei Jahren, verschwand es. Seitdem hängt dieses Foto an seinem Platz.«

»Danke, Fabio, das war alles.«

Nicholas wartete, bis der Butler die Tür geschlossen hatte.

»Wir haben ein Problem«, folgerte er.

Und ob wir eines hatten. Oder besser gesagt: Ich war in ernsthaften Schwierigkeiten und stand kurz davor, das Handtuch zu werfen.

»Ich glaube, Nicholas, es ist Zeit, dass du nach Hause fährst. Es sieht nicht so aus, als könntest du mir eine Hilfe sein. Und noch etwas, ich gebe dir die Erlaubnis, dass du auf der Grundlage von dem, was du bis jetzt weißt, deinen Roman schreibst. Das gilt natürlich nur, wenn du die Namen änderst«, sagte ich mutlos.

Nicholas musterte mich mit seinen neugierigen Augen, die denen einer Katze glichen, die kurz davor ist, sich auf ihre Beute zu stürzen.

»Nein, Dante, ich möchte bleiben und dir helfen, diese vertrackte Angelegenheit zu lösen. Ich glaube, ich wurde durch einen seltsamen Mechanismus in dein Leben gesetzt … und es ist sehr aufregend …«

»Verstehst du denn nicht, dass das kein Spiel ist?«, fiel ich ihm ins Wort.

In mir stieg allmählich die Wut hoch.

»Ich verstehe nicht, warum du dir das so zu Herzen nehmen musst. Du hast gerade ein großes Vermögen geerbt. Ob du diese verdammte Formel nun hast oder nicht, wird nichts daran ändern.«

Ich schüttelte den Kopf. Wie wenig Nicholas doch wusste! *Wenn er in diesem verdammten Manuskript mehr gelesen hätte, dann hätten wir jetzt mehr Antworten!*, dachte ich, obwohl ich wusste, dass das wahrscheinlich genauso verrückt war wie alles, was sich in den letzten Tagen in meinem Leben ereignet hatte.

»Nicholas …, ich habe nichts geerbt. Ich habe es dir nicht gesagt, weil ich glaubte, meine Probleme hätten ein Ende, wenn wir die Formel finden, aber jetzt bin ich wirklich in einer verzwickten Lage. Onkel Claudio hat nicht nur das Kapital der Firma verloren: Er hat mich zum Erben von Schulden gemacht, die sich auf über vier Milliarden Dollar belaufen. Und das ist noch nicht alles. Ich glaube, die Teilhaber gehören einer Art Mafia an, deren Anführer ein gewisser Caperotti ist. Ich habe ihnen versprochen, einen Weg zu finden, ihnen in sechs Monaten das Geld zurückzuzahlen, und jetzt sind es schon ein paar

Stunden weniger, bis die Frist abläuft. Wie du siehst, werde ich wahrscheinlich mit einbetonierten Füßen enden, wie in den Romanen, die du schreibst; nur mit dem Unterschied, dass das mein Leben und sehr real ist.«

Nicholas klappte seinen Mund auf und gleichzeitig rutschten seine Augenbrauen wieder an ihren ursprünglichen Platz. Er wollte etwas sagen, aber ich glaube, ihn verließ der Mut dazu. Erneut sah er auf die Papiere, die vor ihm verstreut auf dem kleinen Tisch lagen, als hinge von ihnen mein Leben ab.

»Vor zwei Jahren ..., vor zwei Jahren ..., vor zwei Jahren ...«, wiederholte er nachdenklich. »Vor zwei Jahren gingst du in die Vereinigten Staaten ... und vor zwei Jahren verschwand das Bild von Hieronymus Bosch. Was für ein Zufall.« Er fing an, sich auf einem Stück Papier hektisch Notizen zu machen und rief dann aus: »Psalm 40! Das ist es!«

»Was ist mit dem Psalm 40? Diese Zahl passt nicht in unsere Rechnung.«

»Wir haben uns geirrt. Die Zahlen sind nicht wichtig. Sie sollten uns lediglich zu den Psalmen führen. Es ist das Wort ›Brandopfer‹. Siehe selbst.«

Er fuhr mit seinem Zeigefinger durch die herausgerissenen Bibelseiten und las:

Psalm 40

Opfer und Speisopfer gefallen dir nicht;
aber die Ohren hast du mir aufgetan.
Du willst weder Brandopfer noch Sündopfer.
Da sprach ich: Siehe, ich komme;
im Buch
ist von mir geschrieben.
Deinen Willen, mein Gott, tue ich gerne,
und dein Gesetz hab ich in meinem Herzen.

Nicholas ordnete die Sätze:

Im Buch (im Rohr) ist von mir geschrieben (Claudio).
Du willst weder Brandopfer (Holocaust) noch Sündopfer.
Dein Gesetz (Entscheidung) hab ich in meinem Herzen.

»Das erste Mal, das alles einen Sinn ergibt … Er spricht von Brandopfern, das ursprünglich griechische Wort dafür ist *holókaustos,* von Opfern und von Büchern … Das Bild von Hieronymus Bosch ist ein eindeutiger Hinweis auf ein rotes Buch, ein Mann lässt sich freiwillig operieren und aus dem Kopf entfernt man ihm das Symbol der Fruchtbarkeit …«, grübelte ich laut.

»Er lässt dir die Wahl.«

»Warum musste das so kompliziert sein?«

»Ich glaube, dein Onkel wollte dir eine Lektion erteilen, eine große Lektion, Dante.«

Ich sah ihn eindringlich an und dachte, dass Nicholas möglicherweise ein Teil dieser Lektion war. War auch er Teil von Onkel Claudios Versteckspiel?

»Jetzt verstehe ich. Du bist Teil des Plans. Onkel Claudio hat dich engagiert, damit du mit der Geschichte mit dem Manuskript kommst und um zu sehen, ob ich dumm genug wäre, dir zu glauben. Ich verstehe nicht, worauf er hinauswollte, ich werde noch verrückt damit.«

»Nein, nein, nein … Dante, du irrst dich. Ich habe nichts mit deinem verstorbenen Onkel zu tun. Alles, was ich bis jetzt gesagt habe, ist ganz und gar wahr. Das hier«, sagte er und wedelte mit dem leeren Manuskript in seiner Hand, »war der Grund, weshalb ich hierher kam. Darin war dein Leben geschrieben oder ein Teil davon und auch das deines Onkels. Wäre es nicht gelöscht worden, hättest du mich nicht kennengelernt. Ich wäre nicht hergekommen, weil ich es einfach veröffentlicht und gedacht hätte, es wäre ein Roman. Also schlage dir die Idee aus dem Kopf, ich wäre Teil einer Farce …, bitte, lass mich dir helfen.«

Nicholas schien aufrichtig zu sein. Er hatte offenbar das Gefühl, dass er in mein Problem verwickelt war und die Wahrheit ist, obwohl er nur wenige Jahre älter war als ich, gab er mir irgendwie Mut. Wenn man Probleme hat, ist es besser, einen Verbündeten zu haben, und er war ein guter Mensch. Ich stellte fest, dass die Freunde einen nicht immer verlassen, wenn das Glück mal ausbleibt. Das berührte mich, ich streckte daher die Arme aus, umarmte ihn und drückte ihm zum Dank ein paar Küsse auf die Wangen.

»Du bist ein wirklicher Freund, Nicholas.«

Er sagte nichts. Ich glaube, er war diese Art körperlicher Freundschaftsbekundungen nicht gewohnt und mein Benehmen traf ihn unvorbereitet. Seine Augen glänzten, als er reagierte.

»Das ist doch nichts Besonderes, mein Freund. Ich erlebe die besten Augenblicke meines Lebens.«

Er zog sich aus der Bibliothek zurück, vielleicht, damit ich seine Verlegenheit nicht bemerke.

Schritt für Schritt überdachte ich alles, was sich zugetragen hatte, seit ich den Anruf erhielt, der mir Onkel Claudios Tod ankündigte. Es waren viele, zu viele Ereignisse, mehr als ich verdauen konnte, und trotzdem wusste ich, es würden noch weitere kommen. Aber jetzt war es erst einmal wichtig, mit Pietro zu sprechen. Und mit den Investoren, falls diese existierten, denn nichts schien wie vorher zu sein. Außerdem beschloss ich, Martucci über das, was ich vorhatte, nicht zu informieren. Falls mein Leben in Gefahr war, war es besser, ihn nicht hineinzuziehen. Das Hauptproblem bestand darin, dass ich nicht wusste, wie ich die Investoren ausfindig machen konnte, da ich von ihnen noch nicht einmal den Namen kannte. Ich leerte den gesamten Tresor. Abgesehen von Bargeld enthielt er nur den dicken Umschlag mit den Originalblättern von Mengeles Forschungsarbeiten. Ich nahm sie heraus und zum ersten Mal ließ ich meinen Blick aufmerksam über einige der Seiten schweifen. Zum Glück gehörte in der humanistischen Fakultät Latein zu meinen Fächern. In ziemlich deutlicher Schrift standen an den Rändern weitere Anmerkungen in deutscher Sprache, von denen ich sehr wenig verstand.

16. August 1943
Subjekt: Jonas Coen, 10 Jahre
Tag 1: Dem Individuum wurden knochenmorphogenetische Proteine gespritzt. Als Ergebnis erwarte ich eine rasche Fibrodysplasia ossificans progressiva.
Tag 30: Verkrümmung des großen Zehs an beiden Füßen hat begonnen.
Tag 39: Am Rücken beginnt sich ein Geschwulst zu bilden, nach Angaben des Patienten ist es die Ursache für einen stechenden Schmerz.
Tag 60: Die Protuberanzen am gesamten Körper verursachen eine Missbildung an den Beinen, das Subjekt kann sich nicht aufrecht halten, ist beim Gehen vollständig nach vorne gebeugt.
Tag 70: Ich habe seine Beine geöffnet. Die Fußwurzelknochen sind mit den Mittelfußknochen verwachsen, es existieren keine Zehenglieder, alles ist zu einem einzigen, festen, enormen und unförmigen Knochen geworden.
Ich werde eine Injektion zur Eliminierung des Subjekts anordnen.

10. Oktober 1943
Zwillinge Steinmeyer
Tag 1: Ich habe die Zwillinge in zwei verschiedenen Kammern platziert.

Führte einen Schnitt von fünfzehn Zentimetern am Unterarm des Zwillings Alfa aus.
Überraschenderweise verspürte der Zwilling Beta Beschwerden an derselben Stelle.
Tag 2: Die offene Verletzung des Zwillings Alfa ist infiziert. Auf einem kleinen Abschnitt des Unterarms des Zwillings Beta trage ich Penizillin auf.
Tag 3: An Zwilling Alfa scheint keine Besserung einzutreten.
Tag 4: Ich werde die Verletzung des Zwillings Alfa heilen. Ich möchte diese monozygotischen Zwillinge nicht verlieren.

Auf einer anderen Seite:

24. November 1943
Das ist inakzeptabel. Der Typhus droht sich auszubreiten. Bis zum heutigen Tag sind in Birkenau 6458 Frauen erkrankt; sie taugen nicht einmal für Experimente. Für 587 von ihnen besteht keine Rettung. Sie müssen wohl eliminiert werden.

25. November 1943
Ich habe die vollständige Säuberung und Desinfizierung der leer stehenden Baracke der Zigeunerjüdinnen angeordnet. Zwischen den Baracken werden Badewannen aufgestellt und ich werde anordnen, alle Frauen zu desinfizieren.

30. November 1943
Der Typhus ist vollständig unter Kontrolle. Laut Dr. Wirths erfordert mein Unwohlsein eine ärztliche Untersuchung.

3. Dezember 1943
Ich habe Typhus. Ich hoffe, in ein paar Wochen wieder gesund zu sein.

Fast am Ende:

30. Oktober 1944
Laut Bestätigung, die ich soeben von Prof. von Verschuer zu den Resultaten meiner Analyse erhalten habe, existiert in der genetischen Information jedes menschlichen Wesens ein Muster. Es ist wie eine Kette, die Tausende von Daten enthält. Das, was ich gerade entdeckt habe, könnte die Evolutionstheorie von Darwin beweisen. Das Gesetz des am besten angepassten Individuums. Die arische Rasse ist die perfekteste. Ich bin nahe daran, das zu beweisen. Hoffentlich bleibt mir genug Zeit.

Auf der letzten Seite:

16. Januar 1945
Heute ist mein letzter Tag hier. Morgen werde ich in den frühen Morgenstunden abreisen. Diese eineinhalb Jahre sind viel zu schnell vergangen für all das, was ich vorhatte. Hätte ich mehr Zeit gehabt, wären meine Studien zur Genetik nicht auf eine so stupide Weise unterbrochen worden. Es muss Schuldige dafür geben, dass wir den Krieg verlieren, untaugliche, unfähige Anführer, eine Schande für die arische Rasse.

Angewidert von einer derart ausführlichen Schilderung geistiger Verirrungen begann ich die Seiten durchzublättern und hoffte, in irgendeiner Randnotiz eine Anschrift oder wenigstens den Namen des Labors zu finden, aber abgesehen von den Notizen Mengeles gab es offenbar nichts.

Noch an diesem Abend würden wir nach New York abreisen, um Pietro zu treffen.

Pietro Falconi

Auf dem Flughafen Leonardo Da Vinci wurde über die Lautsprecher der letzte Aufruf für unseren Flug durchgegeben, als wir den Mann aus dem Restaurant sahen. Er schien soeben angekommen zu sein. Wir wollten gerade an Bord gehen, da sah er uns ebenfalls. Für einen Augenblick glaubte ich, eine Gebärde zu erkennen, als würde er uns etwas sagen wollen.

Ich war als Kind ein Einzelgänger. Meine einzigen Spielkameraden waren ein paar entfernte Cousins, die ich sah, wenn die Familie sich versammelte. In der Schule hatte ich einen Kameraden, den ich als ›meinen besten Freund‹ betrachtete, aber als ich merkte, dass ich derjenige war, der zu dieser Freundschaft am meisten beitrug, wusste ich, dass es sehr schwierig war, Freunde zu haben. Meine Mutter neigte dazu, mir Freundschaften zu erkaufen; das war einer der Gründe, warum ich mich von ihr distanzierte und weshalb, auch wenn wir nicht voneinander getrennt waren, zwischen uns kaum eine emotionale Verbindung bestand.

Jetzt hatte ich die Möglichkeit, einen wirklichen Freund zu haben, der, wie in den Geschichten, die ich als Kind las, auf wundersame Weise in meinem Leben aufgetaucht war und nun neben mir saß. Ein Freund, der aus Fleisch und Blut war. Ich wusste nicht, welche Rolle er in meinem Leben spielen würde, aber mit ihm an meiner Seite fühlte ich mich vor allem in jenen Momenten weniger allein, in denen ich mit einem Leben konfrontiert war, das ich mir nicht ausgesucht hatte.

Am Flughafen Newark nahmen wir ein Taxi und fuhren in Nicholas' Wohnung. Er wollte seinen Koffer dort lassen und nachsehen, ob seine Freundin Linda wirklich aus seinem Leben verschwunden war. Ich hatte, abgesehen von einer Mappe mit den Dokumenten, kein Gepäck bei mir. Das ist das Gute daran, wenn man hier und dort lebt. Nicholas' Wohnung war bis auf seine wenigen Habseligkeiten leer. Von Linda gab es keine Spur.

»Ich glaube, diesmal bin ich sie los. Sie ist schuld daran, dass das Manuskript gelöscht wurde.«

Nicholas legte das Manuskript auf einen Schreibtisch, der von einem Gebrauchtmöbelhändler zu stammen schien, öffnete eine bestimmte Seite und ließ es eine Weile so liegen. Ich zog es vor, ihn nicht zu fragen, denn ich hatte den Eindruck, es war Teil eines privaten Rituals.

»Jetzt fahren wir nach Hause«, sagte ich.

»Möchtest du nicht den Ort kennenlernen, wo ich das Manuskript gefunden habe?«

Ich fand, das war eine großartige Idee. Auf dem Flug hatte er mir alles erzählt, was sich während der Begegnung mit der seltsamen Gestalt zugetragen hatte. Ich wollte den Mann kennenlernen und mehr über all das erfahren, also begleitete ich Nicholas gerne. Wir gingen zu Fuß und nach etwa zehn Minuten kamen wir zu einem weitläufigen Friedhof. Der Wind hatte die letzten Blätter von den Bäumen gezerrt und die Bank, auf die Nícholas wies, stand trostlos da; trostloser als je zuvor, wie er meinte. Wir blieben ein paar Stunden, aber der Mann mit den gebrauchten Büchern kam nicht. Nicholas schien darüber betrübt zu sein, als hätte er wirklich erwartet, dass der Mann mit den Büchern sich jeden Augenblick einfinden würde.

»Gehen wir, Nicholas, er wird nicht kommen.«

»Du glaubst mir doch, nicht wahr?«, fragte er, während er das Manuskript fest unter dem Arm geklemmt hielt.

»So merkwürdig es auch sein mag, ich glaube dir.«

»Darf ich dir eine Frage stellen?«

»Na gut«, antwortete ich ein wenig abwehrend.

Man wusste nie, welche Fragen Nicholas als Nächstes stellen würde.

»Nur so aus Neugier: Das Unternehmen deines Onkels heißt: ›Die Firma‹ oder ist das ein Euphemismus …«

»Für alle ist es ›Die Firma‹. Onkel Claudio hat das Unternehmen immer so genannt und es ist unter diesem Namen registriert.«

Wir gingen den Gehweg entlang, der um den Friedhof führte.

»Wo wohnst du?«

»In Tribeca.«

»Ich kenne einen Weg dorthin. Ich weiß, er wird dir gefallen.«

Er forderte mich auf, ihm zu folgen und bald stiegen wir Treppen hinab, um die Metro zu nehmen.

Es war das erste Mal, dass ich die New Yorker Metro betrat. Im Grunde war es das erste Mal, dass ich überhaupt in eine Untergrundbahn stieg. Es waren nicht viele Leute da, sodass wir uns bequem setzen konnten und wie überall, wo mehrere Personen zusammenkommen, blickte jeder, um auf zivilisierte Weise den Abstand zu wahren, ins Leere. Nach einer Weile gab Nicholas mir ein Zeichen und wir gingen zur Tür. Als wir wieder auf der Straße waren, erkannte ich Tribeca sofort. Ich fand es großartig, einen Ort ohne die üblichen Verkehrsprobleme erreichen zu können, obwohl ich, um ehrlich zu sein, lieber Auto fuhr und dabei meine Lieblingsmusik hörte.

»Mit der Metro kommt man rasch voran, Dante. Das ist der Weg, den ich nehme, wenn ich meinen Agenten treffe. Wenn ich ihn treffe, das ist schon eine Weile her.«

Er schnitt eine Grimasse, als er lächelte und steckte eine Hand in die Tasche seiner Lederjacke.

»Meine Wohnung ist zwei Straßen von hier entfernt«, sagte ich und ging los.

Plötzlich freute ich mich darauf, Pietro zu sehen.

»*Signore* Dante!«, rief Pietro aus, als er mich an der Tür sah. »Ich habe Sie nicht erwartet.«

»Entschuldige, Pietro. Ich hatte keine Zeit, dich anzurufen. Alles in Ordnung?«

Pietro schickte sich an, mir die Jacke abzunehmen, aber ich machte eine Handbewegung und zog sie mir selbst aus.

»Alles ist in Ordnung, *Signore*.«

Pietro schwieg, als er bemerkte, dass ich in Begleitung kam.

»Das ist Nicholas, ein Freund des Hauses, Pietro.«

»Guten Tag, Herr Nicholas.«

»Nicholas Blohm, Herr Pietro, ich freue mich, Sie kennenzulernen.«

Und er schien wirklich sehr erfreut zu sein, denn er sah ihn an, als hätte er eine Erscheinung vor sich. Nicholas reichte ihm die Hand und ich weiß, dass Pietro sich etwas verunsichert fühlte.

»Hat jemand angerufen, Pietro?«

»Frau Irene ein paar Mal. Ich habe ihr gesagt, Sie würden sich mit ihr in Verbindung setzen, sobald Sie zurück seien. Außerdem ein Herr, der seinen Namen nicht nennen wollte. Ich bin mir sicher, dass er Italiener war«, informierte mich Pietro, während er Nicholas ansah.

»Keine Sorge, Pietro, Nicholas ist vertrauenswürdig. Er ist wie mein Leibwächter. Und was wollte er?«

Pietro sah Nicholas an und diesmal machte er keinen Hehl aus seiner Neugier.

»Er sagte nicht viel. Er hat nur nach Ihnen gefragt und ob ich wüsste, wann Sie kämen. Ich habe ihm natürlich keine Information gegeben. Das war gestern Abend. Er schien von einem Fest aus angerufen zu haben, denn es war sehr laut.«

Nicholas und ich sahen uns an. Ich bin sicher, wir beide dachten, dass es der Mann aus dem Restaurant war.

»Was möchten Sie zu Abend essen, *Signore*?«

»Mach dir wegen des Abendessens keine Umstände, Pietro, bestelle telefonisch etwas. Ich möchte mit dir sprechen.«

»Ich werde mich darum kümmern, Dante«, bot Nicholas sich an.

Nicholas machte mir ein Zeichen und blieb im Salon.

Ich ging in die Bibliothek und bat Pietro, sich zu setzen.

»Pietro, hast du die Überweisung erhalten?«

»Ja, *Signore* Dante, das Geld ist auf meinem Konto. Ich habe Frau Irene den Scheck gebracht, wie Sie mir aufgetragen haben, aber sie hat ihn zurückgewiesen. Sie sagte, dass Sie mit Ihnen sprechen möchte, aber da ich nicht autorisiert war, Frau Irene Ihre Nummer in Rom zu geben, habe ich sie ihr nicht gegeben. Den Kontoauszug habe ich in meinem Zimmer.«

»Den gibst du mir später, Pietro. Jetzt möchte ich, dass du mir sagst, ob noch jemand gekommen ist oder nach mir gefragt hat. Hast du während meiner Abwesenheit etwas Ungewöhnliches bemerkt?«

»Abgesehen von diesen Anrufen, nein, Herr Dante. Entschuldigen Sie meine Indiskretion, aber wissen Sie, wer der junge Mann ist, der Sie begleitet?«

»Das ist ein guter Freund, Pietro. Er hilft mir dabei, ein Problem zu lösen. Übrigens haben wir in letzter Zeit viel von dir gesprochen.«

»Von mir, Herr Dante?«

»Ja. Von dir.«

Pietros Gesicht belustigte mich und ich lachte laut auf. Das tat gut. Es hatte sich bei mir in der letzten Zeit zu viel Spannung angesammelt.

»Sie lachen genauso wie Ihr Onkel Claudio. Er war ein sehr fröhlicher Mann, erinnern Sie sich.«

»Wie habt ihr euch kennengelernt, Pietro?«

»Ich habe bei Herrn Adriano, ihrem Großvater, angefangen zu arbeiten, als ich noch ein kleiner Junge war, *Signore* Dante. Ich hatte meine Eltern im Krieg verloren und trieb mich auf den Straßen herum. Herr Adriano fuhr eines Tages mit seinem Auto vorbei und sah, wie ich im Müll wühlte. Er ließ den Wagen anhalten und fragte mich, was ich da mache. ›Ich suche nach Essen‹, antwortete ich ihm. ›Steig ein‹, sagte er und öffnete mir die Autotür und ich stieg ein. Ich hatte so viel Hunger und war so verzweifelt, dass ich an nichts dachte. Ihr Großvater war gerade aus Bern zurückgekehrt und war dabei, wieder in die Villa Contini einzuziehen. Die Deutschen hatten sie verwüstet. Nach dem, was Herr Adriano sagte, haben sie viele wertvolle Dinge mitgenommen, als sie flohen. Nachdem wir aus dem Wagen ausgestiegen waren, führte mich Herr Adriano selbst in die Küche und sagte einer Frau, die, wie ich später erfuhr, die Haushälterin war, sie solle mir zu essen und frische Kleider geben. Seit diesem Tag arbeite ich für die Contini-Massera. Der Knabe Claudio, Ihr Onkel, neckte mich immer, weil ich so dünn war, und ich hatte viel Spaß, weil er sehr witzig war.«

»Also kanntest du Onkel Claudio von klein auf.«

»Ja, *Signore*, und Ihren Vater, Don Bruno.«

»Erinnerst du dich an Francesco Martucci?«

»Natürlich. Er war der Sohn der Amme des Herrn Claudio. Wie Sie wissen, starb *sua nonna*, als er wenige Monate alt war und Francescos Mutter stillte ihn.«

»Man sagt, Francesco sei ebenfalls Sohn meines Großvaters Adriano.«

»Das könnte ich Ihnen nicht mit Sicherheit sagen, *Signore*. Wenn er es wäre, dann müsste es während des Krieges gewesen sein, als ich sie alle noch nicht kannte.«

Pietro verstummte, als hätte er plötzlich gedacht, dass er zu viel redete.

»Was denkst du über Francesco Martucci, Pietro? Ganz ehrlich.«

»Ich glaube, er ist ein guter Mann. Er hat die Familie sehr jung verlassen, weil er Priester werden wollte, aber ich glaube, er tat es, weil er weg wollte.«

»Laut Onkel Claudio war er sein bester Freund, fast sein Bruder. Glaubst du das?«

»Ihr Onkel Claudio war die humanste Person, die ich gekannt habe. Abgesehen von Herrn Adriano, seinem Vater, der mich auf der Straße aufgelesen hat.«

»Das ist keine Antwort auf meine Frage, Pietro.«

»Ich hatte immer den Eindruck, dass Francesco Ihren Onkel Claudio beneidete. Nur ein wenig«, fügte er hinzu.

»Warum? Wie er mir selbst sagte, hat ihm mein Onkel Claudio einen Teil seines Vermögens hinterlassen und sie waren immer beste Freunde.«

»Es war nicht wegen des Geldes, *Signore* Dante«, sagte Pietro mit fast unhörbarer Stimme.

»Weshalb dann?«

»Ich weiß, es ist sehr heikel, was ich Ihnen jetzt sagen werde, aber es ist die Wahrheit. Francesco war immer in *sua mama* verliebt.«

»In Mama?«, fragte ich sprachlos.

Bei ihr wunderte mich nichts mehr, aber bei Francesco Martucci.

»So ist es, *Signore* Dante. Die Hausherren denken immer, wir seien Möbelstücke. Manchmal tun sie, als wären wir nicht vorhanden oder als hätten wir keine Gefühle.«

»Pietro, mach dir keine Gedanken. Ich möchte wissen, ob Francesco und sie etwas zusammen hatten.«

Pietro schloss seine Augen halb und begann sich zu erinnern.

Francesco und Carlota

Seit ihrem ersten Besuch in der Villa Contini hat Carlota unser Leben grundlegend verändert. Sie war ein kleines Mädchen von sieben Jahren, das die Ferien bei uns verbrachte und alle Mitglieder der Familie gaben ihren Launen nach, als hätten sie ein Vergnügen daran. Carlotas Mutter war eng mit Herrn

Adriano befreundet. Es war eine ehrbare Freundschaft, es gab da nichts anderes als eine gesunde geschwisterliche Kameradschaft und jemand wie ich, der wie ein für die Herren des Hauses unsichtbarer Schatten in nahezu allen Winkeln des Hauses anwesend war, kann das sagen. Die kleine Carlota war nicht nur kapriziös, sie war auch außergewöhnlich schön. Selten habe ich ein so engelhaftes Geschöpf gesehen und trotzdem, ihr Äußeres und ihr Charakter standen miteinander nicht in Einklang. Wir Dienstboten wussten, dass die Ungezwungenheit und Güte, mit der sie nach außen glänzte, Produkt eines mathematischen Kalküls waren, um Bosheiten zu begehen. Das Erstaunliche daran war, dass sie es überhaupt nicht nötig hatte, denn sie bekam alles, was sie wollte. In den Augen ihrer Mutter war sie ein Engel, dem – das arme Kind – der Vater fehlte, und in den Augen des Herrn Adriano, meinem Beschützer und Dienstherrn, Gott habe ihn selig, war sie eine zauberhafte Fee, die alles, was sie berührte, in Freude verwandelte. Und das Mädchen wusste gut, wie sie ihn glücklich machen konnte. Sie war eine Schmeichlerin wie keine andere, und ich weiß nicht wie, aber sie schaffte es, uns Dienstboten schlecht dastehen zu lassen. Ihre Argumente ließen sich einfach nicht widerlegen. Sie sagte Herrn Adriano, wir würden ihr absichtlich Sand ins Bett streuen, damit sie einen Hautausschlag bekäme, und das Mädchen, das für ihr Bad zuständig war, erzählte, dass ihre Haut tatsächlich so seidig wie eine Blume war. »Ich habe noch nie ein Mädchen mit einer so schönen Haut gesehen«, pflegte sie zu sagen, aber Carlota beschwerte sich bei Herrn Adriano und machte ihn glauben, das Mädchen, das sie badete, würde sie mit einer rauen Bürste schrubben und sie zeigte ihm ihren zerkratzten Rücken.

Ihre Aufenthalte in der Villa gingen auch an Claudio und Bruno nicht spurlos vorbei. Die beiden hatten eine Schwäche für das Mädchen mit den kastanienbraunen Zöpfen, das sie immer mit Blumen für jeden erwartete. Mit der Zeit wurde aus der kleinen Carlota ein junges Mädchen und die Brüder begannen, sie als Frau zu betrachten, vor allem nach ihrem fünfzehnten Geburtstag, zu dem Herr Adriano in der Villa ein Fest gab. Soweit ich mich erinnere, habe ich noch nie ein Fest gesehen, das so prachtvoll war wie dieses. Die junge Carlota trug an diesem Tag zum ersten Mal Schuhe mit hohen Absätzen und das lange Kleid, mit dem sie die Schneiderin aufgrund ständiger Änderungen und Launen über einen Monat lang auf Trab gehalten hatte, ließ sie wirklich wie eine Prinzessin aus einem dieser Märchen aussehen, die ich mir ab und zu aus der Bibliothek auslieh und deren fantastische Welten mich begeisterten.

Ich glaube, das war der Tag, an dem Claudio und Bruno sich in sie verliebt haben oder erkannten, dass sie verliebt waren. Ich erinnere mich, wie Francesco, der zu dieser Zeit bereits fest entschlossen war, Priester zu werden, sie mit seinen seltsamen, wegen ihrer großen Iris auffallenden Augen bewunderte und ich fühlte, wie sein Atem stockte, als er sie an ihm vorbei zum Hauptsalon gehen sah. Sie, der kein Detail entging, schaute ihn an und warf ihm eine Kusshand zu. Da wusste ich plötzlich, dass zwischen ihnen etwas mehr als nur Freundschaft war. Von Francesco hätte ich das nie gedacht, denn er war ein ruhiger junger Mann. Claudio war sein Anführer. Francesco selbst war vom Körperbau her eher zart, aber er verfügte über eine Intelligenz, die, so wurde gesagt, den Intelligenzquotienten jedes Wissenschaftlers bei Weitem überstieg. Als er erfuhr oder ahnte, dass Carlota niemals die Seine werden könnte, wuchs sein Eifer, Priester zu werden. Nach jenem Fest wurden die Besuche der jungen Carlota häufiger, aber sie kam immer dann, wenn Claudio und Bruno in der Universität waren und, was für ein Zufall, wenn Francesco seinen freien Tag hatte. Er wusste, wie er sich aus dem Seminar fortstehlen konnte. Intelligent genug war er.

Die Villa Contini ist ein Palais mit achtunddreißig Schlafzimmern, davon wurden nur sechs von der Familie bewohnt: von Herrn Adriano, Herrn Adrianos Mutter, der *nonna*, seinen Söhnen Claudio und Bruno und gelegentlich von Carlota. Man konnte sich in seinen Schlupfwinkeln leicht verstecken und selbst für mich, der jeden Winkel kannte, war es unmöglich, sie alle an einem Tag abzulaufen. Wenn Herr Adriano im Haus war, wäre er seinen Verwandten mit Sicherheit nie begegnet, hätte es nicht einen Versammlungsort wie den Speisesaal gegeben. Die junge Carlota konnte also tun und lassen, was sie wollte. Aber so vorsichtig man auch sein mag, es bleiben immer Beweise zurück. In diesem Fall von Francesco. Für jemanden, dessen Auge daran gewöhnt ist, darauf zu achten, dass an jeder Stelle im Haus die Ordnung aufrechterhalten wird, reicht das Stück einer Faser, die nicht an diesen Ort gehört, um zu bemerken, dass etwas Merkwürdiges geschehen ist. Und ich habe mehr als nur eine Faser gefunden. Es war der glaubhafte Beweis, dass das Fräulein Carlota im Marmorzimmer aufgehört hatte, ein solches zu sein.

Die Leidenschaft, die die beiden verzehrte, war so stark, dass sie jedes Mal unvorsichtiger wurden. Ich glaube, sie waren wirklich verliebt, *Signore* Dante, und ich fragte mich, wie es möglich war, dass eine junge Frau, die so schön war wie sie, etwas für einen so wenig vom Glück begünstigten jungen Mann wie Francesco empfinden konnte. Aber die Liebe ist bekanntlich ja blind und in diesem Fall war sie von einem Reiz, der für manche Frauen zu einer Obsession wird: Es gibt nichts, was die Begierde mehr steigert, als das, was verboten ist, und ich glaube, für die junge Carlota lag der hauptsächliche Reiz darin, mit einem zukünftigen Priester ins Bett zu gehen. Ein Mann, der das Gelübde ablegen würde, machte sie zu einer Versuchung Christi. Eine, für die jeder Mann jedes Gelübde brechen würde, außer Francesco, der intelligent war und wusste, auf welchem

Gelände er sich bewegte. Ich nehme an, ebenso wie sie hatte auch er seine Gründe. Er begehrte Carlota, er liebte sie und wusste, dass sie früher oder später Claudio gehören würde, aber er würde sie ihm nicht vollständig überlassen. Francesco beschloss zu dieser Zeit, für immer mit Carlota und den Contini-Massera zu brechen, doch Claudio suchte ihn kurz danach auf und sie setzten ihre Freundschaft fort. Ich weiß nicht, ob Francesco Claudio wirklich mochte und ob seine Affäre mit Carlota genug war, um sich dafür zu entschädigen, dass er ein uneheliger Sohn war und keinen Anspruch auf das Vermögen des Herrn Adriano hatte. Wie man erzählte, wurde Francesco als Erster geboren, zu einer Zeit, als Claudios Mutter in Bern schwer erkrankt war. Das war, was ich gehört habe. Zu dieser Zeit lebte ich aber noch nicht bei ihnen, sondern war in Italien und versuchte, unter dem ständigen Terror, mit dem uns die Faschisten unterdrückten, zu überleben. Deshalb kann ich das nicht bezeugen.

Was ich allerdings eines Tages gehört habe, als Francescos Mutter sich gerade um das Abendessen kümmerte, war Folgendes:

»Du darfst von hier nichts erwarten, Francesco. Gehe deinen Weg. Ich weiß, du wirst eines Tages Papst werden. Wenn du erst einmal zur Kurie in Rom gehörst, wird Adriano Contini-Massera zugeben, dass du sein Sohn bist. Bis dahin bist du nur der Sohn der Amme.«

Dem päpstlichen Hof anzugehören, war natürlich wie adelig zu sein und ich glaube, das war es, was Francesco am Anfang motiviert hatte. Nachdem aber seine Mutter gestorben war, widmete er sich beharrlich dem Studium und wurde, wie es scheint, ein Spezialist auf dem Gebiet der alten Sprachen und einer der gefragtesten Forscher; so sehr, dass die Sowjets, die nach dem Krieg religiösen Fragen ablehnend gegenüberstanden, es hinnahmen, dass Francesco Martucci in Armenien lebte und an der Universität unterrichtete. Im Haus sprach man viel darüber.

Eine Zeit lang blieben die Besuche der jungen Carlota in der Villa aus und eines Tages tauchte sie wieder auf. Claudio und Bruno waren jetzt erwachsene Männer und sie hatte Bruno gewählt. Claudio litt unendlich und Carlota wusste es. Sie tröstete ihn viele Male, selbst in ihrer Hochzeitsnacht. Während Herr Bruno sich maßlos betrank, feierten sie im Hochzeitsgemach.

Francesco war meiner Meinung nach immer ein rechtschaffener Mann. Den einzigen Fehltritt, den er vielleicht begangen hat, war mit Frau Carlota, und das ist schon viele Jahre her. Und so wäre es für mich geblieben, wenn ich sie nicht vor unserer Abreise nach New York zusammen in einem Restaurant gesehen hätte, wo sie sich unterhielten. Es war an einem der Nachmittage kurz vor der Reise. Ich musste ein paar persönliche Dinge kaufen, denn ich reiste zum ersten Mal in die Vereinigten Staaten und man konnte ja nie wissen. Die Amerikaner sind so anders als die Italiener! Es war um die Mittagszeit und ich entschloss mich, in eines der vielen Restaurants im Zentrum zu gehen. Zu meiner Überraschung sah ich sie an einem Tisch in einer Ecke, ein ziemlich versteckter Winkel, aber nicht versteckt genug, um nicht ihre Stimmen zu hören und sie wiederzuerkennen. Es war ein intimes Gespräch mit einem gewissen Hauch von Nostalgie, mit unausgesprochenen Worten und langen Pausen.

»Du hast nach Brunos Tod nicht wieder geheiratet, Carlota, du hättest Claudio heiraten können.«

»Ich habe ihn nicht geliebt und du weißt das …, der Einzige, den ich wirklich liebe, bist du.«

»Aber du weißt, das ist unmöglich … und inzwischen ist es schon zu spät.«

»Es ist nie zu spät. Und wenn Claudio dir einen Teil seines Vermögens hinterlassen würde? Das hat er mir zu verstehen gegeben.«

»Ich werde es nicht annehmen. Es wäre Unsinn.«

»Warum sagst du das?«

»Claudio wird bald sterben … und ich auch. Ich kann dir versichern …, wenn ich nur könnte …«

»Oh, Francesco! Wie ist das möglich … Was ist passiert?«

»Das ist eine lange Geschichte. Dante wird alles erben, aber Claudio vertraut ihm nicht. Er liebt ihn, aber er glaubt, dass er sein Vermögen verschleudern wird. Trotzdem glaube ich, es wird ihm nichts anderes übrig bleiben, als es ihm zu hinterlassen. Also wirst du bekommen, was du immer wolltest.«

»Dante ist ein Taugenichts, das stimmt, aber es ist Claudios Schuld. Ich kenne ihn sehr gut, Francesco, so wie eine Mutter ihren Sohn kennt.«

»Was sagst du denn da, Carlota!«

»Ihr habt mir immer Dinge verheimlicht, Francesco. Aber wenn ich mir bei etwas sicher bin, dann, dass Dante der Sohn ist, den ihr für tot ausgegeben habt. Ich nehme an, das geht auf irgendeinen üblen Streich von Claudio zurück, vielleicht um sein Leben zu schützen. Ein Sohn von ihm wäre für jeden seiner Feinde ein leichtes Ziel. Ich weiß, alle halten mich für eine törichte Frau. Der Einzige, der mich zu schätzen wusste, warst du, mein Liebling. Aber ich würde niemals meinen Sohn in Gefahr bringen. Sollen sie doch von mir denken, was sie wollen.«

»Dann glaubst du also, dass du die Wahrheit kennst.«

»Ich weiß, dass ich dich liebe, Francesco, und dass wir glücklich sein könnten.«

»Du liebst das Geld, und zwar so sehr, dass viele Männer durch dein Bett gegangen sind.«

»Das stimmt nicht. Das ist nicht wahr! Nur ein paar …, aber das war keine Liebe. Ich werde dir beweisen, dass ich dich immer noch liebe, Francesco. Komm mit mir, wie früher. Wir gehen irgendwohin, wo uns niemand kennt.«

Ich nehme an, dass sie ›irgendwohin‹ gegangen sind. Das habe ich nie erfahren, aber wie ich Frau Carlota kannte, ist es durchaus möglich, dass sie ihren Kopf durchgesetzt hat. Da ich mit meinen Ravioli fertig war, musste ich mich zurückziehen. Ich trank mein Glas aus und ging. Ich habe nie erfahren, welche Rolle Francesco in Claudios Leben gespielt hat, von der offensichtlichen Freundschaft, die die beiden immer füreinander hatten, einmal abgesehen, und ich könnte auch nicht beschwören, dass er ihn hinterging. Trotzdem, an diesem Mann ist etwas, was mir nie gefallen hat, und schließlich ist es mein gutes Recht. Aber Butler zu sein, bedeutet, ich kann etwas vorgeben, was ich nicht fühle. Ich glaube, Diplomaten sollten eine Zeit lang Butler sein, das würde sich günstig auf die internationalen Beziehungen auswirken.

Unvermutetes

»Für Sie, Herr Dante, empfinde ich die Zuneigung, die Francesco nie in mir geweckt hat. Und obwohl Sie mich den größten Teil Ihres Lebens ignoriert haben, weiß ich, Sie sind ein guter Mensch. In den letzten Wochen hat sich das für mich bewahrheitet und ich möchte, dass Sie das wissen. Verzeihen Sie, falls ich Schlechtes über Ihre Mutter gesagt habe, aber Sie haben mich gebeten, Ihnen alles zu erzählen und das habe ich getan«, endete Pietro seinen Bericht.

Ich war sprachlos. Onkel Claudio, das heißt mein Vater, hat nie an mich geglaubt. Und meine Mutter hat mich geliebt. Von alldem, was ich soeben gehört hatte, war es das, was sich mir im Gedächtnis eingeprägt hat. Es stimmt, ich habe mich nie für die Geschäfte meines Vaters interessiert, aber ich glaube, alles wäre anders gewesen, hätte ich gewusst, dass ich sein Sohn war. Andererseits, von welchem Vermögen sprach er? Ich war der Erbe eines großen Schuldenimperiums und war mit Typen wie Caperotti und seinen Handlangern konfrontiert. Warum sollte mein Vater mir so etwas antun? Es schien, als zerstöre ein Wirbelwind, der mir Tag für Tag andere Informationen brachte, mein Leben. Ich hatte das Gefühl, als befände ich mich inmitten eines jener Träume, aus denen man, so sehr man sich auch anstrengt, nicht erwachen kann. Ich merkte Pietro seine Beunruhigung an und gab ihm, unfähig, ein Wort zu sprechen, mit einer Geste zu verstehen, dass alles in Ordnung sei. Ich musste alleine sein. Ich begann zu verstehen, dass die Welt um mich herum, die Menschen, die mich umgaben, nicht das waren, was sie zu sein schienen. Ich konnte dem Priester Martucci nicht länger vertrauen. Pietro hatte mir den Teil erzählt, den er kannte, aber nicht den, von dem er nichts wusste. Ich verstand allmählich, dass jeder Mensch mehrere Gesichter hat. Je länger ich darüber nachdachte, desto mehr glaubte ich es. Dann wurde alles dunkel und ich verlor das Bewusstsein.

»Meinen Sie, ich soll einen Arzt rufen?«

»Warten Sie, Pietro. Er kommt offenbar wieder zu Bewusstsein.«

Das stimmte. Ich hörte sie reden und hatte das Gefühl, ihnen nicht antworten zu können und in gewisser Weise war es auch so. Meine Zunge wollte mir nicht gehorchen, sie fühlte sich taub an, als würde ich unter der Wirkung einer Narkose stehen.

»Mir geht es gut«, sagte ich, obwohl ich es bezweifelte.

Ich sagte es mehr, um sie zu beruhigen.

»*Signore* Dante, Sie sind ohnmächtig geworden. Verzeihen Sie mir, ich habe mehr geredet, als ich sollte.«

Nicholas machte eine seltsame Gebärde und in meinem Delirium schien es mir, als fielen ihm seine Augenbrauen langsam aus dem Gesicht. Ich bemerkte, wie er Pietro beiseite nahm und ihm etwas ins Ohr sagte. Führten sie etwas gegen mich im Schilde? Ich fühlte mich so einsam wie noch nie. Wenn ich nicht auf meinen Vater vertrauen konnte, wenn Martucci sich in ein verdächtiges Subjekt verwandelt hatte und selbst Irene, die ich für eine großartige Frau hielt, mich angelogen hatte, was konnte ich dann vom Leben erwarten? Und jetzt tuschelten Pietro und Nicholas miteinander ... Ich wünschte mir, ich wäre tot. Ich schloss die Augen und wollte sie nicht mehr aufmachen.

Eine Weile später, ich weiß wirklich nicht, wie lange, spürte ich, dass jemand mich berührte. Ich öffnete die Augen und nahm an, es sei ein Arzt.

»Wie fühlen Sie sich?«, fragte er mich mit einem väterlichen Lächeln.

»Gut, danke«, antwortete ich, obwohl ich ihm gerne gesagt hätte, dass ich mich so schlecht wie noch nie fühlte.

»Hatten Sie in der letzten Zeit Kopfschmerzen?«

»Nein.«

»Was haben Sie gegessen?«

»Nichts.«

Der Arzt beendete die Blutdruckmessung und nickte zufrieden.

»Ich glaube, das, was mit Ihnen passiert ist, ist das Ergebnis von zu viel Stress. Es sieht so aus, als hätten Sie in der letzten Zeit einige Unannehmlichkeiten erlebt; der Organismus hat seine eigene Art, sich zur Wehr zu setzen. Machen Sie sich keine Sorgen. Vorerst ist alles normal, ihr Blutdruck ist optimal. Um sicherzugehen, empfehle ich Ihnen, sich gründlich untersuchen zu lassen. Vielleicht liegt ein latenter Diabetes vor.«

Er notierte etwas auf einen Block, riss das Blatt heraus und legte es auf den Nachttisch.

»Ich lasse Ihnen die Anweisungen hier sowie den Ort, wo Sie die Analyse machen lassen können.«

Nicholas kam mit einem Glas Wasser mit etwas Zucker und einer Tablette herein. Ich setzte mich und wollte aufstehen, aber er hinderte mich daran.

»Dante, mein Freund, ruhe dich aus. Das ist eine Schlaftablette. Ich glaube, du musst dich erholen. Das alles ist zu viel für dich. Es hat dich überfordert. Du musst dich ausruhen. Ich werde hier sein, wenn du aufwachst«, sagte er und zeigte mit seinem Blick auf den Sessel.

Ich weiß nicht, ob das jemand verstehen kann, aber als ich ihn so sprechen hörte, wollte ich weinen. Ich erstickte ein Schluchzen, trank das Wasser, schluckte die Schlaftablette und verkroch mich tief in meinem Bett.

»Ich werde hier bleiben, Dante, sei unbesorgt«, sagte Nicholas vom Sessel aus.

Als ich die Augen öffnete, sah ich als Erstes Nicholas. Er war eingeschlafen und aufgrund seiner Bartstoppeln nahm ich an, dass mindestens vierundzwanzig Stunden vergangen waren. Vom Librium noch immer schlaftrunken stand ich auf und ging ins Bad, ich stellte die Dusche an und stand dann eine ganze Weile unter dem Wasser. Ich wollte mich reinigen von der ganzen Schweinerei, die diese Welt war, als würde mit dem Wasser, das durch den Abfluss rann, auch all der Unflat der Menschen, an die ich geglaubt hatte, verschwinden. Und jetzt waren sie nur noch das: ein wenig schmutziges Wasser, das direkt in die Kloaken von New York floss.

Ich beschloss, dass es jetzt mit dem Selbstmitleid genug sei. Ich musste mich entweder der Situation stellen oder einfach zulassen, dass alles zum Teufel ging und die Welt vergessen. Und da ich verstanden habe, dass die Welt immer existieren würde, auch dann, wenn ich versuchen sollte, sie zu vergessen, beschloss ich, mich der Situation zu stellen. Das Geräusch der Dusche hatte Pietro in Bereitschaft versetzt, der frische Kleidung auf das Bett gelegt hatte und auf mich wartete, während Nicholas im Sessel weiter schnarchte.

»Wie lange ist er schon dort?«

»Er hat sich seit gestern Nacht nicht weggerührt, *Signore*.«

»Lass ihn ausschlafen und komm mit mir, Pietro.«

Wir gingen in mein Arbeitszimmer und ich setzte mich an den Schreibtisch. Auf der anderen Seite nahm Pietro Platz und beobachtete mich erwartungsvoll.

»Onkel Claudio, das heißt mein Vater, hat mir nichts hinterlassen. Verstehst du? Absolut nichts. Was ich geerbt habe, sind mehrere Milliarden Dollar Schulden. Ich habe den Fehler begangen, zu glauben, dass ich eine Formel finden könnte, die Onkel Claudio angeblich an irgendeinem Ort aufbewahrt hat, aber dem war nicht so. Nicholas ist ein Schriftsteller, der sich angeboten hat, mir zu helfen. An einem dieser Tage werde ich es dir näher erklären.«

»Das ist nicht nötig, *Signore* Dante. Er hat das bereits getan und es ist wirklich erstaunlich.«

»Hast du schon einmal von einem Giordano Caperotti gehört?«, fragte ich ihn.

»Don Giordano? Natürlich! Er war bei den Geschäften Ihres Onkels seine rechte Hand … Pardon, Ihres Vaters.«

»Keine Sorge, Pietro, Onkel ist in Ordnung. Woher weißt du das?«

»Es gab keinen Tag, an dem Herr Claudio nicht mit ihm telefoniert hätte. Wie es schien, hatte er großes Vertrauen zu ihm und … gut, wissen Sie, einige Angelegenheiten waren ein wenig undurchsichtig … Verzeihen Sie mir, aber Herr Claudio unterhielt sich ab und zu mit mir und bat mich um Rat. Ich habe ihm einfach zugehört und vielleicht haben ein paar meiner Fragen ihn auf eine Lösung gebracht, denn er sagte immer: ›Du bist ein Genie, *mío caro*, du bist dein Gewicht in Gold wert …, schade, dass du so dünn bist …‹, und dann lachte er. Er hatte so ein angenehmes Lachen.«

Ich hätte nie gedacht, dass Pietro die Büchse der Pandora war, die sich vor meinen Augen auftat. Innerhalb von Sekunden wurde mir klar, dass Personen, von denen man es am wenigsten erwartet, Träger der am besten gehüteten Geheimnisse sein können.

»So sehr warst du mit Onkel Claudio vertraut?«

»*Signore* Dante, ich kannte ihn praktisch seit der Kindheit. Stellen Sie sich jemanden vor, mit dem Sie es fast sechzig Jahre zu tun haben … Er wusste alles, absolut alles von mir. Er wusste, ich würde ihn nie verraten, da er für mich mehr als nur irgendein Patron war. Er war wie meine Familie. Die Familie, die ich nie hatte. Herr Adriano war sehr gut zu mir, aber Herr Claudio war etwas Besonderes, er mochte mich wirklich. Ich habe ihm versprochen, mich um Sie zu kümmern und nur deshalb hat er Sie nach Amerika gehen lassen.«

Ich habe Pietro all diese Jahre angesehen, als wäre er eine Vase, in Wirklichkeit aber war er die Blume, dachte ich. Das Leben steckt voller Überraschungen und seit einer knappen Woche hielt es für mich eine Menge Überraschungen bereit.

»Pietro, Francesco sagte, Onkel Claudio habe mir nicht vertraut. Stimmt das?«

»Don Claudio hat Sie geliebt, wie das nur ein Vater tun kann. Es ist nicht wahr, dass er ihm sein Vermögen hinterlassen wollte. Ja, er hat ihm etwas gegeben, denn so war Ihr Onkel, aber Francesco hat nicht die Wahrheit gesagt. Es lässt sich nicht leugnen, Sie haben keine Anzeichen gezeigt, dass man Ihnen vertrauen kann und ich habe Don Claudio einige Male dazu geraten, Ihnen die Wahrheit zu sagen. Es wäre besser für Sie gewesen, wenn Sie gewusst hätten, dass Sie sein Sohn waren. Aber in dieser Hinsicht hat er nie auf mich gehört. Er liebte Frau Carlota bis zu seinem letzten Tag und es wäre ihm unmöglich gewesen, das Bild, das Sie von ihr haben, zu beschmutzen.«

Ich schüttelte mehrmals den Kopf. Es schien mir unglaublich, dass die Liebe so blind sein konnte.

»Ich muss wissen, wer Giordano Caperotti ist, Pietro. Glaubst du, er wäre fähig, einen Anschlag auf mein Leben zu verüben?«

»Herr Giordano ist allerdings zu vielem fähig. Aber einen Anschlag auf Ihr Leben zu verüben …, das glaube ich nicht, *Signore* Dante. Warum sollte er das tun?«

»Wenn ich die Formel nicht finde, die Onkel Claudio versteckt hat, kann ich das Geld, das er aus der Firma genommen hat, nicht wiedererlangen. Ich habe Caperotti versprochen, dass ich es innerhalb von sechs Monaten tun würde.«

»Vielleicht kennt Pietro den Kode«, sagte Nicholas, als er in mein Arbeitszimmer trat. »Ich konnte es nicht vermeiden, euch zuzuhören. Pietro, Sie müssen etwas wissen, was wir nicht wissen.«

Er breitete auf dem Schreibtisch seine Notizen, die Psalmen und den Kinderreim, den Onkel Claudio gesungen hatte, aus.

»Ach ja, ich erinnere mich an dieses Lied …!«, rief Pietro aus.

»Du erinnerst dich?«, fragte ich ihn, während mir tausende Gedanken durch den Kopf gingen.

»Natürlich, ich könnte es nicht vergessen! Es handelt von einem Geheimnis, das wie ein Schatz gehütet werden muss.«

Nicholas und ich sahen uns an. Seine Augen schienen aus den Höhlen zu treten. Pietro begann leise vor sich hin zu trällern:

»A plus B plus C plus D,
sind eins und zwei und drei und vier,
E plus F plus G plus H,
sind fünf, sind sechs, sind sieben, sind acht,
I und J, K und L,
neun und zehn, elf und zwölf,
und M und N und dann das O,
dreizehn, vierzehn, fünfzehn weiter so.
Bis wir dann bei Pietro sind, denn er hat den Schatz und verbirgt ihn vor dem Kind.
P, Q, R, S, T und U,
diese Buchstaben sagst mir du …
und so ging es weiter …«

Pietro schwieg und beobachtete uns. Wir mussten wie Idioten ausgesehen haben, denn er starrte uns an. Wir hatten ihm aufmerksam zugehört, als würde unser Leben davon abhängen und vielleicht war das die einzige Gelegenheit, bei der Pietro ein so andächtiges Publikum hatte.

»Bis wir dann bei Pietro sind, denn er hat den Schatz und verbirgt ihn vor dem Kind?«

Wir schlugen die gleiche Tonlage wie Pietro an und sangen gemeinsam.

»Ihr Onkel hat sich dieses Lied ausgedacht, damit Sie sich daran erinnern, aber Sie kamen immer nur bis zum U, weil Sie sehr unkonzentriert waren. Trotzdem haben Sie den ABC-Vers sehr gut gelernt und Ihr Onkel war wirklich stolz darauf.«

Nicholas zeigte ihm das Blatt mit dem Bild von Hieronymus Bosch.

»Erinnerst du dich an dieses Bild?«

»Natürlich. Es befindet sich in der Villa Contini, in der Bibliothek des verstorbenen *Signore* Claudio.«

Dante und ich sahen uns an. Es war klar, Pietro wusste nicht, dass die kleine Reproduktion verschwunden war.

»Pietro, denk gut nach. Hat dir Onkel Claudio zu irgendeinem Zeitpunkt einmal etwas gegeben, damit du es aufbewahrst?«

»Er hat mir viele Dinge gegeben, *Signore*«, antwortete Pietro aufgeregt. Er dachte eine ganze Weile nach, während wir gespannt darauf warteten, dass er etwas sagte. »Warten Sie bitte einen Moment.« Er stand auf und verließ das Arbeitszimmer. Wir blieben schweigend zurück, als hätten wir Angst, einen Zauber zu brechen. Wenig später hörten wir seine sonderbaren Schritte, als würde er beim Gehen stets darauf achten, nicht auszurutschen. »Vielleicht ist es das, was Sie suchen.«

Er hielt mir einen verschlossenen, etwa vierzig Zentimeter langen Umschlag hin.

Fast verzweifelt öffnete ich ihn. Solange ich mich nicht davon überzeugt hatte, dass es das war, was ich suchte, konnte ich es einfach nicht glauben. Ich zog den Inhalt heraus. Es war das kleine Bild.

Ich entfernte eine Notiz und warf einen Blick auf den naheliegendsten Teil: die Rückseite. Ich nahm den Karton ab, mit dem die Reproduktion befestigt war, und fand, was wir so sehr gesucht hatten: fünf Blätter mit handschriftlichen, in Deutsch verfassten Notizen und eine Nachricht:

Dante:
Das ist die Formel.
Ich liebe dich,
Claudio Contini-Massera

Es lag auch eine Karte mit einer Adresse dabei:

Merreck & Stallen Pharmaceutical Group
Park Avenue 4550, Peoria, Illinois

Und eine Telefonnummer.

Nicholas und ich stießen einen Freudenschrei aus und umarmten uns. Wir umarmten auch Pietro, der etwas sorgenvoll aussah, aber ich maß dem keine Bedeutung bei. In diesem Augenblick hielt ich das in Händen, wodurch sich alles ändern würde.

»Wenn ich das gewusst hätte, ich … Entschuldigen Sie, *Signore*, ich dachte nicht, dass das, was Sie gesucht haben, dort war.«

»Das ist nicht mehr wichtig, Pietro, ich werde mich noch heute mit dem Pharmakonzern in Verbindung setzen.«

Ich war wirklich glücklich. Meine Probleme hatten sich erledigt und ich verspürte den Wunsch, Pietro auf irgendeine Weise zu entschädigen. Es fiel mir nichts Besseres ein, als ihn zu fragen:

»Pietro, verlange von mir, was du willst. Egal was. Ich gebe es dir.«

»Das ist nicht nötig, *Signore* …«

»Bitte, Pietro, das ist das Mindeste, was ich tun kann.«

»Gut, *Signore* Dante. Ich würde gerne Reebok-Schuhe benutzen statt diesen hier … Wenn möglich, in Schwarz.«

Ich lachte über seine Bitte.

»Ich sterbe vor Hunger!«, sagte ich.

John Merreck

»Pietro, kann ich mich auf Nelson verlassen?«

»Ja, *Signore* Dante. Nelson und Ihr Onkel Claudio waren unzertrennlich. Er war es, der ihm bei den beiden Attentaten das Leben gerettet hat.«

Pietro war von einem Tag auf den anderen zu meinem Berater geworden. So jedenfalls habe ich das empfunden. Seine Erfahrung und die Jahre, die er an der Seite meines Vaters verbracht hatte, machten ihn zu einem idealen Informanten. Ich musste Nelson rufen. Ich durfte nicht das Risiko eingehen, dass man mir die Formel raubte oder einen Anschlag auf mein Leben verübte. Also war es das Erste, was ich tat. Am nächsten Tag hatte ich ihn zu Hause und tatsächlich war seine bloße Anwesenheit für mich eine große Beruhigung. Wir fuhren gemeinsam zur Bank und ich bewahrte die Formel und die Dokumente in einem Schließfach auf.

»Herr Dante«, sagte er zu mir: »Wenn ich mich um Ihre Sicherheit kümmern soll, dann ist es für mich wichtig, dass Sie einige Ratschläge befolgen.«

»Gut, lass mich hören.«

»Ich wurde von der CIA als Leibwächter für hochrangige Politiker ausgebildet. Herrn Claudio Contini-Massera habe ich während meines Dienstes in der Botschaft der Vereinigten Staaten in Rom kennengelernt. Ich musste ihn überallhin begleiten, denn Ihr Onkel war hier, in den Vereinigten Staaten, ein Sonderbeauftragter der italienischen Regierung.«

Es schien mir nicht angebracht, ihn danach zu fragen, wie Onkel Claudio ihn davon überzeugt hatte, in seine Dienste zu treten, aber Nelson hatte eine ausgeprägte Intuition.

»Wenn man für die öffentliche Verwaltung arbeitet, ist man ständigen Regierungswechseln ausgesetzt. Jeder Präsident bevorzugt ein bestimmtes Umfeld und das hat zur Folge, dass nicht alle in Betracht kommen. Ihr Onkel war ein Mann, den ich sehr geschätzt habe und ich hoffe, ich kann auch Ihnen eine Hilfe sein.«

»Ich folge den Gepflogenheiten der Familie, Nelson. Ich nehme beim Personal keine Veränderungen vor, weil ich weiß, mit welcher Sorgfalt mein Onkel seine Mitarbeiter ausgewählt hat. Es ist wahrscheinlich, dass jemand, ebenso wie es bei ihm der Fall war, meinem Leben ein Ende setzen will. Ich vermute, es könnte sich dabei um jüdische Teilhaber handeln, die mit dem Labor, das wir morgen besuchen werden, in einem Zusammenhang stehen.«

»Ich glaube, ich weiß, worum es geht. Ich habe Ihren Onkel bereits bei früheren Besuchen zu diesem Labor begleitet. Es ist wichtig, dass Sie aufhören, an Zufälle zu glauben. Zufälle gibt es nicht. Im Allgemeinen bedeuten sie eine Gefahr. Wenn Sie zum Beispiel mehr als einmal der gleichen Person begegnen, wenn Sie ein Auto zweimal sehen, wenn Ihnen das Gesicht eines Kellners in einem Restaurant, das Sie nie zuvor besucht haben, bekannt erscheint, dann gehen Sie auf Nummer sicher, wenn Sie nicht mit mir unterwegs sind. Und selbst wenn ich bei Ihnen bin, erleichtert es die Sache ungemein, wenn Sie ein guter Beobachter sind.«

Nelson wusste also, wo sich das Labor befand und ich hatte mir das Gehirn zermartert. Ich musste an den Mann im Restaurant denken.

»Als wir in Hereford waren, ist uns ein Mann gefolgt. Er war Italiener, da bin ich mir sicher.«

»Wie sah er aus?«

»Er war dünn, das Haar war schwarz und ein wenig unordentlich …«

»Ich glaube, ich weiß, wer das ist.«

»Ist er gefährlich?«

»Ich glaube, es ist einer von Caperottis Männern. Soweit ich weiß, würde Caperotti Ihnen keinen Schaden zufügen. Höchstwahrscheinlich hat Sie der Mann aus dem Restaurant, wie Sie ihn nennen, beschützt.«

»Was sagst du!«

»Caperotti hat kein Interesse daran, dass Ihnen etwas Schlimmes zustößt. Allerdings glaube ich, dass Ihnen eine andere Person gefolgt ist; jemand, der mit Sicherheit völlig harmlos aussieht.«

Die Sache mit der Sicherheit begann für mich ungeahnte Facetten anzunehmen. Bis zu diesem Augenblick glaubte ich, ein Leibwächter sei ein Mann, dessen Muskelmasse jeden einschüchtern konnte, der es wagte, mir einen Parkplatz wegzunehmen.

»Wenn ich ehrlich bin …, ich weiß nicht, was du meinst. Ich kann mich nicht erinnern, eine unscheinbare Person gesehen zu haben.«

»Das ist der Grund, weshalb man sie aussucht. Es könnte auch eine Frau sein.«

Die einzige Frau, an die ich mich erinnerte, war die Bibliothekarin Molly Graham. Es sei denn, es war einer der Japaner, die Fotos gemacht hatten.

»In der Bibliothek waren einige Japaner, die Fotos von uns gemacht haben, aber sie wussten sicherlich nicht, dass wir dort sein würden.«

»Es sei denn, jemand hat sich an diesem Tag unter die Gruppe gemischt. Gab es auf dem Foto etwas Wichtiges?«

»Nein. Mit Ausnahme der Ketten, die durcheinandergeraten waren, glaube ich nicht, dass es auf diesem Foto etwas gibt, was ihnen als Spur dienen könnte. Jetzt, da ich darüber nachdenke, glaube ich vielmehr, sie würden einer falschen Spur folgen, sollten sie wirklich das Buch finden, aus dem ich die Seiten herausgerissen habe. Nelson, ich hätte gerne, dass du Nicholas ein paar Vorsichtsmaßnahmen zeigst. Er wird mein Begleiter sein und ist vertrauenswürdig.«

Nelson musterte Nicholas, der bis zu diesem Augenblick neben ihm schweigend in einem Sessel gesessen hatte.

»Wissen Sie, wie man mit einer Waffe umgeht?«, war das Erste, was er ihn fragte.

»Ich habe einen Waffenschein. Ich war zwei Jahre lang bei der Armee.«

Ich zuckte zusammen.

»Das erleichtert die Sache. Ich gebe Ihnen eine automatische Pistole. Sie müssen sie immer bei sich tragen, außer natürlich an Orten, wo man Sie durchsuchen wird, weil keine Waffen erlaubt sind, wie morgen im Labor. Ich halte es für zweckmäßig, dass Sie hierbleiben, in der Wohnung von Herrn Dante. Es ist nicht gut, wenn Sie von dort, wo Sie wohnen, jeden Tag hierher kommen. Wir müssen routinemäßige Bewegungen vermeiden.«

»Dann muss ich meine persönlichen Sachen holen.«

»Ich werde Sie heute Abend begleiten.«

Es lohnte sich, Nelson zu haben. Ich war nun beruhigter. Meine Gedanken wanderten unverzüglich zu John Merreck. Ich warf einen Blick auf die Telefonnummer auf der Karte und machte mich daran, ihn anzurufen.

Beim zweiten Klingelton antwortete eine leise Stimme, deren leicht deutsch klingender Akzent mich überraschte.

»Guten Tag, Herr Contini-Massera. Ich habe diesen Anruf bereits mit großem Interesse erwartet.«

Ich nahm an, meine Nummer wurde vielleicht auf seinem Telefon angezeigt und er wusste daher, dass ich anrief.

»Guten Tag, Herr Merreck. Ich würde gerne mit Ihnen persönlich sprechen.«

»Es wird mir eine Freude sein. Ich erwarte Sie morgen. Ich nehme an, Sie kennen die Adresse.«

»Ja, ich habe sie. Ich werde da sein, Herr Merreck.«

Nicholas richtete sich an diesem Nachmittag bei mir in der geräumigen Wohnung ein, die Onkel Claudio in Tribeca besaß. Ich vermochte in diesem Augenblick wirklich nicht zu sagen, dass sie mir gehörte, schließlich war es mehr als erwiesen, dass ich außer einer Unmenge an Schulden und einigen Blättern, die sehr wichtig zu sein schienen, überhaupt nichts besaß. Mein amerikanischer Freund hatte einige persönliche Dinge mitgebracht: einen Koffer und einen Laptop. Seine Gegenwart war mir vertraut geworden, er und sein ewiges Manuskript mit den leeren Blättern, das er unter dem Arm trug, als wartete er immer noch darauf, dass jeden Augenblick die Antwort auf all unsere Fragen darin erscheinen würde.

Peoria liegt etwa zweihundert Kilometer südöstlich von Chicago. Es ist eine der wichtigsten Städte des Staates Illinois. Anhand der Anweisungen von Nelson war es nicht schwer, die Adresse zu finden. Es handelte sich um ein achtstöckiges Gebäude von gewöhnlichem Äußeren und einer quadratischen Architektur, das sich in nichts von den übrigen Gebäuden in der Straße abhob. Nelson, Nicholas und ich gingen durch die Glastür, die die Rezeption von der Straße trennte, und meine Ähnlichkeit mit Onkel Claudio oder auch der Umstand, dass Nelson erkannt wurde, zeigten bei der jungen Frau hinter der Empfangstheke ihre sofortige Wirkung.

»Guten Tag. Herr Dante Contini?«, fragte sie.

»Guten Tag. Ja, das ist richtig.«

»Wären Sie so freundlich, mir zu folgen.«

Wir gingen hinter ihr zum Fahrstuhl und fuhren direkt zum Heliport auf dem Dach, wo uns ein Hubschrauber erwartete. Etwa zwanzig Minuten später landeten wir auf dem Gelände, das sich, wie ich den Piloten sagen hörte, in der Nähe von Roseville befand. Ein Mann im grauen Anzug begrüßte uns und führte uns zur ›Ranch‹. Wie ein einstöckiges Gebäude hob sie sich kaum vom Horizont ab. Ein langer, weiß gestrichener Zaun umrandete das stellenweise von Bäumen bewachsene Gelände. Es sah wie ein harmloses Haus aus. Der Rasen war so gut gepflegt, dass man den Eindruck gewann, das Haus läge inmitten eines Golfplatzes. Aber wenn man genauer hinsah, konnte man erkennen, dass die Wände nicht aus Holz errichtet oder verputzt waren, sondern eine Fassadenverkleidung aus Metalllamellen hatten, die wie eine Maserung aussahen.

Am Eingang passierten wir einen Metalldetektor und kurz bevor wir in den Aufzug stiegen, wurden wir ein zweites Mal durchsucht. Es fiel mir auf, mit welcher Sorgfalt auf die Sicherheit geachtet wurde, auch wenn Nelson mich bereits warnend darauf vorbereitet hatte: »Lassen Sie sich nicht einschüchtern, wenn man Sie durchsucht. Sie tun das immer, selbst bei jenen, die dort arbeiten«.

Wenig später steckten Plastikkennschilder mit unseren Namen an unseren Revers. Worauf ich allerdings nicht vorbereitet war, waren die zehn Stockwerke, die wir nach unten fuhren, bevor der Fahrstuhl anhielt. Das war beeindruckend. Alles war mit einem weißen Licht beleuchtet, das dem Tageslicht glich, ich nehme an, um ein klaustrophobisches Gefühl zu vermeiden, das in einer Umgebung in einer solchen Tiefe auftreten könnte.

Bevor wir Merrecks Büro betraten, wurde Nelson aufgehalten. Fügsam trat er zur Seite und setzte sich auf einen der Stühle im Gang, um dort zu warten.

»Er kommt mit mir«, sagte ich bestimmt, indem ich mit dem Blick auf Nicholas wies.

»Guten Tag, Herr Contini. Ich bin John Merreck«, begrüßte mich ein blasser und schlanker Mann, der mir die Hand reichte und es nach amerikanischer Art vermied, den Doppelnamen zu benutzen.

»Guten Tag. Herr Merreck. Nicholas Blohm, mein Berater.«
»Sehr erfreut. Darf ich Ihnen einen Kaffee anbieten?«
»Sehr gerne, vielen Dank«, willigte ich erfreut ein.
Der Duft, der mir beim Eintreten in die Nase drang, war unwiderstehlich.

»Dieser Kaffee wird von uns angebaut. Er wurde genetisch mit Kakao aromatisiert«, erklärte Merreck stolz.

In einer Ecke des Büros servierte er persönlich den zuvor erwähnten Kaffee, reichte ihn uns mit zuvorkommender Höflichkeit und setzte sich hinter seinen Schreibtisch.

»Ich bedauere, was geschehen ist, Herr Contini. Ihr Onkel war ein großer Freund dieses Hauses.«

Er schien es nicht eilig zu haben, über das zu sprechen, was in der letzten Zeit eine so große Anspannung in mir verursacht hatte. Er begnügte sich damit, mit dem Löffel in seinem Kaffee zu rühren, als wäre ich nicht vorhanden. Ich hatte den Eindruck, einem Träumer gegenüberzusitzen. Nicholas warf mir einen Blick zu und ich beschloss zu warten, bis Merreck weitersprach.

»Möchten Sie einen Rundgang durch die Ranch machen?«, fragte er, als er seinen Kaffee getrunken hatte.

»Natürlich.«
»Folgen Sie mir bitte.«
Wir verließen sein Büro durch eine Tür, die der Tür gegenüberlag, durch die wir gekommen waren, und betraten eine Art Umkleideraum.

»Legen Sie bitte Ihre Jacken ab und ziehen Sie sich das an.« Er reichte uns weiße Anzüge, die vorne mit einem Reißverschluss versehen waren, sowie Einmalhauben, Einmalhandschuhe und Überzieher für die Schuhe. »Alles ist keimfrei«, erklärte er.

Wir folgten ihm und nachdem wir die Tür passiert hatten, befanden wir uns in einem langen Pavillon, von dem an beiden Seiten viele Türen abgingen. Alle Wände waren aus Glas, sodass man sehen konnte, was in den dahinterliegenden Kabinen geschah. In den meisten Kabinen, die eine recht ansehnliche Größe hatten, waren Mitarbeiter in irgendwelche Arbeiten vertieft.

»Hier entstehen die Heilmittel für viele Krankheiten. Um einen kleinen Fortschritt zu erzielen, sind manchmal Jahre nötig. Aber es lohnt sich.«

Wir kamen zu einer Kabine, in der sich in mehreren Glasbehältern viele weiße Ratten befanden.

»Um Ergebnisse zu erzielen, kann man den Stoffwechsel von Tieren nicht immer mit dem unseren gleichsetzen«, sagte er bekümmert, »aber wir tun, was wir können. Diesen Ratten wurde ein Wachstumshormon gespritzt. Es wurde bei ihnen zwar ein Fortschritt bei der Regeneration ihrer Zellen erreicht, aber leider beginnt ihre Leber zu viel Somatomedin abzusondern. Das Resultat ist etwas, was mit der Fibrodysplasia ossificans progressiva vergleichbar ist. Das heißt, die Umwandlung von Muskeln in Knochen.«

Ich sah einige Ratten, die sich kaum bewegen konnten. Ihre Körper waren schrecklich entstellt, im Grunde genommen hatten sie sich in Monster verwandelt. Ich musste dabei an das denken, was ich in Mengeles Notizen gelesen hatte.

»Ich habe von ähnlichen Experimenten gelesen, die bei Menschen durchgeführt wurden.«

»Ich ebenfalls, glauben Sie mir. Aber *hier* ist das verboten. Alles, was wir hier tun, ist legal«, antwortete er, während er sich umsah.

Wir erreichten das Ende des Pavillons und betraten einen anderen, in dem die Aufmerksamkeit offenbar den Pflanzen galt.

»Was Sie sehen werden, ist das Neueste in der Entwicklung der Genetik. Eine Theorie, die endlich Wirklichkeit zu werden scheint, aber einige Schritte fehlen noch.«

»Sind das gentechnisch veränderte Lebensmittel, die hier entwickelt werden?«

»Nein, mein geschätzter Herr Contini. Die gentechnisch veränderten Lebensmittel überlassen wir Monsanto. Sie machen das sehr gut. Gelegentlich treiben wir hier mal einen Schabernack, wie mit dem Kaffee, zu dem ich Sie eingeladen habe. Aber das ist alles. Im Grunde könnte hier die Lösung für die ewige Jugend sein. Es überrascht Sie vielleicht, aber alles, was Sie hier anfassen, alles, was uns hier umgibt, lebt.«

Er musste bemerkt haben, dass ich nicht wusste, was er meinte. Er fuhr fort:

»Das hier«, er nahm einen Aschenbecher und hielt ihn mir vor die Augen, »ist kein lebloses Objekt, auch wenn es seinem Äußeren nach so scheint. Es sind Milliarden Atome in ständiger Bewegung; das Atom ist so klein, dass ein einziger Tropfen Wasser mehr als eine Trilliarde Atome hat, von denen jedes mit seinen Protonen, Neutronen und Elektronen als unendlich kleiner Mikrokosmos sich in ständiger Bewegung befindet. Und so verhält es sich mit allen Objekten, die Sie umgeben und mit Ihnen selbst. Jede Zelle Ihres Organismus besteht aus Atomen. Wir haben festgestellt, dass es möglich ist, sie zu beeinflussen, damit sie so lange halten, wie wir es möchten. Die Pflanzen leben. Sie hören, fühlen, atmen, sie ernähren sich und einige von ihnen haben Zellen, die sich unbegrenzt reproduzieren.«

In diesem Augenblick wusste ich, dass er nun auf das Terrain zu sprechen käme, das mich interessierte.

»Meinen Sie die Verlängerung des Lebens?«

»Bis zu ungeahnten Grenzen.«

»Um wie viel? Zweihundert Jahre vielleicht? Wer würde denn so lange leben wollen? Wichtig ist doch nicht die Quantität, sondern die Qualität.«

»Sie messen dem keine richtige Bedeutung bei, weil Sie jung sind, Herr Contini. Wie alt sind Sie?«

»Vierundzwanzig.«

»Und wenn ich Ihnen sagen würde, dass ich Sie unsterblich machen könnte und Sie dabei dasselbe Aussehen behielten, das Sie jetzt«, er sah auf seine Uhr, »um vier Uhr nachmittags von heute, Mittwoch, den 17. November 1999, haben?«

Gut in Szene gesetzt, dachte ich. Der Mann hätte sich dem Verkauf von Enzyklopädien widmen sollen.

»Ich würde das für unwahrscheinlich halten. Niemand entgeht dem Tod; und in jedem Fall, was geschähe mit der Menschheit, wenn niemand sterben würde?«

»Es gibt Personen, die verdienen es, ewig zu leben. Wir könnten für immer einen Einstein haben. Ich bin sicher, die einheitliche Feldtheorie wäre dann bereits gelöst und bewiesen. Intergalaktische Reisen lägen damit im Bereich des Möglichen …«

»Ja, ich weiß nicht, wo ich das bereits gehört habe«, unterbrach Nicholas.

Merreck überging seine Ironie. Er öffnete eine Tür und bat uns, einzutreten.

»Wussten Sie, dass der Kreosotbusch die langlebigste Pflanze auf der Erde ist? Die Untersuchung seiner Zellen legt nahe, dass die Art, die in der Mojave-Wüste auftritt, etwa 11.700 Jahre alt ist. Das ist das Experiment, an dem Dr. Josef Mengele hier gearbeitet hat«, sagte er und meinte damit das Labor, das wir soeben betraten. »Unglücklicherweise starb er, bevor er es beenden konnte. Herr Claudio Contini war über alles unterrichtet, aber aus Gründen, die uns nicht bekannt sind, nahm er einige Dokumente mit, die für die Erlangung der Formel wesentlich sind. Mit seinem Tod, so fürchte ich, bleibt alles im Unklaren. Er war der lebende Beweis, dass es möglich war.«

»Dass die Unsterblichkeit möglich war?«, fragte ich ihn perplex. »Und wie erklären Sie sich, dass er gestorben ist?«

»Ihr Onkel war vor über zwanzig Jahren einem radioaktiven Element ausgesetzt. Als man ihn der Behandlung für die

Unsterblichkeit unterzog, erhielt der Krebs, der sein System befallen hatte, ebenfalls unsterbliche Eigenschaften. Es war ein Kampf, den sein Organismus verlor.«

»Und welche Garantie gibt es, dass die Studien diesmal positiv ausfallen werden?«

»Wenn man in der Entwicklung eines organischen Systems eine Veränderung vornimmt, ist das fatal. Eine verschlüsselte Sequenz kann, sobald sie einmal festgelegt ist, nicht mehr überprüft werden. Das ist die Schlussfolgerung, zu der wir gelangt waren.«

»Und wie kam es, dass Sie Ihre Meinung geändert haben?«

»Doktor Josef Mengele hat es bei Ihrem Onkel, Herrn Contini, geschafft.«

»Aber er ist gestorben«, sagte ich beinahe vorwurfsvoll.

»Weil Dr. Mengele die Sequenz nicht abschließen konnte. Er starb, weil er mehrere Stunden einer radioaktiven Strahlung ausgesetzt war. Trotzdem, ich weiß, dass er die richtige Formel hatte, um es zu schaffen. Ihr Onkel litt leider an einem Krebs und das machte das Experiment nicht leichter.«

»Warum nicht?«

»Weil jede Zelle, die Rückmutationen durchlaufen hat, bereits kurze Zeit nach der Inkubation ein Rückfallverhalten entwickelt und im Falle Ihres Onkels ist das mit den Krebszellen geschehen. Sie wurden auf wirksame Weise unsterblich. Ein repressives Protein, das die agierenden Krebszellen blockierte, verhinderte zwar, dass sie sich *ad infinitum* duplizierten, bewirkte aber gleichzeitig einen Fehler bei der Replikation, der dazu führte, dass die restrukturierte ADN-Kette eine tödliche Mutation in sich trug.«

»Irgendwo habe ich davon gelesen«, warf Nicholas ein.

»Von Mengeles Experimenten einmal abgesehen, hat in der wissenschaftlichen Welt sonst niemand zu diesem Thema geforscht?«, fragte ich.

Ich war neugierig und wollte zugleich wissen, ob es auf diesem Gebiet eine Konkurrenz gab.

»Aber natürlich, Herr Contini. Es wurden Experimente durchgeführt. Nach dem, was wir wissen, hat Dr. Robert White hier in den Vereinigten Staaten einige Gehirntransplantationen mit Kopf und allem, natürlich an Affen, durchgeführt. Er war relativ erfolgreich. Das war in den Jahren 1950 bis 1971. Das hat auch Dr. Vladimir Demikhov in der Sowjetunion gemacht, allerdings, wie es dort üblich ist, ohne größere Resonanz.«

»Und was ist passiert?«

»Es gab großen Widerstand seitens der Tierschutzgruppen. Dr. White gelang es, den Kopf eines Affen an den Körper eines anderen zu transplantieren. Das Tier überlebte sieben Tage, während denen es dieselbe Persönlichkeit zu haben schien wie der Besitzer des Gehirns. Das heißt, man könnte irgendeinen menschlichen Körper nehmen, der sich in einem guten Zustand befindet, und den Kopf eines Menschen verpflanzen, der an einer Lähmung erkrankt ist.«

Diese Lösung schien mir allzu bizarr. Die Vorstellung von jemandem mit dem Kopf eines anderen gefiel mir überhaupt nicht.

»Was würde geschehen, wenn Herr Dante Contini Ihnen die fehlenden Dokumente übergeben würde?«, fragte Nicholas, der bis zu diesem Augenblick von Merreck vollkommen ignoriert worden war.

»Sie haben sie?«, fragte mich Merreck.

»Ich habe nicht gesagt, dass wir sie hätten«, erklärte Nicholas.

»Wenn Sie die Dokumente hätten und natürlich auch herbringen würden, könnten wir die Untersuchungen beenden und damit anfangen, das Enzym zu produzieren, das die Unsterblichkeit ermöglicht«, erklärte Merreck.

»Auf meinen Onkel, Herrn Contini, wurden zwei Attentate verübt. Waren Sie darüber informiert?«

»Leider ja. Und ich habe es sehr bedauert. Wenn Sie aber andeuten wollen, wir hätten etwas damit zu tun gehabt, dann irren Sie sich. Durch seinen Tod hätten wir nichts gewonnen. Sie sehen es ja, er ist gestorben und für uns ist das mehr ein Problem als ein Vorteil.«

»In welcher Form ist Contini-Massera an diesem Labor beteiligt?«, fragte ich.

»Herr Contini hatte fünfundzwanzig Prozent der Anteile.«

Nicholas stieß einen Pfiff aus.

»Er war der Besitzer eines Viertels von alldem hier«, sagte er.

»Wenn Sie es so sehen, ja. Aber seine Beteiligung beschränkte sich auf das, was mit der Formel gegen den Alterungsprozess zusammenhing.«

»Ich nehme an, diese Anteile gehören ihm noch.«

»Natürlich, aber diese Anteile stützten sich auf die Studien, die er mitgenommen hat, ohne diese …«

»Ich verstehe nicht«, unterbrach ich.

»Die Ergebnisse der Experimente, die fehlende Formel und sämtliche Studien gehören diesem Labor. Das war die Abmachung, die wir getroffen haben.«

»Warum sollte er sie dann mitgenommen haben? Und woher weiß ich, dass Sie mir die Wahrheit sagen? Das hier ist ein Ort, an dem jeder Winkel vor Sicherheit strotzt«, behauptete ich, während ich um mich blickte.

»Es gibt immer Mittel, um sie zu umgehen. Ich habe keinen Zweifel daran, dass Ihr Onkel ein Mann war, der über viele Mittel und Wege verfügte.«

»Auf wie viel beläuft sich dieser Anteil von fünfundzwanzig Prozent, den Sie erwähnten, in Dollar natürlich«, griff Nicholas ein.

»Auf vier Milliarden Dollar«, sagte Merreck resolut.

»Ich glaube, eine Entdeckung dieser Kategorie ist mindestens zwanzig wert«, wandte ich ein. »Sie sagen, sein Anteil belaufe sich auf fünfundzwanzig Prozent, aber sobald man die Formel hat, gewinnt eine Entdeckung von etwas in dieser Art einen ungeahnten Wert.«

»Herr Contini, das hier ist keine Versteigerung. Es handelt sich um die wichtigste wissenschaftliche Entdeckung in der Geschichte der Menschheit. Man könnte so viel Gutes tun … Zwanzig Milliarden scheinen mir übertrieben.«

»Ich glaube, wenn wir diese leidigen Dokumente der Regierung der Vereinigten Staaten oder irgendeinem anderen Land, das Interesse hat, anbieten würden, könnten wir viel mehr als das erhalten. Falls wir sie hätten, natürlich«, merkte ich an, als hätte ich mein ganzes Leben damit verbracht, mit geheimen Formeln zu schachern.

Nicholas war wie versteinert. Er sah von einem zum anderen und beobachtete uns. Ich vermute, ich hatte mich in seinen Augen soeben in einen echten Falschspieler verwandelt. Ich sprach gelassen, beinahe herablassend, wie es Onkel Claudio getan hätte. Auf Merrecks Stirn zeigte sich eine feine Schweißschicht. Wir sahen sehr seltsam aus, wie wir in dieser merkwürdigen Kleidung von Geschäften sprachen.

»Ich nehme an, Herr Contini-Massera hat in seinem Erbe den Wert der Anteile eingetragen«, tastete Merreck sich vor.

»Vermutlich ja«, sagte ich und nahm mir vor, Fabianni anzurufen. »Ich habe erfahren, dass zwei Anteilseigner dieses Labors sich widersetzt haben«, erinnerte ich ihn.

»So ist es, aber sie gehörten bereits nicht mehr diesem Unternehmen an. Wir können uns den Luxus nicht erlauben, moralische Fragen vor den wissenschaftlichen Fortschritt zu stellen.«

»Und glauben Sie nicht, dass sie auf das Leben meines Onkels ein Attentat verübt haben könnten?«

»Das glaube ich nicht, Herr Contini. Es sind sehr anständige Leute.«

»Und es waren Juden.«

»Ich möchte Sie daran erinnern, dass wir an diesem Ort keine antisemitischen Gefühle hegen.«

»Ich sage das, weil das Experiment für die Verlängerung des Lebens von Josef Mengele geleitet wurde. Für jeden Juden ein mehr als ausreichender Grund, um es verhindern zu wollen.«

»In gewisser Hinsicht gebe ich Ihnen recht. Es wäre leichtsinnig, diese Möglichkeit auszuschließen. Glauben Sie nicht, dass ich nicht daran gedacht habe. Aber Gott sei Dank blieb Ihr Onkel bei diesen Anschlägen unverletzt und starb aus natürlichen Gründen.«

Das stimmte. Die jüdischen Aktionäre hatten mit seinem Tod nichts zu tun. Aber mein Leben war in Gefahr.

»Könnten Sie mir ihre Namen und Adressen geben?«

»Wozu?«

»Ich bin das Glied in der Kette, das fehlt, um das Experiment zu Ende zu führen. Sollten sie denken, dass ich die letzten Aufzeichnungen von Mengele besitze, dann ist mein Leben in Gefahr.«

»Sie haben sie?«

Ich dachte nach, dann beschloss ich, zu sprechen.

»Herr Merreck. Ich habe das, was fehlt. Es ist gut verwahrt und bis jetzt habe ich es noch niemandem angeboten. Überlegen Sie es sich und rufen Sie mich an. Sie haben mein Angebot und meine Forderung, ohne diese Namen gibt es keine Abmachung.«

Ich reichte ihm meine Visitenkarte.

»Nur noch eine Frage, Herr Merreck«, fügte Nicholas hinzu. »Von der Forschung zur Behandlung von Krankheiten einmal abgesehen, was wird hier gemacht? Ihre Installationen sind beeindruckend.«

»Dieser Ort ist einer der wenigen, die es gibt, die einen ausreichenden Schutz vor einem Atomangriff bieten. Selbst vor einem Asteroiden, der auf der Erde einschlagen könnte. Wir könnten hier fünfundfünfzig Jahre überleben, ohne an die Oberfläche zu gehen. In der Abmachung mit Herrn Contini war für einen Eventualfall ein Platz vorgesehen. Und zurzeit wird in Zusammenarbeit mit einigen Regierungen sogar der Bau einer Weltraumstation geplant, auf der für ihn oder für den derzeitigen Inhaber seiner Anteile ein Platz garantiert wird.«

Eine derart beeindruckende Antwort verdiente ein ebenso beeindruckendes Schweigen. Das taten wir. Mir begann bewusst zu werden, an welchem Ort wir uns befanden und ich glaube, Nicholas empfand das ebenso.

Der Hubschrauber flog uns wieder nach Peoria und wir kehrten nach New York zurück.

Offene Fragen

Auf dem Rückflug sprachen wir wenig. Ich hatte gelernt, dass scheinbar harmlose Orte, wie der Platz in einem Flugzeug, gefährlich sein können. Man weiß nie, wer der Mitreisende ist, der neben einem oder auf dem Platz dahinter sitzt. Zunächst unterhielten wir uns verschlüsselt, aber das wurde uns bald zu mühselig, und so nahmen wir uns ein Beispiel an Nelson und schwiegen, bis wir zu Hause waren.

»In diesem Labor geht etwas sehr Seltsames vor. Hast du die Installationen gesehen? Zehn Stockwerke unter der Erde! Ich vermute, da ist eine ganze Stadt im Untergrund. Und zu denken, dass von Milliarden Menschen auf dem Planeten nur einige Wenige auserwählt sein werden. Was ich nicht verstehen kann, ist, warum Onkel Claudio die Formel versteckt hat«, war das Erste, was ich sagte, als ich mich in der Küche in Sicherheit befand.

»Und warum er sie dir hinterlassen hat. Wenn er mit Merrecks Machenschaften nicht einverstanden war, hätte er auch einfach alles verschwinden lassen können.«

»Vielleicht dachte er, ich könnte die Firma retten. Und möglich ist es tatsächlich. Da stimmt etwas nicht. Irgendetwas, was er am Ende erfahren haben muss. Ich hoffe, Merreck gibt mir die Namen der ehemaligen jüdischen Anteilseigner.«

»Und dass er das Angebot akzeptiert. Zwanzig Milliarden sind eine respektable Summe«, erinnerte Nicholas und kicherte. »Meinst du nicht, dass das etwas viel ist?«

»Viel? Ich glaube eher, es ist wenig. Für ein Produkt, das es noch nie gab und das außerordentliche Auswirkungen auf die Menschheit haben wird. Zunächst wird es nur für die Reichen sein. Wie viel verdient jemand, der reich ist?«

Nicholas zuckte mit den Schultern.

»Das müsstest du ja besser als jeder andere wissen«, sagte er.

»Milliarden. Ich weiß es, und zwar nicht, weil ich diese Summe etwa verdient habe, sondern weil ich durch mein Wirtschaftsstudium eine ungefähre Vorstellung davon habe. Gehen wir einmal davon aus, dass nur diejenigen es sich leisten können, die auf der Forbes-Liste stehen. Würde einer von ihnen vierhundert Millionen Dollar für eine Behandlung bezahlen, um die ewige Jugend zu erhalten? Aber natürlich. Die Jahre, die für die Forschung aufgewendet wurden, müssen amortisiert werden: Wenn ich mein derzeitiges Alter und die Zeit addiere, die Mengele seit Beginn seiner Studien bis zur Entwicklung der Formel gebraucht hat, dann haben die Forschungsarbeiten so um die sechzig Jahre gedauert. Das lässt sich in etwa mit dem Penizillin vergleichen.«

Die Spur von Bewunderung, die ich in Nicholas' Augen wahrnahm, befriedigte mich ungemein.

»Ich sehe schon, du warst ein eifriger Schüler«, sagte er, wobei er sich im Geiste von allem Notizen zu machen schien.

»Und das ist noch nicht alles: Wenn das Unternehmen Aktionäre hat oder an der Börse gehandelt wird, wissen die Gesellschafter, dass durch den Besitz eines solchen Produkts der

Wert ihrer Aktien ständig steigen wird, denn potentielle Kunden wird es immer geben und dabei reden wir noch nicht einmal von langfristigen Projekten, wie die NASA sie hat. Aber wir müssen von Merreck & Co. natürlich eine Summe verlangen, die diese auch bezahlen können und ihren Bedürfnissen entgegenkommt. Würde ich mehr von ihnen verlangen, bliebe ihnen kein Geld mehr, um die Arbeit zu beenden, und ich beabsichtige nicht, sie in bequemen monatlichen Raten zahlen zu lassen. Was ich tun kann, ist, mit ihnen eine Gewinnbeteiligung zu vereinbaren.«

»Abgesehen von den zwanzig Milliarden, nehme ich an.«

»Genau.«

Jetzt musste ich nur warten, bis Merreck sich entschied. Nicholas begann, eifrig in seinen Taschen zu suchen. Ich reichte ihm das Etui, das in der Schublade lag, in der Pietro seine Zigaretten versteckte.

Die Wahrheit war, ich befand mich an einem Scheideweg. Ich musste das Richtige tun, aber in diesem Fall wusste ich, jede Entscheidung, die ich treffen würde, wäre falsch. Zum anderen musste ich mit Irene sprechen und das rief in mir ein eigenartiges Gefühl hervor. Sie hatte die Rückgabe des Darlehens nicht angenommen und ich konnte die Angelegenheit nicht unerledigt lassen. Ich weiß, das Vernünftigste wäre gewesen, das Geld auf ihr Konto zu überweisen, aber eigentlich wollte ich sie sehen. Irene interessierte mich leider mehr, als ich es zugeben wollte. Und ich wollte von ihr selbst hören, ob das, was mir Priester Martucci versichert hatte, stimmte. Noch am selben Abend fuhr ich zu ihrer Wohnung.

Irene öffnete die Tür und es war, als hätten wir uns vor nur wenigen Stunden verabschiedet. Ihr jugendliches, offenes Lächeln und ihr direkter Blick zogen mich erneut in ihren Bann. Ich schob mein Misstrauen beiseite. In diesem Augenblick hatte ich nur den Wunsch, in ihren Armen zu liegen. Ich brauchte etwas Zärtlichkeit und es war mir egal, ob sie nur vorgetäuscht war. Es fehlte mir. Wichtiger als meine Überlegungen war eine lange Umarmung und für ein paar Stunden hatte ich das Gefühl, wieder zur Normalität zurückgekehrt zu sein. Mir fehlte eine Frau, mein Körper verlangte nach Zärtlichkeit, denn in den letzten zehn Tagen war ich nur hinter einer verdammten Formel hergerannt und hatte nach Antworten gesucht. Die Arme einer Frau gaben mir das Gefühl, ein Mann zu sein, der zu jeder Heldentat fähig war. Ich habe immer geglaubt, dass das Selbstbewusstsein in unmittelbar proportionalem Verhältnis zur Befriedigung steht, die man auf dem Gebiet der Liebe gibt oder erhält. Als Irenes weiche Haut meinen Körper berührte, vergaß ich alles andere und war nur noch glücklich. Danach würde ich sehen, wie ich mir mein Unglück zurückholte.

Als mir einfiel, dass ich Pietro anrufen musste, zeigte die Uhr auf dem Nachttisch fünf nach eins an. Es war mitten in der Nacht. Ich verfluchte meine Unvernunft. Nelson würde es in seiner vertikalen Sprache, die er ständig benutzte, ›ein Sicherheitsleck‹ nennen. *Konnte er denn nie mal entspannt sein?* Wieder einmal stellte ich fest, dass es für jede Art von Beschäftigung besonders geeignete Personen gab und dass *Freiheit, Gleichheit und Brüderlichkeit* abstrakte und daher irreale Konzepte waren. Oder wer weiß, vielleicht dachten die Ideologen gerade an ihre Geliebte, als sie das schrieben. Ich ließ Irene ruhig weiterschlafen und stand auf. Dann nahm ich das Handy und ging in das Wohnzimmer, um sie nicht aufzuwecken.

Pietro antwortete bereits beim ersten Klingelton.

»*Sono io*, Pietro. Mach dir keine Sorgen, ich komme heute nicht zum Schlafen nach Hause. Sage Nelson, es tut mir leid, dass ich ihm vorher nicht Bescheid gesagt habe.«

»Er denkt, er hätte Sie begleiten sollen, *Signore*.«

»Ich verspreche, beim nächsten Mal wird es so sein, Pietro. Ich musste raus. Ich bin bei Irene.«

Ich nahm die Sicherheitsfrage den Umständen entsprechend ernst. Zu jedem anderen Zeitpunkt wäre es mir nicht eingefallen, so präzise den Ort anzugeben, an dem ich mich gerade aufhielt, aber Nelson hatte mich bereits darüber aufgeklärt, dass es zweckmäßig sei, immer zu wissen, wo ich zu finden bin.

Ich betrachtete Irenes Silhouette unter dem Bettlaken und fragte mich, wie viel an unserer Begegnung wohl echt war. Sie schien aufrichtig zu sein und ich ebenfalls. War Sex etwa genug? Ich bezweifle nicht, dass es, wenn die Körper zweier Menschen zusammentreffen, Ehrlichkeit gibt. Der Körper verlangt es, der Geist fordert es, man gibt sich hin, und der Orgasmus ist ehrlich. Es sei denn, er ist vorgetäuscht, aber ich glaube, diese Täuschung ist ein Produkt des Wunsches, den Partner zu befriedigen. Und ich betrachte das weniger als eine Kränkung als vielmehr eine zärtliche Art, Lust zu geben. Der Zweifel, der an meinem Inneren nagte, ermöglichte mir, was Irene anging, größere Objektivität. Sie hatte mich betrogen und sie musste einen Grund dafür haben. In der Dämmerung wartete ich geduldig, dass es Tag wurde, aber der Schlaf überkam mich.

Der aromatische Duft von Kaffee, mit Sicherheit kolumbianisch, ließ mich die Augen öffnen und ich wünschte, es gäbe nichts zu klären.

»Ich habe dir Frühstück gemacht«, sagte Irene mit ihrem mädchenhaften Lächeln.

»Danke. Das sieht köstlich aus.«

Irene war eine Frau, die auf die kleinen Dinge achtete und eine rote Rose durfte nicht fehlen. Natürlich vor allem, weil sie das Markenzeichen ihres Ladens war, sagte ich mir.

»Ich habe den Eindruck, du bist etwas angespannt. Wir haben noch gar nicht geredet … Warum hast du deinen Angestellten mit einem Scheck geschickt? Mir wäre es lieber gewesen, wenn du ihn mir selbst übergeben hättest.«

»Ich war in Italien.«

»Ein Anruf hätte gereicht. Bist du dir im Klaren, dass du mich nicht einmal angerufen hast?«

»Irene, der Tod meines Onkels hat mir viele Probleme gebracht. Zunächst einmal, ich bin Erbe seiner nicht gerade geringen Schulden. Übrigens, das einzige Geld, das ich habe, ist das, was Onkel Claudio sich von dem Betrüger zurückgeholt hat, den du mir vorgestellt hast.«

»Wen meinst du?«, fragte Irene.

Ihre Ahnungslosigkeit in dieser Sache schien echt zu sein.

»Natürlich Jorge Rodríguez.«

»Jorge ist tot.«

»Was sagst du?«

»Er wurde vor zwei Monaten überfahren. Ich habe es letzte Woche erfahren.«

»Und wer hat ihn getötet?«

»Das weiß man nicht. Ein Wagen fuhr ihn an und flüchtete dann.«

»Ich dachte, er sei wegen Betrugs im Gefängnis.«

»Er war nie im Gefängnis, Dante. Woher hast du das?«

»Von einer vertrauenswürdigen Person. Er sagte, du seist darin verwickelt und dein Blumengeschäft sei eine Tarnung.«

Irene lächelte. Vielleicht, um ihre Nervosität zu verbergen oder eine andere Regung, die ihr in den Sinn kam.

»Und du, was glaubst du, Dante?«

»Ich weiß nicht mehr, was ich glauben soll.«

»Nehmen wir einmal an, es stimmt, dass Jorge Rodríguez ein Betrüger war und dein Geld eingesteckt hat. Wie erklärst du dir dann, dass er jetzt tot ist und du deine Investition zurückbekommen hast? Ich glaube, an dieser Sache ist etwas faul.«

»Wenn du denkst, ich hätte mit seinem Tod etwas zu tun, dann liegst du falsch. Ich habe erst vor einer Woche erfahren, dass die zwei Millionen wieder da sind.«

»Also, irgendjemand hatte etwas damit zu tun.«

»Worauf willst du hinaus?«, fuhr ich sie schroff an.

Ich stellte den Kaffee auf das Tablett zurück, die Lust auf das Frühstück war mir vergangen.

»Nein. Wie kannst du es wagen, anzudeuten, mein Freund Jorge Rodríguez hätte dich betrogen. Dank ihm hast du übrigens viel Geld verdient. Ich kannte ihn, seit wir Kinder waren, er war wie mein Bruder. Du kannst im Polizeipräsidium nachfragen, ob er irgendwann einmal im Gefängnis war. Es ist nicht wahr. Jemand lügt und das bin nicht ich.«

»Wenn er dir so nahegestanden hat, wieso hast du dann bis vor einer Woche nicht gewusst, dass er tot ist?«

»Er war mit seiner Familie in Bogotá, um Urlaub zu machen. Ich rufe ihn nicht ständig an. Seine Frau hat es mir vor einer Woche gesagt.«

»Sie haben ihn in Kolumbien getötet«, überlegte ich laut. »Dort ist es viel einfacher. Man stellt keine Fragen und Auftragskiller gibt es mehr als genug.«

Ich versuchte, diesen Mord in die Reihe von Ereignissen einzufügen, die neuerdings Teil meines Lebens waren, und konnte keinen Sinn entdecken.

»Ich muss gehen. Irene, verzeih mir, wenn ich so argwöhnisch bin, aber es passieren mir so viele seltsame Dinge, dass ich jedem misstraue.« Ich begann, mich anzuziehen, dann suchte ich in einer meiner Jackentaschen und reichte ihr den Scheck. »Vielen Dank, Irene. Du hast mir geholfen, als ich es brauchte. Das werde ich dir nie vergessen.«

Sie sah mich traurig an.

»Nein, Dante. Ich will dieses Geld nicht.«

»Es ist deines. Ich kann es nicht behalten.«

»Gib mir nur, was ich dir geliehen habe, sonst nehme ich es nicht.«

»Ich habe kein Scheckheft dabei.«

»Dann eben an einem anderen Tag. Ich möchte nicht, dass du so gehst.«

»Ich muss meine Gedanken ordnen, Irene. Wirklich, ich muss mein Leben in Ordnung bringen.«

Ich küsste sie auf die Lippen und ging.

Vor der Tür des Gebäudes parkte ein Wagen, Nelson saß hinter dem Steuer. Er hatte auf mich gewartet. Noch bevor er etwas sagen konnte, kam ich ihm zuvor.

»Es tut mir leid, Nelson. Ich musste etwas Abstand nehmen, um ein wenig Luft zu bekommen.«

»Und hat es Ihnen geholfen?«

Verneinend schüttelte ich den Kopf.

»Kennst du jemanden in einer Regierungsstelle? Ich meine die CIA, das FBI oder etwas in dieser Art.«

»Ein paar Kontakte habe ich noch, könnte sein … Worum geht es genau?«

»Ich möchte, dass du etwas über den Tod einer Person mit dem Namen Jorge Rodríguez herausfindest. Angeblich starb er in Bogotá. Er wurde von einem Auto überfahren und der Fahrer ist geflüchtet. Möglicherweise ist er wegen eines Betrugsdeliktes vorbestraft. Ich muss wissen, ob er im Gefängnis war, ob es stimmt, dass er tot ist und alles, was du über ihn herausfinden kannst. Ich wüsste auch gerne, wer Irene Montoya ist, die Eigentümerin der Blumenhandlung ›Die rote Rose‹. Ich weiß, sie ist amerikanische Staatsbürgerin und ihre Blumen kommen aus Kolumbien, wie sie auch.«

Ich fühlte mich wie ein Schuft, als ich einen derartigen Auftrag erteilte, aber ich war dabei zu lernen, dass ich mich vor allen in Acht nehmen musste. In diesem Augenblick habe ich vermutlich auch beschlossen, dass jede Frau, die mit mir ausgehen würde, überprüft werden muss.

»Herr Martucci rief an. Verzeihen Sie, wenn ich mich einmische, aber ich finde, Sie sollten ihm nichts von dem erzählen, was Sie bis jetzt herausgefunden haben.«

»Du weißt, dass er Onkel Claudios bester Freund war.«

»Ja, Herr Contini, aber es ist besser, Sie behalten alles, was Sie wissen, für sich. Auf diese Weise können wir nach und nach Möglichkeiten ausschließen. Wir konnten den geistigen Autor der Anschläge gegen Herrn Claudio nie ermitteln und es ist gefährlich, wenn Fragen offen bleiben. Ich nehme an, dass Sie jetzt das Ziel sind. Wie es scheint, besitzen Sie etwas, woran eine bestimmte Person ein großes Interesse hat.«

»Ich bin mir sicher, dass Francesco Martucci ein rechtschaffener Mann ist. Wenn er gewollt hätte, dann hätte er die Dokumente behalten, die Onkel Claudio ihm in Verwahrung gegeben hat. Und das Geld.«

»Sie haben gesagt, diese Dokumente waren nicht so wichtig. Nach allem, was ich gesehen und gehört habe, hat er dem Priester Martucci nur ein paar Notizen und einige Kodes überlassen, die Sie nirgendwohin geführt haben.«

»Das ist wahr. Aber das, was ich jetzt habe, würde ihm nichts bringen. Er hat mir bereits gesagt, dass er nichts haben will, da er, wie es aussieht, bereits dem Tode geweiht ist. Ich glaube, er leidet an derselben Krankheit, an der mein Onkel gestorben ist.«

Eigentlich spielte ich, indem ich Martucci in Schutz nahm, den Advocatus Diaboli. In Momenten wie diesen, so habe ich gelernt, war es besser, meine Karten nicht aufzudecken.

Ich sah im Rückspiegel, wie Nelson das Gesicht verzog. Er zuckte mit den Schultern und sein Gesicht nahm einen undurchdringlichen Ausdruck an, als hätten die Muskeln darin versagt. Seine Augenlider bewegte er nur, wenn es notwendig war.

»Ich glaube, man folgt uns«, sagte er. »Es ist der schwarze Chevrolet auf der rechten Spur, hinter dem grauen Wagen. Ich versuche, ihn abzuhängen.«

Nelson wartete, bis die Ampel fast auf Rot schaltete, fuhr über die Kreuzung und bog an der ersten Ecke ab. Der schwarze

Chevrolet musste hinter dem anderen Wagen an der Ampel warten und wir fuhren in die Tiefgarage eines öffentlichen Gebäudes. Danach verließen wir das Gebäude zu Fuß durch den Hintereingang und nahmen ein Taxi.

»Bist du sicher, dass er uns gefolgt ist?«, fragte ich.

So hatte ich mir eine Verfolgungsjagd überhaupt nicht vorgestellt.

»Ja. Ich habe ihn gesehen, seit ich auf Sie gewartet habe. Er ist beide Male, als ich die Fahrtrichtung geändert habe, abgebogen.«

»Glaubst du, er hat darauf gewartet, bis ich aus Irenes Haus komme?«

»Das ist das Wahrscheinlichste.«

»Versuche bitte herauszufinden, um was ich dich gebeten habe, Nelson.«

Die Angelegenheit wurde zunehmend komplizierter. Ich brauchte Antworten, und zwar bald. Und ich musste mir überlegen, was ich mit Merreck machen sollte.

Als ich nach Hause kam, erzählte ich Nicholas, was vorgefallen war und in seiner üblichen Art, mit der er die Einzelheiten organisierte, begann er seine Aufzählung.

»Mal sehen: Irene taucht in deinem Leben auf, als du auf einem Fest in San Francisco warst. Sie lebt aber, genauso wie du, in New York. Erster Zufall. Erinnerst du dich, was Nelson sagte? Also gut, dann stellt sie dir diesen Börsenmakler vor. Wie hieß er?«

»Jorge Rodríguez.«

»Anfangs lässt er dich Geld verdienen und gleichzeitig gewinnt er dein Vertrauen. Trotz seines Widerspruchs riskierst du mehr und zwei Millionen gehen den Bach runter. Jorge Rodríguez verschwindet und du sitzt in der Patsche. Dann kommt wieder Irene Montoya und bietet dir fünftausend Dollar an, damit du zur Beerdigung deines Onkels reisen kannst. Zweiter Zufall.«

»Ich habe sie aufgesucht. Es war nicht sie, die gekommen ist und mir Geld angeboten hat.«

»Das Resultat ist das Gleiche. Jorge Rodríguez ist, wie sie, Kolumbianer. Dritter Zufall.«

Ich nickte zustimmend und ließ ihn reden.

»Jetzt ist Jorge Rodríguez, *nach Aussage von Irene*, tot. Und sie weiß es nicht etwa, weil sie ihn tot gesehen hat, sondern weil seine Frau es ihr gesagt hat. Sehr praktisch, glaubst du nicht auch? So kann sie gegebenenfalls sagen, ›man habe ihr gesagt‹, er sei tot.«

»Ich hoffe, Nelson bringt mir eine Antwort. Was du sagst, dachte ich ebenfalls, aber ich sträube mich dagegen, zu glauben, dass Irene in eine Verschwörung verwickelt ist.«

»Und obendrein gab es jemanden, der dir von ihrer Wohnung aus gefolgt ist. Wozu? Wem nützt es, deine Bewegungen zu kennen?«

»Offensichtlich jemandem, der nicht weiß, was ich vorhabe. Ich glaube, das würde ich tun, Nicholas. Wenn ich wissen möchte, was jemand treibt, dann würde ich ihm erst einmal folgen, um herauszufinden, mit wem, wie, um welche Uhrzeit er was macht, wie seine Gewohnheiten sind …«

»Ich sehe, Nelson hat dich sehr gut unterwiesen.«

»Er hat uns unterwiesen«, sagte ich und lachte laut auf. »Du denkst wie ein Ermittler. Wie wäre es, wenn du die Schriftstellerei lassen würdest und eine Detektei aufmachst?«

Das Lächeln, das bis vor wenigen Sekunden sein Gesicht erleuchtet hatte, verschwand.

»Ich bin beim Schreiben. Ich habe heute damit begonnen. Für mich ist das Schreiben nicht nur ein Zeitvertreib, Dante. Es ist meine Leidenschaft. Wenn es nicht so wäre, wäre ich jetzt nicht hier.« Mit seinen Augenbrauen machte er eine Geste, an die ich mich bereits gewöhnt hatte, dann fuhr er sich mit der Hand ans Kinn, ging ein paar Schritte und blieb stehen. »Ich glaube, ich wurde von den Göttern auserwählt«, behauptete er ernst. »Ich habe keine andere Erklärung für all das, was mir geschieht.«

»Was uns geschieht«, berichtigte ich.

»Dante, du musst verstehen, dass jede Person ihre eigene Individualität hat. Sie geht mit ihren Lebensproblemen durch die Welt und sieht alle anderen, als wären diese Teil eines Theaterstücks, in dem man selbst die Hauptrolle spielt. Alle anderen sind Komparsen, die sich zwar bewegen und existieren, aber eine Art von Dekoration sind. So sehe ich die Welt. Und mit Sicherheit siehst du das aus deiner Perspektive auch so. Pietro sieht es von seinem Standpunkt aus und du siehst ihn wie eine Figur auf einem Schachbrett. Du stellst ihn dorthin, wo er dir am nützlichsten ist. Den größten Teil deines Lebens hast du so gehandelt, nicht weil du gut oder böse bist, sondern weil es für dich so sein muss. Wenn ich dir also sage, dass ich von den Göttern auserwählt wurde, habe ich meine Gründe, die mich glauben lassen, dass ich recht habe. Es ist meine Welt, meine Art, das Leben zu sehen. Eines schönen Tages habe ich einen kleinen Mann getroffen, der mir ein Manuskript schenkte, in dem ein Teil deines Lebens und des Lebens deines Onkels, oder deines Vaters Claudio, geschrieben stand.«

Ich erschrak, als ich ihn so hörte. Ich hatte das Gefühl, als wären wir alle Teil eines riesigen Schachbretts und würden durch unsichtbare Fäden bewegt. Ein Schachbrett, auf dem wir glauben, dass wir leben und dass wir frei sind, das aber voller Fäden war, die uns zwangen, uns in einer bestimmten Weise zu verhalten, ohne uns die Möglichkeit einer Wahl zu lassen. In meinem Fall zogen die Fäden, und vor allem in Momenten wie diesen, zugleich auf die eine und auf die andere Seite, als könnte *jemand* sich nicht entscheiden. Wie vermisste ich doch meine früheren Tage! Es war alles viel einfacher! Zumindest lebte ich in der Illusion, ich sei derjenige, der mein Handeln lenkte …

»Du hast gesagt, es gibt Personen, für die wäre es vorteilhaft, deine Bewegungen zu kennen. Die Frage würde dann lauten: Wer weiß nicht, was du vorhast? Wem würde es nützen, deine Pläne zu kennen?«, fragte Nicholas unversehens.

»Niemand kennt sie. Das ist die Realität«, sagte ich und war selbst überrascht. »Nicht einmal ich weiß es. Das heißt, alle, die mich kennen, du eingeschlossen, sind in diesem Augenblick verdächtig.«

Nicholas blinzelte mehrmals und beobachtete mich mit halbgeschlossenen Augen.

»Du hast völlig recht. Niemand weiß, was du tun wirst. Und ich traue mich schon nicht mehr, dich danach zu fragen. Aber von den Personen, die dir Schaden zufügen könnten, wen würdest du da nennen?«

»In diesem Augenblick … Caperotti. Ebenfalls die jüdischen Aktionäre. Ich weiß nicht, ob Caperotti das mit der Formel weiß, aber ich glaube, wenn du ihn gesehen hättest, würdest du ihn auf die Liste setzen.«

»Du vergisst den Priester Martucci«, erinnerte Nicholas.

»Stimmt. Er weiß natürlich, dass diese Formel existiert, obwohl ich bezweifle, dass er einen Nutzen aus ihr ziehen will.«

»Glaubst du das, weil er gesagt hat, er werde sterben?«

»Natürlich, sie würde ihm nichts nützen«, pflichtete ich ihm bei.

»Dann müssen wir die Fragen von einer anderen Seite aus angehen: Wer würde alles tun und sogar einen Mord begehen, um diese Formel zu bekommen? Und warum würde er das tun?«

»Ich weiß, dass Merreck diese Formel will. Und er würde das um des ewigen Lebens wegen tun«, sagte ich. »Die Juden würden es tun, um es zu verhindern. Ich glaube, Irene kann man ausschließen, sie weiß nicht, dass es die Formel gibt.«

»Genau. Und ich würde auch Merreck ausschließen. Er hat etwas gesagt, was sehr wahr ist: Er hätte dadurch, dass er deinen

Onkel tötet, nichts gewonnen und auch jetzt nicht, durch ein Attentat gegen dich. Caperotti könnte eine Möglichkeit sein, er würde versuchen, in den Besitz der Formel zu gelangen, vorausgesetzt, er wüsste, dass sie existiert«, schlug Nicholas vor.

»Laut Pietro stand er Onkel Claudio sehr nahe. Sie haben jeden Tag miteinander gesprochen, vielleicht wusste er es. Aber Nelson zufolge war der Mann aus dem Restaurant, der uns gefolgt war, einer von Caperottis Männern, der vielmehr auf mich aufgepasst haben könnte; wahrscheinlich, damit man mich nicht umbringt, bevor ich das Geld wiederbeschafft habe.«

»Leider bleibt uns dann nur Martucci.«

Ich machte eine apathische Geste.

»Martucci ist in meine Mutter verliebt. Aus eben diesem Grund wäre er unfähig, mir etwas anzutun.«

Nicholas strich sich als Ausdruck seiner Ohnmacht mit der Hand über die Haare.

Es war an der Zeit, dass ich Fabianni anrief.

Ich wählte die Nummer auf seiner Visitenkarte und er selbst antwortete mir.

»*Buona sera*, Herr Fabianni.«

»*Signore* Dante, *buona sera …*«

»Herr Fabianni, ich müsste mit Bernini sprechen. Er ist derjenige, der sich mit den Finanzen der Firma befasst, nicht wahr? Ich brauche eine Nummer, unter der ich ihn erreichen kann. Ich habe seine Visitenkarte in Rom gelassen, ich bin in New York.«

»Warten Sie einen Moment. Ich habe sie, notieren Sie bitte.«

Das tat ich. Und gleich darauf rief ich Bernini an. Ich wartete einen Augenblick und wurde dann von seiner Sekretärin verbunden.

»*Signore* Massera. Wobei kann ich Ihnen behilflich sein?«

»Gehört die Merreck & Stallen Pharmaceutical Group zu den Unternehmen und Geschäften der Firma?«

»Mit Sicherheit nicht«, war seine sofortige Antwort. »Ich habe alle Firmen, die Teil unseres Unternehmens sind, im Gedächtnis.«

»Haben Sie bei irgendeiner Gelegenheit gehört, dass von dieser Firma gesprochen wurde?«

»Nein …, das heißt, eigentlich, ja. Aber nicht, weil sie etwas mit uns zu tun gehabt hätten. Merreck & Stallen ist eines der wichtigsten Labors der Welt. Darf ich Sie fragen, weshalb Sie sich dafür interessieren?«

»Ich wollte nur wissen, ob sie so gut sind, dass man sie kaufen sollte.«

Meinen Worten folgte ein langes Schweigen.

»Nur keine Angst. Es war ein Scherz«, sagte ich und lachte laut los.

»*Mannaggia, signore mio,* Sie sind genauso ein Witzbold wie Ihr verstorbener Onkel, möge er in Frieden ruhen.«

»Danke, Bernini. Bis bald.«

Dann legte ich auf.

»Jetzt wissen wir, wo die Milliarden gelandet sind. Onkel Claudio war wirklich in diese Forschungsarbeiten verwickelt. Warum hat er die Formel also versteckt? Wir wollen sehen, was uns Nelson bringt«, sagte ich und gab mich geschlagen.

»Ich brauche eine Zigarette, Dante. Rauchst du nicht?«, fragte Nicholas.

»Nein, mein Freund«, antwortete ich und lächelte, als ich seine tragikomischen Augenbrauen sah.

Die Nachforschungen

Seit über fünfzig Jahren ist die Nationale Sicherheitsbehörde oder NSA für den Schutz der Informationssysteme der Vereinigten Staaten zuständig. Mit ihren Millionen Akten, die ihre

Archive bevölkern, ist das genau der richtige Ort, um Daten aller Art zu finden. Die Behörde arbeitet eng mit der CIA und dem FBI zusammen, sollte es daher zu irgendeiner Person auch nur den geringsten Zweifel geben, würde dieser garantiert wie ein Hase aus einer seiner Akten springen. Ohne dass ich mir das vorgenommen hätte, begann ich, Teil einer Verflechtung zu werden, die für Onkel Claudio praktisch eine Art *Modus Vivendi* war und die ich nie vermutet hätte, wäre da nicht die Notwendigkeit gewesen, Antworten auf die Rätsel zu finden, die sich täglich vor mir auftaten.

Wie ich vermutete, hatte Nelson noch Verbindungen mit Agenten, die bei der CIA arbeiteten. Diese führten ihn zum FBI und dort verschaffte ihm ein Kontakt Zugang zum Bulletin der Kriminalberichte, das vom FBI jährlich herausgegeben wird und Informationen über festgenommene Personen sowie über jede Art von Vergehen und Verbrechen enthält. Es wurde entwickelt, um die staatlichen Systeme der Ballungsgebiete zu ergänzen und stellt die gesuchten Daten innerhalb weniger Sekunden bereit. Mit dieser Methode werden jährlich tausende Ausbrecher und Verbrecher inhaftiert. Das war die nüchterne Erklärung, die Nelson mir gab, bevor er mit seinem Bericht fortfuhr.

»Jorge Rodríguez Pastor, so der vollständige Name des Opfers, war kolumbianischer Herkunft und seit sechs Jahren eingebürgerter amerikanischer Staatsangehöriger. Er studierte an der staatlichen Universität in Cali, Kolumbien, Verwaltungswissenschaften und schloss sein Studium mit Auszeichnung ab. Danach fand er Arbeit bei einem amerikanischen Unternehmen und zog nach New York. Später begann er als unabhängiger Börsenmakler für Personen zu arbeiten, die ihr Kapital investieren wollten. Verheiratet, zwei Kinder, seine finanzielle Situation war stabil. Zum Zeitpunkt seines Todes hatte er auf seinem Girokonto drei Millionen siebenhundertzwanzigtausend Dollar. In den Archiven des FBI taucht er aus zwei Gründen auf: Bei einer Gelegenheit wurde er von einem Kunden angezeigt, der ihn beschuldigte, sein Geld in unrentable Aktien investiert zu haben. Die Klage hatte keinen Erfolg, aber seine Daten blieben registriert. Der andere Grund war wegen Fahrens unter dem Einfluss von Kokain, wie es scheint, konsumierte er diese Substanz regelmäßig. Für den Fall, dass er mit einer Gruppe von Drogenhändlern in Verbindung stand, wurde er überwacht, aber man fand keine Hinweise. In den Akten wurde er daher nur als Konsument geführt. Die Einwanderungsbehörde verzeichnete viele Einreisen nach Italien. Vier davon in den letzten eineinhalb Jahren. Sein Tod trat infolge eines Verkehrsunfalls ein, er wurde von einem Lieferwagen überrollt, der nach Angaben der Zeugen Fahrerflucht begangen hat. Laut Zeugenaussagen schien es, als hätte der Fahrer des Lieferwagens die Absicht gehabt, ihn zu töten, aber in einem Land wie Kolumbien könnte jeder Todesfall als Mord katalogisiert werden. Niemand hat das Kennzeichen notiert.«

»Das bedeutet also, dass er nie im Gefängnis war, wie Martucci behauptet hat.«

»Das ist richtig und die Überprüfung seines Bankkontos ergab, dass sich seine durchschnittlichen monatlichen Einzahlungen seit sechs Monaten erhöht hatten.«

»Warum sollte Martucci behaupten, dass er im Gefängnis war?«

»Das ist etwas, was wir herausfinden müssen.«

»Und was weißt du über Irene Montoya?«

»Irene Montoya, sie hat keinen zweiten Nachnamen. In Südamerika heißt das, dass sie den Nachnamen ihrer Mutter führt und ist ein Hinweis darauf, dass der Vater nicht bekannt ist. Bis zu ihrem siebzehnten Lebensjahr lebte sie in Medellín, Kolumbien, und war seit ihrem dreizehnten Lebensjahr in die Prostitution involviert. Mit achtzehn tauchte sie mit einem Touristenvisum in den Vereinigten Staaten auf und hier kommt der interessanteste Teil: Sie war, was die Staatsbürgerschaft anging, ein Sonderfall und wurde von der italienischen Botschaft empfohlen. Die Person, die ihr Mentor war, wird nicht genannt, es muss sich aber um eine sehr wichtige Persönlichkeit handeln, da es keinerlei Spuren gibt. Ihr Ein- und Ausreiseregister zeigt, dass sie gelegentlich in Italien war. Anfangs arbeitete sie in einem Schönheitssalon in New York und kurze Zeit später hat sie das Geschäft gekauft. Wie eine Überprüfung ihrer Bankkonten ergab, verfügt sie über einen ansehnlichen Geldbetrag, im Durchschnitt etwa zehn Millionen Dollar. Jorge Rodríguez war ihr Finanzberater. Das Blumengeschäft ist sehr rentabel, es hat Zweigstellen sowie Vereinbarungen mit ähnlichen Geschäften in anderen Bundesstaaten und Ländern und liefert an Kunden in jedem Teil der Welt frische Blumen nach Hause. Die Blumen werden aus Kolumbien importiert. Sie hat in diesem Land keine Vorstrafen, sie ist sauber.«

»Sie sagte, dass sie Rodríguez seit ihrer Kindheit kannte.«

»Beide stammen aus Medellín. Er ging zum Studieren nach Cali, wurde aber in Medellín geboren. Es ist wahrscheinlich, dass sie sich gekannt haben und später in Kontakt blieben.«

»Hast du eine Idee, aus welchem Grund Rodríguez ermordet wurde?«

»Morde dieser Art geschehen dann, wenn man jemand zum Schweigen bringen will. Er schien keine Feinde gehabt zu haben, trotzdem muss er etwas getan haben oder irgendjemand wollte nicht, dass er etwas sagt. Ich habe daran gedacht, mit seiner Frau zu sprechen, vielleicht weiß sie etwas. Es könnte ja sein.«

»Danke, Nelson. Du warst eine große Hilfe.«

»Es hat mich gefreut, die Freunde zu besuchen.«

Er reckte die Schultern und als er sich zurückzog, schien er zu lächeln.

Irene hatte also eine heikle Vergangenheit. Die Narbe auf ihrem Gesäß verhieß nichts Gutes. Aber eigentlich interessierte mich das nicht. Die Vergangenheit ist jedem seine eigene Angelegenheit. Ich war vielmehr daran interessiert, zu erfahren, in welcher Beziehung sie mit dieser mysteriösen italienischen Persönlichkeit stand. Das hatte nichts mit Gefühlen zu tun, es war einfach eine Frage des Überlebens. Ich dachte, dass der Augenblick gekommen war, um offen mit ihr zu reden. Ich wartete, bis Nelson und Nicholas mit den Autos zurückkehrten. Mein Wagen stand noch immer wenige Meter vor Irenes Wohnung und der andere in einem öffentlichen Parkhaus.

Dank der schwarzen Reeboks waren Pietros Schritte im Haus nicht mehr zu hören. Sie ließen ihn weniger formell aussehen und er schien sich sehr wohlzufühlen, wenn er mit ihnen durch die Wohnung schlenderte. Er kam mit einer Tasse heißer Schokolade und Schmalznudeln, die er selbst zubereitet hatte, in das Arbeitszimmer. Das war das Gute daran, ihn in meinen Diensten zu haben, er wusste immer ganz genau, was ich mir wünschte.

Obwohl ich versuchte, mich abzulenken, um nicht an Merreck zu denken, ging mir der Mann nicht aus dem Kopf. Vier Milliarden würden mich vor dem Ruin nicht retten, sollte er aber für die Notizen mehr bieten, dann müsste ich mir wegen Caperotti sicherlich keine Sorgen mehr machen. Wenn der Mann auf mein Leben aufpasste, dann zweifelsohne deshalb, weil er sein Geld nicht verlieren wollte. Erneut stellte ich mir die gleiche Frage: Aus welchem Grund sollte Onkel Claudio die Formel verstecken? Hätte er es zugelassen, dass die Forschungsarbeiten fortgesetzt werden oder man sie zu Ende führt, wäre er vielleicht heute noch am Leben. Allem Anschein nach zog er es vor, zu sterben, als damit fortzufahren. Vielleicht hatte er etwas Schreckliches entdeckt, das ihn veranlasste, seine Meinung zu ändern. Mengele war nicht gerade ein Heiliger und was ich über ihn gelesen hatte, würde jeden erschaudern lassen. Ich stellte ihn mir in einem Labor wie das von Merreck vor, mit all dem Geld und den technologischen Errungenschaften der Zeit. Auch ohne Konzentrationslager wäre es für ihn sehr einfach, menschliche Versuchskaninchen zu bekommen. Ich erinnerte mich an das Gefühl, das ich hatte, als ich bei Mereck das Thema ansprach: ›Alles, was wir *hier* tun, ist legal‹. Er hatte das gesagt, als beziehe er sich auf genau *diesen* Ort. Semantisch korrekt. Er sprach sehr vorsichtig, als wüsste er, dass jedes seiner Worte einer Prüfung unterzogen würde. Das Labor, das er als ›Ranch‹ bezeichnete, war riesig, vielleicht war irgendwo in diesen zehn Stockwerken unter der Erde, falls es nicht noch mehr gab, das Undenkbare versteckt. Vielleicht war alles aber auch viel einfacher, als ich glaubte. Wenn ich vor Abschluss der Vereinbarung es zur Bedingung machen würde, dass er mir alles zeigt, was mit Mengeles Forschungsarbeiten zusammenhängt, und wenn ich alles sage, dann meine ich wirklich *alles*, könnte ich eine verantwortungsvolle Entscheidung treffen. Falls ich den Mut dazu aufbringe.

Ich stieß einen Seufzer aus, der mir bereits eine geraume Zeit auf der Seele lag. Ich weiß nicht, welche Wirkung das bei anderen hat, aber bei mir wirkt es wie ein Auslassventil, wie bei dem Dampfkochtopf, den Pietro immer benutzt und dessen Vorteile er mir eines Tages geduldig erklärt hatte. Ein Gerät, das nach meinem Dafürhalten viel zu gefährlich war, als dass es in einem Haushalt verwendet werden sollte. Aber ich begann abzuschweifen und das passiert mir, wenn ich mich nicht auf die wichtigen Dinge konzentrieren will.

Die Vergangenheit

»Warte hier. Wenn ich in zehn Minuten nicht herunterkomme, dann fahr nach Hause und komm in drei Stunden wieder.«

Nelson nickte. Mir fiel nichts Besseres ein. Ihn in Irenes Beisein anzurufen, hätte nicht gut ausgesehen.

Und da stand ich wieder und wartete darauf, dass sie die Tür aufmachte. Es ist nicht meine Art, unangemeldet zu erscheinen, aber zu dieser Zeit verstieß ich offenbar häufiger gegen meine Prinzipien. Gerade als ich dachte, sie sei möglicherweise nicht alleine, öffnete sich die Tür. Sie sah anbetungswürdig aus. Ihr kastanienbraunes Haar fiel ihr offen auf die Schultern und sie trug den Morgenrock aus Seide, der mich verrückt machte. Diese Mixtur war viel zu sinnlich, um irgendwelche Nachforschungen anzustellen, es sei denn, an ihrem Körper.

»Bist du alleine?«, fragte ich und wünschte mir inbrünstig, sie möge dies bejahen.

»Ja.«

Das war alles, was ich hören musste. Ich vergaß, was ich fragen wollte und küsste sie wie einer, der zum Tode verurteilt ist. Ihr eigentümlicher Duft durchdrang meine Sinne. Früher hatte ich ihn auf ihre Arbeit mit den Blumen zurückgeführt, aber *früher* war ich selbst noch grün. Ein Dummkopf. Da genoss ich noch nicht die delikaten Freuden, die Frauen wie Irene bieten konnten. Und wenn ich an ›früher‹ dachte, dann war das noch vor wenigen Wochen.

Die letzten Ereignisse hatten meine Sinne geschärft. Ich sah jetzt alles unter einem anderen Gesichtspunkt, der mir einen Blick auf ein mannigfaltiges Spektrum ermöglichte. Irene war eine Frau zum Genießen, nicht um den Appetit zu stillen. In dieser Nacht war es, als hätte ich sie zum ersten Mal geliebt, und obwohl es vielleicht obszön oder frevelhaft scheint, verstand ich plötzlich, warum ein Mann wie Francesco Martucci eine Frau so sehr lieben konnte. Oder ein Claudio Contini-Massera. Für jeden Mann gibt es einen Typ von Frauen und offensichtlich hatten beide denselben Geschmack. Und für mich war Irene *die* Frau.

Aber ich war zu einem bestimmten Zweck gekommen, und nachdem ich den köstlichen *plat de resistance* gekostet hatte, verwandelte ich mich wieder in einen Primaten, vorzugsweise einen Hominiden.

»Wann wirst du mir erzählen, wie du zu dieser Narbe gekommen bist?«, fragte ich, an ihre Seite gelehnt, während ich ihren Po streichelte.

»Es bringt nichts, alte Geschichten wieder auszugraben.«

»Warum?«

»Wozu willst du das wissen?«

»Du willst es mir nicht sagen?«

Irene rückte ein wenig von mir ab und zog sich das Betttuch über ihre Brüste. Aber ich würde mich nicht geschlagen geben.

»Ich weiß einiges über dich. Aber ich möchte es von dir selbst hören.«

»Ich kann nicht.«

»Dann muss ich glauben, dass du Teil einer Verschwörung bist. Ich muss eine Antwort haben. Auf Onkel Claudio wurden zwei Attentate verübt, ich nehme an, du wusstest es. Als ich das letzte Mal hier war, hat mich danach ein Mann verfolgt. Mein Leben ist in Gefahr, und wenn du dich weigerst, mir zu helfen, was soll ich dann denken?«

»Ich würde dir nie etwas zuleide tun, mein Liebling. Da kannst du sicher sein.«

»Das glaube ich dir nicht. Warum kannst du mir auf meine Fragen keine Antwort geben?«

»Ich hatte mit diesen Attentaten nichts zu tun. Und ich habe auch nicht veranlasst, dass dir jemand folgt. Warum sollte ich das tun?«

»Sag du es mir. Sag mir einfach die Wahrheit. Es steht viel auf dem Spiel. Wenn du für mich wirklich etwas empfindest, dann sprich.«

Irene setzte sich auf. Das Bettlaken über ihrer Brust wurde zu einem Schutzschild. Ihr Gesicht schien verändert. Sie war nicht mehr dieselbe, die sie noch vor wenigen Augenblicken war. Man sah ihr jetzt ihr Alter an. Ich wartete und sie begann, zu sprechen.

»Ich nehme an, du weißt bereits, dass ich eine Prostituierte war. Das war vor langer Zeit, Dante. Vor langer Zeit. In Medellín tat man entweder, was sie wollten, oder man hat dich umgebracht, und ich wurde für einen der mächtigsten Männer rekrutiert: für Pablo Escobar. Aber es war kein gewöhnlicher Prostitutionsring. Es war ein luxuriöses Bordell, in dem man uns wie Königinnen behandelte, einmal abgesehen davon, dass wir mit den Freunden von Pablo Escobar ins Bett gehen mussten, wenn diese es wünschten. Politiker, Diplomaten, Militärs, Geistliche … Kleine Mädchen, die auf der Straße lebten, landeten in der Mansión Rosada, vorausgesetzt, sie waren hübsch. Ich hatte meine Mutter verloren, war dreizehn und wusste nicht, wo ich hin sollte. Einer seiner Männer fand mich, als ich mich auf der Straße herumtrieb, und von da an begann ich, für sie zu arbeiten. Ich sah immer jünger aus als ich war. Du kannst dir nicht vorstellen, wie viele perverse Leute es gibt. Es gibt Männer, die nur dann mit einer Frau schlafen können, wenn es ein sehr junges Mädchen ist. Um welchen Preis, das ist ihnen egal. Manche behielten uns für mehrere Wochen und ich werde dir nicht im Einzelnen erzählen, wozu sie uns gezwungen haben. Und alles ging auf Rechnung von Pablo Escobar.

Als ich heranwuchs, wurde ich in die ›Sonderabteilung‹ verlegt. Eine luxuriöse Villa in der Nähe seiner berühmten Hacienda Nápoles am Ufer des Flusses Magdalena. Dort habe ich Pablo Escobar, den ›Drogenboss‹, kennengelernt. Ich war ein paar Mal mit ihm zusammen und habe ihn als einen liebenswürdigen Mann in Erinnerung, soweit man das in der Welt, die er regierte, überhaupt sein konnte. Zu dieser Zeit war er sehr in seine Geliebte Virginia Vallejo verliebt und wir Mädchen dienten nur als Zeitvertreib.

Eines Tages kam eine Gruppe Italiener zu Besuch, die sich amüsieren wollten, und ich wurde für einen sehr gut aussehenden Mann ausgesucht. Ich war mit ihm zwei Tage zusammen und wir kamen ins Gespräch. Er interessierte sich für mein Leben und wollte mich von diesem Ort wegholen. Nicht, um mit ihm zu leben, da er, wie er mir versicherte, verliebt war und keinerlei Verpflichtungen eingehen wollte. Meine Lage hatte ihn erbarmt und er wollte mir helfen.

Als der Chef davon erfuhr, sperrte man mich ein und ich fiel seinen Handlangern zum Opfer. Ich wollte sterben, Dante. Ich hatte nichts getan, aber ich habe den Fehler begangen, von dort weg zu wollen.«

»Wer war dieser Italiener?«, fragte ich und das Herz schlug mir bis zum Hals.

Irene senkte die Augen.

»Claudio Contini-Massera. Er war der gütigste Mensch, den ich je kennengelernt habe. Er hat dem größten Drogenboss die Stirn geboten. Ich weiß nicht, wie er es angestellt hat, aber beim letzten Mal, als er mit Pablo Escobar sprach, war ich dabei. Pablo hatte mich holen lassen und ich konnte die Angst in seinen Augen sehen. Dein Onkel sagte mit seiner weichen und entspannten Stimme: ›Ich hoffe, du überlegst es dir. Es ist nichts Persönliches‹. Er sagte das, als würde er sich mit einem guten Freund unterhalten. Pablo Escobar zuckte mit den Schultern und hob seine Arme, als könne man nichts mehr machen. ›Sie gehört dir. Ich werde ihnen sagen, sie sollen sie fertig machen.‹ Und das haben sie getan. Pablo ging und zwei seiner Handlanger brachten mich in das Bestrafungszimmer. Während mich einer von ihnen festhielt, setzte der andere ein Messer an und brachte mir von der Hüfte bis zum Po eine tiefe Schnittwunde bei. Ich glaube, ich habe geschrien, denn Claudio ist in das Zimmer gestürmt, und als er mich sah, wickelte er meinen nackten und blutverschmierten Körper in ein Bettuch ein und holte mich dort heraus, ohne dass ihn jemand daran gehindert hätte. Die Narbe war schlimmer, aber dank deines Onkels wurde ich von einem guten Chirurgen operiert. Trotzdem bleibe ich für immer gebrandmarkt. Ich kam in die Vereinigten Staaten, habe in einem Schönheitssalon gearbeitet, den ich mit dem Geld, das mir dein Onkel lieh und das ich zurückgezahlt habe, später kaufen konnte. Das Unternehmen, das ich jetzt habe, gehört in Wirklichkeit deinem Onkel Claudio, ich war seine Strohfrau. Genaugenommen wird das Geschäft dir gehören. Wie du siehst, habe ich nichts Schlimmes zu verbergen. Ich hätte nie etwas getan, womit ich ihm geschadet hätte, und dir noch weniger. Geschäftlich ist Claudios Tod für mich ein Problem, denn alle Dokumente des Geschäfts lauten auf meinen Namen und ich wusste nicht, wie ich es dir sagen sollte. Ich wollte nicht, dass du erfährst, dass ich … in deinen Onkel verliebt war.«

»Wie hast du Jorge Rodríguez kennengelernt?«

»Wir sind im selben Stadtviertel aufgewachsen. Er hatte Familie. Sie schickten ihn zur Schule und er war sehr fleißig. Als ich von Escobars Leuten rekrutiert wurde, versuchte Jorge alles, was möglich war, um mich zu retten. Aber was konnte er schon tun! Er war genauso jung wie ich. Eines Tages besuchte er mich und sagte, dass er die Universität besuchen würde und er würde eines Tages wiederkommen und mich holen. Aber das geschah nicht. Als ich nach New York kam, setzte ich mich mit seiner Familie in Kolumbien in Verbindung und machte ihn ausfindig. Einige Jahre später haben wir uns hier getroffen. Er war bereits verheiratet und ich hatte mein Leben. Dein Onkel Claudio hat ihn kennengelernt und war damit einverstanden, dass er sich um den finanziellen Teil des Blumengeschäfts kümmerte, das zu dieser Zeit bereits ein bedeutendes Unternehmen war.«

»Mein Onkel Claudio kannte Jorge Rodríguez?«

Mein Erstaunen war grenzenlos. Dadurch gewann die Angelegenheit einen ganz anderen Aspekt.

»Natürlich, sonst hätte er ihm nicht vertrauen können. Er hat uns sogar nach Rom eingeladen. Wir waren mehrmals dort. Aber Jorge reiste regelmäßig nach Rom. Bei einer dieser Gelegenheiten lernten wir die Büros der Firma kennen, das wunderschöne Haus, das er außerhalb von Rom hatte, die Villa Contini, und auch einen Priester, den er sehr zu mögen schien.«

»Wie hieß er?«

»Francesco. An den Nachnamen kann ich mich nicht erinnern. Dein Onkel sagte immer zu ihm: ›Francesco … Francesco …‹ und ich fand seinen italienischen Akzent witzig.«

»Hast du ihn noch mal wiedergesehen? Ich meine, den Priester.«

»Nein. Das war das einzige Mal, dass ich ihn gesehen habe. Später reiste ich nach Europa, um Urlaub zu machen. Ich war in Rom, aber nicht um deinen Onkel zu besuchen. Er war immer auf Reisen.«

»Kannst du mir die Adresse von Jorge Rodríguez geben?«

»Natürlich.«

Sie öffnete die Schublade des Nachttisches und holte ein Notizheft heraus. Darin notierte sie die Anschrift und gab mir das Blatt.

»Danke. Weißt du, ob Rodríguez mit dem Priester Francesco noch einmal Kontakt aufgenommen hat?«

»Nein, das weiß ich wirklich nicht. Aber warum sollten sie sich getroffen haben?«

»Das hätte ich eben gerne gewusst. Ich nehme an, es war die Idee meines Onkels, dass ich dich kennenlerne«, forschte ich nach.

»Er war mit dir immer sehr väterlich, Dante, das musst du zugeben. Er hat mir nur nahegelegt, dass ich ein Auge auf dich habe.«

»Ich nehme an, du warst eine Art Spion. Ich weiß nicht, warum ich das frage, wenn ich die Antwort bereits kenne.«

»Ich habe ihm immer Gutes von dir berichtet, Dante. Und ich musste nicht lügen.«

»Es scheint, dass Onkel Claudio eine falsche Vorstellung von mir gehabt hat.«

»Von mir hatte er sie nicht. Und die Wahrheit ist, Dante, dass ich dich immer für eine ausgezeichnete Person gehalten habe. Ich habe dich sogar geliebt, auch wenn ich nicht die richtige Frau für dich bin.«

»Was sagst du da!«

»Du gehörst zu einer anderen Welt, Dante. Und zu einer anderen Generation.«

Ich sagte nichts. Es wäre vergeblich und hohl gewesen. Ich wusste selbst nicht, welche Art von Frau gut für mich sein könnte. Aber ich wollte mich nicht in eine Frau verlieben, die mein Vater für mich ausgesucht und die offensichtlich ihn geliebt hatte. Ich weiß, dass ich ihm ähnlich sehe, vielleicht war es das, was ich für Irene bedeutete, ein Bild, das ihr angenehme Erinnerungen bescherte. In diesem Augenblick wusste ich, dass ich sie nicht lieben könnte. Trotzdem liebte ich sie noch ein letztes Mal und der Duft der Nelken blieb unauslöschlich in meinem Gedächtnis haften.

Jorge Rodríguez

Als ich herunterkam, sah ich Nelson, der auf mich wartete. Ich blickte auf meine Uhr: Drei Stunden und fünfzehn Minuten waren vergangen. Es ist unglaublich, was man in so kurzer Zeit alles machen kann.

»Ich habe die Adresse von Jorge Rodríguez. Ich glaube, es ist besser, wenn ich die Witwe besuche, glaubst du nicht?«

»Ich halte das für keine gute Idee. Sie stellen sich als der Freund einer Freundin vor. Ich werde als FBI-Agent auftreten, ich kann überzeugender sein.«

»Und wenn sie, anstatt zu kooperieren, eingeschüchtert ist?«

»Wenn Sie wollen, können Sie mich begleiten, damit die Sache etwas entspannter wird. Obwohl ich es nicht für zweckmäßig halte.«

»So ist es besser. Wir fahren morgen hin, heute ist es schon sehr spät.«

In dieser Nacht konnte ich nicht einschlafen. Was Irene heute mir gegenüber offenbart hatte, schwirrte mir noch im Kopf herum. Wenn ich für Onkel Claudio zuvor Liebe und Respekt empfunden hatte, so hatten sich diese Gefühle nun in tiefe Bewunderung verwandelt. Es war, als würde ich eine Schicht nach der anderen aufdecken und bei jeder Schicht auf seine Spur stoßen. Die Macht, die er besaß, war jedes Mal größer und ich fürchtete, dass ich noch längst nicht alles entdeckt hatte. Was könnte ein Mann wie er mit einem Drogenboss zu tun gehabt haben? Falls er etwas mit ihm zu tun gehabt hatte. Vielleicht waren es auch die Umstände, die ihn in die Mansión Rosada geführt hatten. Eine Einladung für eine Gruppe italienischer Geschäftsleute …, aber Irene war sehr deutlich: *Ich konnte die Angst in Pablo Escobars Augen sehen.* Er musste seine Gründe gehabt haben. Andererseits schien Onkel Claudio sich mit Vorliebe mit finsteren Gestalten eingelassen zu haben: Mengele, Merreck, Escobar, Caperotti selbst, der seinen mafiösen Charakter nicht verbergen konnte – und sage mir, mit wem du umgehst …

Erst am nächsten Morgen konnte ich mit Nicholas sprechen. Ich hatte schlecht geschlafen und alle Glieder taten mir weh. Mit Mühe stand ich auf und schleppte mich ins Bad. Als ich herauskam, saß er, herausgeputzt, als würde er trotz der frühen Stunde bereits ausgehen, in einem Sessel.

»Du warst bei Irene«, stellte er fest.

»Ich war bei Irene. Ja.«

»Wie ist sie?«

Seine Frage verwunderte mich, aber ich merkte sofort, dass er wirklich neugierig war. Wie ein Reporter war er erpicht darauf, Einzelheiten zu erfahren.

»Phänomenal. Leider werde ich sie nicht mehr sehen. Gut, vielleicht als Freundin, aber nicht mehr.«

»Hast du sie wegen der Narbe auf ihrem Po gefragt?«

»Und woher zum Teufel weißt du das?«

»Ich habe es im Manuskript gelesen, erinnerst du dich? Es gibt viele Einzelheiten, die in meinem Gedächtnis aufblitzen, vor allem diese hat meine Aufmerksamkeit geweckt.«

»Ja, ich habe sie gefragt.«

»Du brauchst es mir nicht zu erzählen, wenn du nicht willst. Es scheint, ich bin von einem Augenblick zum anderen zu einem Verdächtigen geworden«, sagte er, indem er auf unser Gespräch am Vortag anspielte.

»Entschuldige, Nicholas, das war nicht meine Absicht …, du hast recht. Ich bin ein wenig paranoid. Ich habe keinen Grund, dir zu misstrauen.«

»Unsere Abmachung war, dass ich deine Geschichte schreiben kann.«

»Ich weiß, ich weiß …, es ist alles so schwierig. Ich werde dir sagen, was ich von Irene erfahren habe. Was das andere angeht, vergiss es. Ich habe das Recht, es für mich zu behalten.«

»So toll war es?«, fragte er mit einem spöttischen Lächeln, das mich ärgerte.

»Besser, als du es je in deinem Leben erlebt hast. Da bin ich mir sicher«, revanchierte ich mich – und dann rückte ich mit allem heraus, was Irene mir gesagt hatte.

Die Veränderungen, die sich während meiner Schilderung auf Nicholas' Gesicht abzeichneten, machten ihn so transparent wie die Fensterscheiben meines Zimmers.

»Also werden wir jetzt die Frau von Rodríguez besuchen.«

»*Ich* werde mit Nelson gehen.«

»Keine gute Idee. Es gibt nichts, was mehr einschüchtert, als jemand wie Nelson. Als ich ihn das erste Mal sah, dachte ich, ich würde mir in die Hosen machen. Ich schwöre es dir.«

Ich lachte laut auf. Das hatte ich bereits vermutet und jetzt bestätigte er es mir.

»Ich finde das nicht lustig. Nelson mag zwar sehr gut ausgebildet sein, aber seine Anwesenheit ist furchterregend«, sagte Nicholas nachdrücklich. »Ich schlage vor, wir gehen, du und ich«, sagte er, den Zeigefinger abwechselnd auf uns gerichtet, »und Nelson wartet draußen. Das kann nützlich sein, vielleicht folgt man uns ja, oder wer weiß was. Es kann alles Mögliche passieren. Wir besuchen die Witwe in Vertretung von Claudio Contini-Massera, weil Rodríguez ein wichtiger Teil seiner Geschäfte war, bla, bla, bla …, und vielleicht erzählt sie ein wenig und sagt etwas, was uns als Faden dienen kann, der uns zum Knäuel führt.«

Ich musste zugeben, dass es keine schlechte Idee war. Und so haben wir es dann auch gemacht. Nelson zögerte am Anfang zwar noch etwas, aber dank Nicholas' bewährter Überzeugungskraft erklärte er sich bereit, zu warten und aufzupassen, für den Fall, dass der Mann, der mich vor ein paar Tagen verfolgt hatte, erneut auftauchte.

Rodríguez' Witwe war eine sehr junge Frau. Ihre südamerikanische Herkunft war offensichtlich, sowohl was ihr Verhalten anging als auch, obwohl ihr Englisch fließend war, die Art, wie sie sprach. Die beiden Kinder, ein Junge und ein Mädchen, klammerten sich an ihre Beine und wollten sich nicht von ihr trennen. Sie passten nicht in die Umgebung des Chalets, das sich in einem Vorort von New Jersey befand. Schließlich entschuldigte sich die Witwe und ging mit den Kindern ins Haus. Nach einigen Augenblicken kehrte sie alleine zurück.

»Entschuldigen Sie, dass wir ungelegen kommen, Frau Rodríguez, aber wir reisen heute Abend nach Italien ab«, *Nicholas erzählte immer die gleiche Geschichte,* »und als wir von Frau Irene Montoya vom Tod Ihres Mannes erfuhren, wollten wir vorbeikommen, um Ihnen unser Beileid auszusprechen.«

»Vielen Dank ... Sie haben mit Jorge gearbeitet, nehme ich an«, sagte sie zu Nicholas gewandt.

»Eigentlich nicht. Ihr Mann hat für Herrn Claudio Contini-Massera einige geschäftliche Angelegenheiten durchgeführt«, sagte Nicholas, indem er mit seinem Blick auf mich zeigte.

»Ach, Don Claudio. Jorge hat so oft von ihm gesprochen ...«

»Ich bin sein Neffe«, sagte ich. »Mein Onkel starb vor zwei Wochen und ich versuche, seine Angelegenheiten in die Hand zu nehmen.«

»Ich verstehe ... und danke Ihnen sehr für Ihre Liebenswürdigkeit.«

»Wir hätten gerne gewusst, ob Sie die Unterlagen Ihres Mannes aufbewahren. Wir brauchen ein paar Daten über einige unserer Aktienanteile, die er zum Zeitpunkt seines Todes verwaltet hat.«

»Wie seltsam. Genau vor zwei Tagen kam ein Herr. Er sagte, er würde die Interessen des verstorbenen Herrn Contini vertreten und hat eine ganze Weile Jorges Computer überprüft.«

Die Nachricht traf uns wie ein Schlag.

»Und Sie haben ihm erlaubt, dass er sich den Computer Ihres Mannes ansieht?«

»Ich habe mir nichts Böses dabei gedacht. Aber jetzt, da ich Sie sehe ..., vor allem Sie, Herr Dante. Sie sind das lebende Ebenbild Ihres Onkels ...«

»Sie haben ihn kennengelernt?«

»Nein, aber ich habe ein Foto, auf dem er zusammen mit meinem Mann ist. Kommen Sie bitte.«

Wir folgten ihr in ein kleines Büro. An einer Wand standen Holzregale voller Bücher, ein Schreibtisch und ein Computer. An der anderen Wand hingen Fotografien. Sie zeigte auf eine davon und wir sahen Irene, Onkel Claudio und Jorge Rodríguez. Endlich hatte er ein Gesicht.

»Darf ich?«, fragte Nicholas und setzte sich auf den Stuhl vor dem Computer.

»Natürlich.«

»Er funktioniert nicht«, sagte er nach einer Weile.

Er öffnete das Gehäuse der Maschine und stellte fest, dass die Festplatte fehlte.

»Es scheint, die Person, die hier war, hat die Festplatte herausgenommen.«

»Ich verstehe davon nichts. Ich kann den Computer nicht bedienen. Er sagte, er würde die Informationen, die er brauchte, mitnehmen und es schien mir in Ordnung zu sein. Wie ich Ihnen sagte, ich dachte, er käme in Vertretung des verstorbenen Herrn Contini. Diese Visitenkarte hat er mir hiergelassen.«

Es war eine von jenen, die Onkel Claudio benutzte. Ich nahm meinen Mut zusammen und sagte zu ihr:

»Frau Rodríguez. Wir haben erfahren, dass Ihr Mann überfahren wurde, aber dass es Hinweise gab, es könnte ein Mord gewesen sein.«

Zum ersten Mal sah ich Angst in ihren Augen.

»Auf keinen Fall. Es war ein Unfall. Der Fahrer ist geflüchtet, aber …«

Nicholas sah mich an und ich verstand die Nachricht. Ich verzichtete darauf, weitere Fragen zu stellen.

»Ich fürchte, Frau Rodríguez, dass das FBI kommen wird, um etwas mehr über den Tod Ihres Mannes zu erfahren. Wie Sie sich denken können, konnten wir die Angelegenheit nicht auf sich beruhen lassen. Es ist notwendig, dass sein Tod aufgeklärt wird, zumal es sich um eine Vertrauensperson von Herrn Contini handelt.«

»Ich kann Ihnen nicht mehr sagen. Ich sehe nicht, was man da herausfinden könnte …«

»Vielen Dank für Ihre Unterstützung, Frau Rodríguez. Ich möchte Ihnen nochmals mein Beileid für Ihren Verlust aussprechen.«

Nicholas hatte eine sehr interessante Art, sich von den Menschen zu verabschieden. Wir machten uns auf die Suche nach Nelson und erzählten ihm, was wir erfahren hatten.

Dann setzten wir uns in ein nahe gelegenes Café, von wo wir Rodríguez' Haus sehen konnten.

»In ein paar Stunden werde ich sie besuchen. Wenn ich sofort gehe, wird sie nicht glauben, dass ich vom FBI bin. Es wäre ein zu großer Zufall, wenn ich gleich nach Ihnen auftauchen würde. Sie hätten mir erlauben sollen, dass ich gehe«, sagte Nelson sichtlich verstimmt.

Wir mussten nicht lange warten, dann hielt ein Taxi vor ihrer Tür und ein Mann stieg aus. Er war etwa fünfzehn Minuten im Haus, kam heraus und der Wagen fuhr an uns vorbei. Nelson notierte das Kennzeichen und ich achtete auf den Fahrgast. Er sah wie ein Südamerikaner aus, vielleicht ein Verwandter der Witwe.

»Vielleicht ist es ihr Bruder. Sie sind sich sehr ähnlich«, bemerkte Nicholas.

Nelson rief einen Freund an und gab ihm das Kennzeichen des Taxis durch. Nach einigen Augenblicken des Wartens hatte er den Namen des Fahrers, des Taxiunternehmens, für das er arbeitete, und seine Anschrift.

»Ich komme gleich zurück.«

Er ging auf Rodríguez' Haus zu und bald sahen wir nur noch, wie sich sein Rücken beim Gehen im Takt bewegte.

»Was denkst du?«, fragte Nicholas, ohne Nelson aus den Augen zu lassen.

»Ich glaube, wir haben das gar nicht so schlecht gemacht. Zumindest wissen wir jetzt, dass es jemanden gibt, der an den Daten seines Computers interessiert ist. Hast du gemerkt, mit welcher Eindringlichkeit sie uns davon überzeugen wollte, dass der Tod ihres Mannes ein Unfall war?«

»Ja. Sie verbirgt ganz sicher etwas.«

Nach zehn Minuten und zwei Zigaretten von Nicholas kam Nelson zurück.

»Es ist wahrscheinlich, dass ihr Mann nicht tot ist«, war das Erste, was er sagte. »Und möglicherweise hat er selbst die Festplatte aus seinem Computer genommen.«

»Wann?«, fragte Nicholas.

»Bevor er sich für tot ausgegeben hat, natürlich«, sagte Nelson.

Ich musste lachen, als ich Nicholas' Gesicht sah.

»Die Sache ist so: Die Witwe Rodríguez hat nicht vor, in diesem Land zu bleiben. Sie sagt, sie möchte nach Kolumbien zurückkehren. Als ich ihr sagte, es erscheine mir seltsam, dass sie an einen so unsicheren Ort zurückkehren will, hat sie mir erklärt, mit dem, was sie hier verkauft, könne sie dort ein Geschäft eröffnen, um davon zu leben. Ich fand das merkwürdig, weil sie durch den Tod ihres Mannes nicht gerade mittellos ist. Als ich darauf hinwies, dass ihr Mann die amerikanische Staatsbürgerschaft hatte und die Regierung der Vereinigten Staaten in Zusammenarbeit mit Interpol auf Antrag von Dante Contini-Massera in jedem Land der Welt Ermittlungen durchführen kann, um zu untersuchen, ob der Tod ihres Mannes die Folge eines Verbrechens war, wurde sie nervös. Offenbar hatte sie das nicht erwartet. Um es zusammenzufassen: Meine Schlussfolgerung aus dem Gespräch war, dass Jorge Rodríguez etwas zu verbergen hat. Wie es scheint, wurde er von einer Person engagiert, die durch ihn an Sie herankommen will, Herr Contini. Ich habe sie gefragt, ob ihr der Name Francesco Martucci etwas sagt und ich glaube, sie hat zum ersten Mal aus Überzeugung geantwortet. ›Nein, überhaupt nicht‹, hat sie gesagt.«

»Wahrscheinlich hat er einen anderen Namen benutzt«, schlug Nicholas vor.

»Das habe ich auch gedacht. Deshalb werde ich ihr Telefon abhören lassen.«

»Wie willst du das anstellen?«

»Ich nicht. Das wäre unmöglich. Aber es gibt Wege, um das zu tun. Machen Sie sich darüber keine Gedanken, Herr Contini. In einigen Abteilungen des FBI habe ich noch immer gute Freunde. Es muss so schnell wie möglich gemacht werden, wer weiß, wann sie verschwindet.«

Nachdem er uns nach Hause gebracht hatte, fuhr Nelson los, um seinen Auftrag auszuführen. Ich beschloss, dass es Zeit war, Martuccis Anruf zu beantworten.

Der Austausch

»Abt Martucci, hier spricht Dante.«

»*Buongiorno, Signore*, ich freue mich, dass Sie anrufen. Ich war etwas besorgt wegen Ihrer plötzlichen Abreise nach New York. Haben Sie gefunden, was Sie suchten?«

»Nein, Martucci. Ich habe es nicht gefunden. Nicholas war keine große Hilfe. Alles, woran er sich bei dem unseligen Manuskript erinnerte, hat uns nur in die falschen Richtungen geführt«, log ich. »Wissen Sie, wie das Labor hieß, mit dem mein Onkel zusammengearbeitet hat?«

»Das ist das einzige Geheimnis, das Ihr Onkel Claudio für sich behalten hat. Ich habe ihn nie danach gefragt und er hat es mir nie gesagt.«

»Schade, wenn ich es wüsste, würde ich mit diesen Leuten sprechen.«

»Und was würden Sie damit erreichen?«

»Ich wüsste dann wenigstens, worum es sich bei den Forschungsarbeiten gehandelt hat und vielleicht könnte ich beweisen, dass all das lediglich ein Traum von Onkel Claudio war.«

»Ich glaube nicht, dass es ein Traum war, *carissimo amico mio*. Claudio hat dort viel Geld investiert, nur so lässt es sich erklären, dass er die Firma ruiniert hat.«

»Ich glaube, die Juden verfolgen mich. Was wissen Sie von ihnen?«

»Ich weiß, dass sie mit den Forschungsarbeiten, die Ihr Onkel Claudio finanziert hat, nicht einverstanden waren. Passen Sie bitte auf sich auf. Woher wissen Sie, dass sie Ihnen folgen?«

»Weil ich einen von ihnen an zwei verschiedenen Orten gesehen habe, immer in meiner Nähe. Ich nehme an, es waren Juden, man weiß ja nie.«

Das Schweigen am anderen Ende schien mir viel zu lange.

»Warum haben Sie mir nicht gesagt, dass Sie Irene kannten?«, fragte ich.

»Ich erinnere mich nicht, Ihnen gesagt zu haben, dass ich sie nicht kenne.«

»Das ist richtig. Und Sie kannten auch Jorge Rodríguez. Das ist der, durch den ich die zwei Millionen verloren habe. Ich verstehe nicht, wie Onkel Claudio sich von ihm betrügen lassen konnte.«

»Was meinen Sie damit?«

»Dass Rodríguez die Buchhaltung für Irenes Geschäft geführt hat, das wiederum Onkel Claudio gehörte. Als er mich betrog, war es daher so, als hätte er Claudio Contini-Massera selbst betrogen.« Ich spürte die Spannung, die am anderen Ende der Leitung entstand. »Ich werde ihn im Gefängnis besuchen und eine Erklärung von ihm verlangen«, fügte ich hinzu.

»Das würde ich Ihnen nicht raten, Dante.«

»Vielleicht, weil Sie wissen, dass er nicht im Gefängnis ist?«

»Ach, das meinen Sie …, gut, das war in Wirklichkeit nur wegen der dramatischen Wirkung, mein lieber Dante, für den Fall … Es ist egal, ob er im Gefängnis ist oder nicht. Die Sache ist nämlich die, dass Sie einer Person, die Sie nicht kannten, blind vertraut haben. Das ist eine Lektion, die Sie nicht vergessen werden.«

»Nein, Martucci. Ich versichere Ihnen, ich werde das nicht vergessen. Wissen Sie, wo ich ihn finden kann? Er scheint wie vom Erdboden verschluckt zu sein. Nicht einmal Irene weiß es«, log ich erneut.

»*Signore mio*, ich bin in Rom und Sie in Amerika, wie sollte ich das wissen? Ich habe diesen Mann einmal gesehen, als er in Begleitung von *Signora* Irene nach Rom kam und das ist schon lange her.«

»Ich werde weiter versuchen, diese verflixte Formel zu finden. Martucci, erinnern Sie sich an die Vereinbarung, die wir in der Villa Contini getroffen haben?«

»Natürlich.«

»Ich habe es mir überlegt. Sie hat keine Gültigkeit mehr.«

»Sie erlösen mich. Ich manipuliere nicht gerne andere.«

»Ich werde Sie auf dem Laufenden halte, Martucci.«

»Gott sei mit Ihnen, *Don* Dante.«

»Martucci: Ich habe Sie nie über meine Reise nach Amerika informiert. Wie haben Sie davon erfahren?«

»Durch Logik. Manchmal lasse ich meinen armen Verstand arbeiten, *Don* Dante.«

Als ich das Telefon auflegte, fühlte ich mich erleichtert. Diese Angelegenheit hatte mich beunruhigt. Unser Plan war, Nicholas wie einem Irren vorzugaukeln, ich würde ihm glauben, und das Manuskript in meinen Besitz zu bringen. Nicholas hatte das nicht verdient, und als ich mit Martucci die Vereinbarung getroffen hatte, kannte ich ihn noch nicht so gut.

Ich ging an der halb geöffneten Tür von Nicholas' Zimmer vorbei und konnte sehen, dass er vor seinem Laptop saß. Er schlug rabiat auf seine Tasten ein und ich schloss daraus, dass der Mangel an Ideen, von dem er in den letzten Tagen gesprochen hatte, vorbei war und freute mich für ihn. Mit seinem gekrümmten Rücken und seinem unordentlichen Haar schien er mir wie ein Musiker, der voller Inspiration grimmig in die Tasten seines Klaviers haut. Wie immer lag das leere Manuskript neben ihm, als warte es darauf, dass jemand es lesen würde. Ich wollte ihn nicht stören und ging in mein Zimmer. Ich musste alleine sein, über all das nachdenken, was in so wenigen Tagen geschehen war, und meine Gedanken ordnen. Auch wenn ich es nicht zugeben wollte, ich wartete voller Ungeduld auf John Merrecks Anruf. Ich nahm an, er war es gewohnt, wichtige Angelegenheiten zu behandeln und würde möglicherweise abwarten, bis ich den ersten Schritt tat. Was hätte Claudio Contini-Massera getan? Wahrscheinlich hätte er gewartet. An diesem Punkt konnte ich nicht umhin und musste mir die Frage stellen, die mir bereits seit Tagen durch den Kopf ging: Warum hatte mein Vater die Formel versteckt und sie nicht Merreck gegeben, damit dieser die Forschungsarbeiten fortsetzt?

Ich versuchte, mich an seine Stelle zu versetzen, was eine ziemlich schwierige Sache war. Aber mit ein wenig Anstrengung könnte man sagen, dass es mir fast gelang:

»Wenn ich Claudio Contini-Massera wäre und wie er eine enorme Menge Geld investiert hätte, dann hätte ich ein großes Interesse daran, die Forschungsarbeiten zu Ende zu bringen, die Mengele in einigen Notizen, die angeblich den Schlüssel zur Langlebigkeit enthielten, hinterlassen hatte. Wenn meine Krankheit unheilbar wäre und ich nach dem Tod von Mengele wüsste, dass diese Entdeckung mir nichts nützen würde, dann würde ich es zumindest zulassen, dass andere Wissenschaftler der verschiedenen Disziplinen die Welt zu einem besseren Ort machen und dass die Menschen die Wohltaten eines langen Lebens genießen. Andererseits habe ich einen Sohn, auch wenn er das nicht weiß, der mein Blut in seinen Adern hat ...«

Plötzlich erinnerte ich mich an die mysteriösen Worte Martuccis: ›Sie verstehen nicht. Ihr Vater ruht in Frieden, dank Ihnen.‹ Was meinte der Priester damit? War er etwa meinetwegen gestorben? Oder war er in Frieden gestorben, weil er wusste, dass ich mich um die Formel kümmern würde, die er hinterlassen hatte? Und warum hat er es nicht getan, warum hat er sie stattdessen versteckt? *Ihr Vater ruht in Frieden, dank Ihnen,* bedeutete mehr als all das. Da war ich mir sicher. Ich musste mit Martucci sprechen. Er hatte die Antwort. Das Problem war, er war zu einer wenig vertrauenswürdigen Person geworden. Dabei stützte ich mich aufgrund eines Fotos, das möglicherweise harmlos war und auf dem er zufällig neben Jorge Rodríguez stand, allerdings auf Annahmen.

Ich wählte noch einmal Martuccis Nummer und wartete ungeduldig darauf, dass er antwortete. Eins, zwei, drei und beim dritten Klingeln fühlte ich eine tiefe Erleichterung, als ich seine unverkennbare Stimme hörte.

»Ja, hallo?«

»Abt Martucci, es ist sehr wichtig, dass Sie mir eine Frage beantworten: Warum haben Sie an diesem Tag auf dem protestantischen Friedhof zu mir gesagt: ›Sie verstehen nicht. Ihr Vater ruht in Frieden, dank Ihnen‹?«

»Ihr Vater, *Cavaliere*, litt an einer unheilbaren Krankheit, die durch die radioaktive Belastung ausgelöst wurde, der er ausgesetzt war. Er entwickelte mit der Zeit Lymphdrüsenkrebs, aber er war ein kräftiger Mann und die Symptome erschienen erst spät. Mengele gelang es, mittels einer genetischen Behandlung die Krankheit aufzuhalten und Sie waren der Spender.«

»Wie hat er das gemacht?«

»Mit Ihrem Blut.«

»Ich verstehe.«

Die Antwort war einfacher, als ich erwartet hatte. Wir waren perfekt kompatibel. Das hatte ich vergessen.

»Danke, Martucci, und entschuldigen Sie die Störung.«

»Keine Sorge, Dante. Gott sei mit Ihnen.«

Mein Blut hatte also auf irgendeine Weise dazu beigetragen, das Leben meines Vaters zu verlängern. Ich verspürte eine tiefe Freude darüber, dass ich ihm helfen konnte. Dann kehrte ich zu meinen Überlegungen zurück:

»… Andererseits habe ich einen Sohn, auch wenn er das nicht weiß, der mein Blut in seinen Adern hat. Ich hinterlasse ihm als nachträgliches Vermächtnis die vollständigen Studien von Mengele, damit er die Entscheidung treffen kann, das Richtige zu tun.«

Na ja, diese Schlussfolgerung schien nicht allzu brillant zu sein. Im Großen und Ganzen war alles wie zuvor. Ich erinnerte mich daran, dass Onkel Claudio sagte: ›Wenn du ein Problem nicht lösen kannst, dann zerbrich dir nicht den Kopf darüber. Die Antwort kommt, wenn du es am wenigsten erwartest. Verschwende nicht deine Zeit damit, beschäftige dich mit anderen Dingen.‹ Und als ich mich gerade mit etwas anderem beschäftigen wollte, hörte ich, wie es leise an der Tür klopfte. Es war Pietro.

»Es möchte Sie ein Herr am Telefon sprechen. Er wollte seinen Namen nicht sagen. Werden Sie das Gespräch annehmen?«

Ich hatte eine Vorahnung, wer das sein konnte, und bejahte.

»Hallo?«

»Herr Contini, John Merreck hier. Ich werde mich kurz fassen. Könnten Sie die fehlenden Notizen bringen? Wie Sie verstehen werden, muss ich sie sehen, bevor ich mein Angebot einlöse.«

»Das scheint mir nur gerecht. Der Betrag ist, wie wir vereinbart haben?«

»Zwanzig Milliarden.«

»Und die Namen der jüdischen Anteilseigner?«

»Ich gebe Ihnen alle Daten.«

»Ich nehme den nächsten Flug.«

Wenige Worte für etwas von so großer Bedeutung. Neil Armstrongs Worte kamen mir in den Sinn, als er den Mond betrat. Vergeblich rief ich nach Nelson. *Wo zum Teufel steckte er?* Ich ging zu Nicholas' Zimmer. Es war verschlossen. Ich klopfte ein paar Mal an die Tür.

»Bitte, ich bin gerade an der interessantesten Stelle …«

Den Rest von dem, was er sagte, hörte ich nicht. Ich drehte mich um und schickte mich an, die Wohnung zu verlassen.

»Pietro, wenn du mit Nelson sprichst, sage ihm bitte, dass ich zur Bank gegangen bin und von dort nach Peoria.«

»*Signore*, es scheint mir nicht angebracht, dass Sie alleine reisen. Denken Sie an die Sicherheitsmaßnahmen.«

»Weißt du, Pietro? Ich glaube, wir sind alle etwas paranoid. Die Sache ist ganz einfach. Ich gehe, übergebe die Dokumente und habe dann mehr Geld als ich brauche, um die Schulden zu bezahlen.«

»Und Herr Nicholas?«

»Er schreibt gerade und ich möchte seine Inspiration nicht unterbrechen.«

Pietro sah mich verärgert an und ich verstand seine Sorge, aber ich fühlte mich sicher. Zum ersten Mal seit Langem hatte ich das Gefühl, das Heft fest in der Hand zu haben, und es hätte ohnehin keinen Sinn, dachte ich, wenn ich Nelson mitnehmen würde. ›Die Ranch‹ hatte extreme Sicherheitsmaßnahmen. Um gegen diese anzukommen, würde man eine Armee brauchen. Ich holte aus meinem Büro die Angaben, die ich brauchte. Merreck würde sicherlich eine Überweisung veranlassen.

»*Signore* Dante …, ich glaube, Sie sollten nicht alleine gehen«, beharrte Pietro.

»Pietro. Hör gut zu, was ich dir jetzt sagen werde: Man wird eine Überweisung in Höhe von zwanzig Milliarden Dollar auf dein Konto vornehmen. *Capisci?* Auf jeden Fall werde ich die Transaktion von dort überprüfen, ich habe den Zugangscode zu deinem Konto.«

»Ist gut, *Signore, va bene …*«, antwortete er resigniert.

»Auf alle Fälle möchte ich, dass du prüfst, ob die Überweisung ausgeführt wurde. Wenn ich mich nicht bei dir melde, dann sage Nelson, er soll Caperotti Bescheid geben.«

»Caperotti, *Signore*?«

»Ja. Caperotti.«

»Ist in Ordnung, *Signore* Dante. Ich werde tun, was Sie sagen.«

»Ach, fast habe ich es vergessen: Ich werde dich von Newark aus anrufen, um dir die Flugnummer durchzugeben.«

Ich hielt ein Taxi an, dann fuhr ich zur Bank und holte die Dokumente. In relativ kurzer Zeit war ich in Newark und wartete auf den nächsten Flug nach Peoria. Dann rief ich Merreck an, um ihm Bescheid zu geben, dass ich auf dem Weg zu ihm war. Das dicke Paket mit Mengeles Notizen und der Formel hielt ich fest unter meinem Arm geklemmt. Die Kopien hatte ich in meinem Arbeitszimmer gelassen, auch wenn sie wenig hilfreich sein würden; diejenigen, die das, was in ihnen stand, entziffern konnten, befanden sich in Roseville. Nachdem ich mit Pietro gesprochen hatte, rief ich vom Flughafen aus nochmals Nelson an. Sein Handy schien ausgeschaltet zu sein. Ich verwünschte diese Apparate; wenn man sie am meisten brauchte, funktionierten sie nicht. Für den Bruchteil einer Sekunde kam mir ein Gesicht im Wartesaal bekannt vor. Ein kleiner Junge lief an mir vorbei, und als ich versuchte, das Gesicht wiederzufinden, sah ich es nicht mehr. Ich erinnerte mich an Nelsons Ratschläge, erhob mich von meinem Platz und ging, ohne mir etwas anmerken zu lassen, zwischen den Menschen umher. Aber das Gesicht tauchte nicht mehr auf. Ich nahm an, dass eine Transaktion von dieser Tragweite, wie ich sie durchführen wollte, trotz der

Gelassenheit, die ich verspürte, für meinen Gemütszustand nicht ohne Folgen bleiben konnte.

Normalerweise sieht man auf Flughäfen Menschen mit Gepäck. Mit Ausnahme einiger weniger, die wie ich nur zu einem bestimmten Zweck reisten. Ich suchte zwischen den Reisenden und sah eine Person, die, ebenso wie ich, kein Gepäck mitführte. Obwohl er mir den Rücken zuwandte und eine Mütze der Yankees trug, erkannte ich ihn wieder. Ich ging direkt auf ihn zu.

»Ich weiß, dass Sie mir seit Tribeca folgen«, warf ich ihm kurzerhand an den Kopf.

Er zeigte sich nicht überrascht, auch wenn ich mir sicher war, dass er nicht damit gerechnet hatte, dass ich mich ihm nähern würde.

»Ich glaube, Sie irren sich.«

»Ich habe nicht viel Zeit, um mich mit Ihnen zu unterhalten. Wer schickt Sie?«

»Ich fürchte, Sie täuschen sich, Herr …«

Meine Geduld war langsam am Ende. Erst jetzt merkte ich, wie nervös ich war und es nervte mich, dass dieser Mann dachte, ich sei ein Schwachkopf.

»Sehen Sie, mein Leben könnte in Gefahr sein. Ich weiß nicht, wer Sie sind. Wenn man Sie aber geschickt hat, um einen Anschlag auf mich zu verüben, dann könnten Sie eine große Überraschung erleben.«

»Einen Anschlag auf Sie? Sie sollten dankbar sein, dass wir auf Sie aufpassen.«

»Wer?«

»Ich bin nicht befugt, Ihnen darauf eine Antwort zu geben.«

Ich neigte meinen Kopf zu ihm hinunter und näherte mich ihm, bis ich fast seine Nase berührte.

»Ich bin jetzt nicht zu Spielchen aufgelegt. Sagen Sie mir endlich, wer Sie schickt.«

Der Mann war einen Moment lang unschlüssig, aber etwas an meiner Entschlossenheit musste ihn überzeugt haben.

»Giordano Caperotti. Er hat *uns* geschickt. Er hat Sie beobachten lassen und denkt, Sie könnten in großer Gefahr sein.«

Er machte eine Handbewegung und wie aus dem Nichts tauchten drei Männer auf. Auf den ersten Blick sahen sie alle so durchschnittlich aus, dass ich nie auf sie geachtet hätte.

»Sagen Sie Ihrem Chef, dass mich in Peoria ein Hubschrauber abholt. Wir fliegen nach Roseville, zu einem Ort, der ›Die Ranch‹ genannt wird. Sie befindet sich 93 Kilometer von Peoria entfernt, zwischen Raritan und Smithshire. Nach außen sieht die Ranch wie ein ebenerdiges Farmhaus aus, das auf einem großen, einem golfplatzähnlichen Gelände liegt. Und versuchen Sie, sich mit Nelson unter dieser Nummer in Verbindung zu setzen.«

»Keine Sorge, Herr Contini-Massera, wir werden einen Hubschrauber mieten.«

»Falls ich in …«, ich sah auf meine Uhr, »… etwa vier Stunden nicht nach Peoria zurückkehre, dann tun Sie, was Sie tun müssen.«

»Notieren Sie sich meine Telefonnummer, Herr Contini-Massera.«

Ich gab seine Telefonnummer direkt auf meinem Handy ein. Dann nahm ich ein Taxi und sie folgten mir in einem angemessenen Abstand in einem anderen.

Alles lief wie beim letzten Mal ab. Ich erreichte das Gebäude der Merreck & Stallen Pharmaceutical Group und man brachte mich direkt zum Heliport. Zum Glück machte der Hubschrauber solch einen Lärm, dass ich mein Herz nicht spürte. Ich war dabei, einen Schritt zu tun, der zwei Ergebnisse zur Folge haben könnte: Entweder kam ich als sehr reicher Mann dort heraus oder wer weiß, was mir geschehen könnte. Und Letzteres begann ich zu ahnen, seit ich Caperottis Männern gegenüberstand.

Warum fürchteten Leute wie er um mein Leben? Allmählich dachte ich, dass es ein schwerwiegender Fehler von mir war, nicht direkt mit Caperotti zu sprechen. Gewiss, der Mann hatte mir nicht gefallen, aber der äußere Anschein war nicht alles. Manchmal sind die Menschen, von denen man es am wenigsten vermutet, am gefährlichsten. Inmitten einer Turbulenz, die den Hubschrauber erbeben ließ, dachte ich erneut an den Priester Martucci. Der Kopilot zeigte nach Westen, es kam ein Sturm auf. Man konnte die Feuchtigkeit in der Luft riechen. Ich sah nach unten und es hatte den Anschein, als wolle der Wind die Bäume samt ihrer Wurzeln ausreißen. Roseville ist ein Gebiet, in dem immer wieder schwere Stürme auftreten. Die enormen Ebenen sind nicht nur das Hauptanbaugebiet für Getreide der Vereinigten Staaten, sondern auch der Entstehungsort einer großen Anzahl von Tornados, die gegen Ende des Herbstes auftreten. Meine Stimmung entsprach dem Wetter. Ich hatte das Gefühl, mein Leben sei mitten in einen Tornado geraten, der sich jeden Augenblick wieder auflösen könnte. Schließlich sichtete ich das nach außen hin prekäre Farmhaus, das diesen Sturm jedoch mit Sicherheit schadlos überstehen würde, und setzte mein Vertrauen auf die Fähigkeiten des Piloten, dass dieser geschickt genug wäre, um ohne Zwischenfälle zu landen.

Kurz darauf befand ich mich auf dem Weg zum Metalldetektor und all dem Drumherum der Ranch. Zehn Stockwerke weiter unten bemerkte niemand etwas von Stürmen und Tornados. Es war eine andere Welt und das war es wirklich.

John Merreck begrüßte mich ebenso freundlich wie beim ersten Mal und versuchte, nicht zu offensichtlich auf den dicken Umschlag zu sehen, den ich bei mir trug.

»Lieber Herr Contini, man hat mir gesagt, das Wetter sei schrecklich.«

Ich würde den wichtigsten Tausch meines Lebens machen und der Kerl sprach vom Wetter.

»Glücklicherweise haben Sie sehr gute Piloten.«

»Nehmen Sie doch bitte Platz. Ich sehe, Sie bringen die Unterlagen. Wenn Sie gestatten?« Als er meine Unentschlossenheit sah, fügte er hinzu: »Sie nur anzusehen, würde mir nichts nützen, lieber Freund. Wir haben eine Abmachung getroffen und ich pflege meine Versprechen einzuhalten.«

Ich reichte ihm den Umschlag und er öffnete den dicken Einband, nahm die Papiere heraus und richtete seine Aufmerksamkeit vor allem auf ein paar Seiten, die von einer Büroklammer zusammengehalten wurden. Es schien, dass er wusste, wonach er suchte. Er begann die Zeichen zu lesen, die für mich unverständliche Gleichungen waren, und während seine Augen aufmerksam die Aufzeichnungen überflogen, machten sich auf seinen Gesichtszügen zunehmend Anzeichen von Ungläubigkeit breit. Als die Falte zwischen seinen Augenbrauen tiefer wurde, begann ich, mir Sorgen zu machen. Darauf war ich nicht vorbereitet. Ich dachte, die Angelegenheit würde nach der Tit-for-Tat-Strategie Zug um Zug abgewickelt.

Vermutlich war mein Gesicht inzwischen zu einem einzigen Fragezeichen geworden. Merreck hob den Blick und musterte mich, als wäre ich ein Versuchskaninchen.

»Wissen Sie, was hier steht?«, fragte er, wobei er die Blätter auf seinen Schreibtisch legte und auf sie zeigte.

»Mehr oder weniger«, antwortete ich.

Ich musste ihm sicherlich wie jemand vorkommen, der geistig zurückgeblieben war. Ich weiß. Warum war ich ohne Nicholas gekommen? Ich vermisste seine Fähigkeit, schnell zu denken, seine Überzeugungskraft, seine …

»Und ich nehme an, Sie sind bereit, das einzuhalten.«

»Was einhalten? Ich habe die Dokumente mitgebracht und Sie veranlassen die Überweisung. Das war die Abmachung.«

»Ich fürchte, Herr Contini, da gibt es noch etwas. Ohne Ihre bedingungslose Mitwirkung können wir die Forschungsarbeiten überhaupt nicht durchführen. Ihre physische Teilnahme ist notwendig, verstehen Sie, was ich sage?«

»Meinen Sie, man wird an mir eine Organtransplantation vornehmen oder etwas in dieser Art? Wenn das so ist, dann gibt es keine Abmachung.«

Ich stand auf und streckte die Hand aus, um die Dokumente wieder an mich zu nehmen.

»Nein, es handelt sich nicht um Organtransplantationen, beruhigen Sie sich. Herr Claudio Contini-Massera hat mit Josef Mengele zusammengearbeitet. Hier, im Labor. Er kam bei mehreren Gelegenheiten und sie haben zusammen viele Stunden verbracht. Soweit ich weiß, verstärkte die Behandlung, die er gegen seinen Krebs erhielt, sein jugendliches Aussehen. Das war für uns der Beweis dafür, dass Mengeles Arbeit in dieser Richtung erfolgreich war. In diesen Dokumenten heißt es, dass dies durch die gegenseitigen Bluttransfusionen mit seinem Neffen Dante Contini-Massera erreicht wurde. Das heißt, Sie haben sein gereinigtes Blut erhalten und er das Ihre. Die perfekte Symbiose, zusammen mit den Larreazellen, die er erhielt. Sie, mein lieber Dante, besitzen die Langlebigkeit, die wir so lange gesucht haben. Aber es fehlen noch zwei Dinge, damit Ihr Zustand von Dauer ist: Die hier beschriebene Formel kann nur wirksam werden, wenn sie der Strahlung eines künstlichen Isotops ausgesetzt wird, das über einzigartige Eigenschaften verfügt. Es gibt keine andere Möglichkeit, ihre wichtigsten Komponenten zu aktivieren. Kurz und gut: Es ist der perfekte Katalysator, den Ihr Onkel Ihnen sicherlich hinterlassen hat. Ein Isotop, das laut dieser Notizen eine Halbwertszeit von dreißig Milliarden Jahren hat.«

»Ich vermute, ich muss Ihnen dieses Isotop übergeben. Und was das andere betrifft?«

»Das wäre lediglich eine einfache Blutspende, gerade so viel, um die Forschungsarbeiten wieder aufzunehmen, und dass Sie zur Verfügung stehen, wenn wir Sie brauchen«, sagte Merreck.

Manchmal hatte ich eine gute Intuition und dieser sechste Sinn, den man eher dem weiblichen Geschlecht zuschreibt, meldete sich in mir zu Wort. Hinter Merrecks so leicht dahin gesagten Worten ahnte ich etwas, was mir nicht geheuer war.

»Dann werde ich also mit dem fehlenden ›Bestandteil‹ zurückkehren müssen. Die Sache ist nur, ich weiß nicht, wo ich suchen soll.«

»Die Bestandteile. Es gibt eine flüssige Mischung, die sich in einer hermetisch verschlossenen Kapsel befindet. Wir brauchen sie, um die genauen Mengen zu erforschen.«

Die Euphorie, die ich noch wenige Augenblicke zuvor gespürt hatte, war verflogen. Ich hatte den Eindruck, Merreck erging es ebenso. Plötzlich fühlte ich mich müde, mutlos und am Rande eines Zusammenbruchs.

Ich wandte mich dem Ausgang zu und Merreck, der an meiner Seite stand, versuchte mir Mut zu machen.

»Ich schlage Ihnen vor, Sie überlegen, welcher Ort sehr sicher sein könnte. Das Element, von dem wir sprechen, ist radioaktiv.«

Als ich dieses Wort hörte, wusste ich sofort, wo ich es finden konnte. Die Schatulle. Ich nahm die Papiere, die auf dem Schreibtisch lagen, und steckte sie wieder in den dicken Umschlag.

»Vielleicht kann ich es herbringen«, bestätigte ich.

Ich versuchte, meine Worte nicht zu überzeugend klingen zu lassen, aber es war genug, damit Merrecks Augen wieder zu glänzen begannen.

»Ich vertraue darauf.«

Ich verabschiedete mich an der Aufzugtür und fuhr, wie jemand, der der Unterwelt entsteigt, wieder zur Oberfläche. Als ich oben war, musste ich warten, bis der Sturm abklang. Es war bereits dunkel geworden und noch immer gab es vereinzelte Windböen. Dann merkte ich, wie mein Telefon vibrierte.

»Nelson, wo hast du denn gesteckt?«

»Ich habe das mit dem Taxifahrer recherchiert und die Anrufe von Rodriguez' Haus zurückverfolgt, erinnern Sie sich? Es tut mir leid, aber mein Handy hatte keinen Strom mehr. Sonst habe ich immer einen Ersatzakku dabei, aber dieses Mal nicht. Sie hätten nicht ohne mich reisen dürfen. Ich bin eine Stunde, nachdem Sie abgereist sind, zurückgekommen. Warum haben Sie nicht auf mich gewartet?«

»Ist ja gut«, unterbrach ich ihn ungeduldig. »Wir unterhalten uns bei meiner Rückkehr. Sag Pietro, er braucht Caperotti nicht anzurufen. Ich weiß nicht, um wie viel Uhr ich zu Hause sein werde, das hängt davon ab, wann ich einen Flug bekomme.«

Ich rief Ángelo, den Mann von Caperotti, an.

»Hier Contini-Massera. Es ist alles in Ordnung. Sobald der Hubschrauber starten kann, kehre ich zum Flughafen zurück. Wir haben hier schlechtes Wetter.«

»Sind Sie in Sicherheit?«

Wie sollte ich nicht in Sicherheit sein? Der Himmel hatte sich verfinstert und der Wind blies mir heftig ins Gesicht. Jedenfalls bemühte ich mich, Ruhe zu bewahren.

»*Tranquillo, sono io, tutto va bene, ha capito?*«

Ich versuchte, einen Ton anzuschlagen, den ich so oft von meinem Vater gehört hatte.

»Va bene, *Signore* Dante. Aber wir glauben, dass die Leute, die Ihnen auf der Spur sind, gefährlich sein können.«

»Herr Merreck hat kein Interesse daran, mich umzubringen, Ángelo. Er hätte nichts davon«, sagte ich völlig überzeugt.

»Es ist nicht er, vor dem wir uns in Acht nehmen müssen. Ich rate Ihnen, den Hubschrauber gründlich untersuchen zu lassen, bevor Sie einsteigen. Oder besser noch, Sie warten, bis wir Sie abholen. *Signore* Caperotti ist der Auffassung, dass einige Juden darin verwickelt sein könnten.«

Ich war wie versteinert. Natürlich wartete ich. Caperottis Männer holten mich ab und brachten mich nach Peoria. Dort nahmen wir den Rückflug nach New York und beteten, dass dem Flugzeug nichts passierte. Aber zumindest wusste ich jetzt, wer bei mir war. Ich habe diese Reise als eine der schlimmsten meines Lebens in Erinnerung. Während des Fluges befand ich mich zwischen Himmel und Hölle; inmitten der Widrigkeiten, denen ich ausgesetzt war, konnte ich zum ersten Mal klar denken. Mein Vater wollte die Forschungsarbeiten nicht fortsetzen. Nicht, weil er ohnehin sterben würde: Er tat es, weil er wusste, dass ich unausweichlich an sie gebunden sein würde und er wollte mich nicht zu einem Versuchskaninchen machen. Trotzdem blieb mir keine andere Wahl. Oder doch?

Das Manuskript

Die Worte schienen wie ein unaufhaltsamer Sturzbach hervorzusprudeln, Seite für Seite. Nicholas rekonstruierte, was er im Manuskript gelesen hatte. Die Arbeit nahm ihn so in Anspruch, dass er nicht essen, trinken oder gar eine Pause machen konnte. Während er sah, wie die Geschichte an Form gewann, staunte er über den Taumel, der ihn in jeder Minute dieser Stunden, die er nun schon vor dem Computer verbrachte, ergriffen hatte. Diesmal war er entschlossen, nicht der Müdigkeit oder der Erschöpfung nachzugeben und sein Körper, als würde er verstehen, dass er sich größte Mühe geben musste, kam diesem Wunsch ohne Anzeichen von Entkräftung nach.

Pietro wagte nicht, ihn zu unterbrechen. Er wusste nicht, was in dem Zimmer vor sich ging, aber er vermutete, dass dort etwas im Begriff war, zu entstehen. An einsame Stunden gewöhnt, hielt er an seiner Routine fest, die ihm während der Zeit in diesem seltsamen Land eine Gefährtin geworden war – diesem Land, in dem er durch die Wechselfälle des Schicksals als ›Aufpasser‹ des Sohns seines ihm unvergessenen Patrons gelandet war. Der junge Dante war ihm ein Rätsel. Er war es immer gewesen. Er schien an keinen bestimmten Ort zu gehören und vielleicht lag es daran, weil Claudio Contini-Massera nie den Mut aufgebracht hatte, ihm die Wahrheit zu sagen. Früher oder später würde er es ohnehin erfahren, hatte Pietro gedacht, und auf eine Weise, wie man es sich am wenigsten gewünscht hätte, und so war es dann auch. Als sein Vater bereits im Grab ruhte. Nelsons Anruf, der ihm sagte, er brauche sich nicht mit Caperotti in Verbindung zu setzen, hatte ihn beruhigt. Dem jungen Dante schien es gut zu gehen und wahrscheinlich kehrte er jeden Augenblick von Peoria zurück. Er setzte sich in die Küche und zog ein Päckchen Zigaretten heraus, das er für Notfälle in einer Schublade versteckte. Sicherlich wäre er erstaunt, würde er ihn rauchen sehen, aber in solchen Augenblicken verlangte es ihn danach. Eine Zigarette ab und zu würde ihm nicht schaden. Zum Teufel noch mal. Zufrieden betrachtete er seine schwarzen Reeboks, während er den Rauch ausstieß, der seine Lungen durchströmte.

Nicholas las den letzten Teil, den er geschrieben hatte. Dann fiel ihm ein, einen Blick in das unbeugsame Manuskript zu werfen, das offen zu seiner Linken lag, so, als wartete es nur darauf, dass seine Seiten jederzeit wieder zum Leben erweckt würden. Als er sich erneut seiner Tastatur zuwandte, wanderte sein Blick wieder zum Manuskript. Da waren sie. Die Buchstaben waren da, der Roman. *Konnte das wirklich wahr sein? Oder spielte ihm seine Einbildung einen schlechten Streich?* Er stieß einen Schrei aus, der durch die ganze Wohnung hallte. Das Manuskript in Händen begann er fieberhaft das, was sich zugetragen hatte, zu lesen. Es war, als spiegelten sich sein und Dantes Leben in diesen Seiten wider. Er ging zu dem Moment, in dem er sich gerade befand, und las überrascht, dass Dante in Roseville war und im Wartesaal des Flughafens darauf wartete, dass ein Sturm abflaute, um nach

New York zurückzukehren. Es war also nicht nur die Formel, sondern auch die Schatulle. Und wer sonst als Martucci konnte die Schatulle haben? Aber sein Staunen kannte keine Grenzen, als er las, dass er, Nicholas, es später war, der mit Martucci eine Abmachung schloss und sich auf die Suche nach der Schatulle machte. Er, Nicholas, war der Judas. Er konnte es nicht glauben. Er suchte weiter vorne und fand nichts. Wenn er nach Capri fahren musste, wie es im Manuskript stand, dann war das so und er musste seinen Teil erfüllen. Aber er würde seinen Freund nicht verraten, er würde schon eine Möglichkeit finden.

Pietro hörte einen Schrei und war alarmiert. Er kam aus einem der Zimmer. Es konnte nur das von Nicholas gewesen sein. Er hatte Angst hineinzugehen, der junge Mann schien nicht recht bei Trost zu sein. Während er überlegte, was er tun sollte, tat er einen Zug an der Zigarette. Nelson war noch immer nicht zurück.

Die Küchentür öffnete sich und Nicholas kam, das Manuskript in der Hand, mit glänzenden und blutunterlaufenen Augen in die Küche gestürmt.

Pietro hatte keine Zeit, die Zigarette auszudrücken, und Nicholas wies mit der Hand darauf.

»Gib mir auch eine, Pietro, ich habe den ganzen Nachmittag über nicht geraucht. Ich brauche die Telefonnummer von Martucci.«

Pietro reichte ihm die Schachtel. Nicholas zog eine Zigarette heraus und Pietro gab ihm Feuer, wobei er es vermied, sich seine Nervosität anmerken zu lassen.

»Wozu wollen Sie Martucci anrufen?«

»Ich muss es tun. Sieh doch.«

Er zeigte ihm das Manuskript. Dasselbe, das er so oft aufgeschlagen und ohne eine Zeile darin gesehen hatte. Es hatte den Anschein, als wären die Druckzeichen immer schon so klar und deutlich dagewesen wie jetzt.

»Ich muss Martucci ein Geschäft vorschlagen, auf das er im Grunde wartet. Er wird wollen, dass ich es bin, der Merreck das Angebot macht. Er weiß nicht, dass ohne Dante die Forschungsarbeiten unmöglich durchgeführt werden können. Er hat die Schatulle und wird sie mir geben. Sobald ich sie Merreck ausgehändigt habe, wird Martucci viel Geld erhalten und die Möglichkeit haben, sich der Behandlung zur Verlängerung seines Lebens zu unterziehen, ebenso wie Carlota, die Mutter von Dante. Ewiges Leben, viel Geld und Liebe, was können sie mehr verlangen? Zumindest ist das sein Plan. Aber es ist notwendig, dass ich gehe.«

»Aber warum muss das so sein? Könnte nicht der junge Herr Dante mit Martucci sprechen? Ich bin sicher, er hätte nichts dagegen …«

»Weil es hier so geschrieben steht, Pietro. Und ich glaube daran. Du wirst denken, ich bin verrückt, aber ich glaube daran.«

»Nein, verrückt sind Sie nicht. Ich lese es ebenfalls. Es ist das gleiche Manuskript, nicht wahr? Diese seltsame Farbe der Ringbindung würde ich überall wiedererkennen. Außerdem, nach dem, was Sie mir erzählt haben, könnte es wahr sein.«

»Also, gibst du mir Martuccis Telefonnummer?«

»Werden Sie den jungen Herrn Dante hintergehen?«

»Nein! Ich will die Schatulle nur, um sie ihm zu geben. Ich werde Martucci ein Schnippchen schlagen. Du glaubst mir doch, Pietro?«, fragte Nicholas, während er sich mit seinem Gesicht dem alten Butler näherte. »Sieh mich an, Pietro, sieh mich an: Ich lüge dich nicht an.«

Pietro sah ihm prüfend in die Augen.

»Ja, Herr Nicholas, ich glaube Ihnen. Ich habe die Nummer in meinem Notizbuch. Begleiten Sie mich.«

Sie gingen in Pietros Zimmer und kurz darauf wählte Nicholas die Nummer.

»Francesco Martucci? Hier spricht Nicholas Blohm.«

Nach einem kurzen Schweigen reagierte Martucci.

»Welchem Umstand verdanke ich Ihren Anruf? Ist *Signore* Dante etwas zugestoßen?«

»Nein, keineswegs. Er ist in Peoria. Er will die Formel gegen eine bedeutende Summe Geld übergeben.«

»Also hat er die verflixte Formel endlich bekommen ... Es freut mich, das zu hören.«

»Aber wie Sie und ich wissen, reicht das nicht. Es fehlt der Inhalt der Schatulle.«

»Das wusste ich nicht, Herr Blohm, wirklich. Ich würde ohnehin erwarten, dass Dante selbst die Schatulle von mir erbittet. Ich habe seinem Onkel ein Versprechen gegeben und ich gedenke, es zu halten.«

»Herr Martucci, ich glaube, wir sollten mit offenen Karten spielen. Wir wissen beide, was wir wollen. Die Sache ist, und Sie wissen es, dass Dante bei dieser Verhandlung nicht von der Partie ist. Ich habe eine Kopie der Dokumente und was ich brauche, ist der Inhalt der Schatulle. Sie könnten in einigen Stunden Besitzer von etwa zehn Milliarden Dollar sein, was meinen Sie? Geben Sie mir nur die Nummer Ihres Girokontos und das Geld wird Ihnen überwiesen. Außerdem haben Sie die Möglichkeit, sich einer Behandlung für die Verlängerung des Lebens und zur Verjüngung zu unterziehen, das gilt auch für die Person, die Sie am meisten lieben.«

Nicholas konnte Francesco Martuccis erregten Atem am anderen Ende der Leitung spüren. Er wusste, er würde annehmen. Es war das, was er sich immer gewünscht hatte.

»Woher weiß ich, dass das alles kein Schwindel ist?«

»Sie werden mir vertrauen müssen.«

Stille. Eine Ewigkeit. Endlich sprach Martucci.

»Was würden Sie dabei gewinnen?«

»Mein Gewinn ist sichergestellt, machen Sie sich da keine Sorgen.«

Schließlich, nach einigen Augenblicken der Unentschlossenheit, kam in die andere Seite der Leitung wieder Leben.

»Also gut. Hören Sie zu: Nehmen Sie einen Flug nach Neapel, zum Flughafen Capodichino. Dann nehmen Sie die Fähre zur Insel Capri und fahren nach Anacapri zur Kirche San Michele. Ich werde dort sein.«

»Wie werden Sie mich erkennen?«

»Ich werde Sie erkennen, *Signore* Nicholas.«

Pietro beobachtete Nicholas mit unbestimmtem Blick, während er zusah, wie dieser eifrig Martuccis Anweisungen auf ein Stück Papier notierte, ohne dabei das Manuskript loszulassen.

»Herr Nicholas. Ich weiß, wie wichtig das alles für *Signore* Dante ist. Erlauben Sie mir, Ihnen zu helfen.«

Er ging hinaus und kam wenig später mit einem Bündel Geldscheine zurück.

»Bitte nehmen Sie das. Ich weiß, Sie werden es brauchen.«

»Danke, Pietro. Ich werde unverzüglich nach Neapel abreisen. Ich werde es dir bei meiner Rückkehr zurückgeben.«

»Darum wird sich *Signore* Dante kümmern. Ich denke immer noch, es wäre besser, Sie würden auf ihn warten …«

»Nein, Pietro, lies, lies das Manuskript. Hier steht alles geschrieben. Ich bin es, der das ausführen muss.«

»Ist gut, Herr Nicholas, ich glaube Ihnen. Erlauben Sie mir wenigstens, Ihnen etwas zu essen zu machen. Sie haben den ganzen Tag über kaum etwas gegessen.«

Nicholas hatte Hunger, aber durch das Adrenalin in seinem Körper merkte er es nicht. Er machte eine Geste des Zugeständnisses und sie gingen in die Küche. Mit atemberaubender Geschwindigkeit zauberte Pietro einen Caprese-Auflauf auf den Tisch, den er vor Kurzem zubereitet hatte und den Nicholas in Minutenschnelle verschlang. Unter den wachsamen Blicken des alten Dieners trank er dazu ein Glas Rotwein.

»Du hast recht, Pietro, jetzt fühle ich mich besser. Höre bitte jetzt gut zu: Auf Capri werde ich eine Schatulle erhalten, deren Inhalt radioaktiv ist. Ich werde sie nicht in die Vereinigten Staaten bringen können, man würde sie am Flughafen beschlagnahmen. Ich werde deshalb in Neapel einen Wagen mieten und direkt nach Rom in die Villa Contini fahren. Bitte ruf dort an, damit man mich empfängt.«

»Herr Nicholas. Nehmen Sie wenigstens Handgepäck mit. Jemand, der ohne Gepäck reist, kann verdächtig wirken und wir wollen doch nicht, dass Sie Schwierigkeiten bekommen, nicht wahr? Ich werde Ihnen den kleinen Koffer bringen, den *Signore* Dante für jede Eventualität immer reisefertig hat. Ich glaube, Sie haben die gleiche Größe. Sie werden darin alles finden, was Sie brauchen.«

»Nein, nein, Pietro, das ist kein Problem. Ich habe das hier bei mir«, er zeigte auf seine schwarze Lederjacke und das Manuskript, »das ist genug. Ich hätte sonst keine Hand frei, um die Schatulle zu nehmen. Außerdem, was sollte ich in einer Kathedrale mit einem Koffer machen? Ich muss jetzt gehen. Bitte erkläre Dante alles. Ich werde das Ticket im Flughafen kaufen. Sage ihm, er soll nach Rom reisen und in der Villa Contini auf mich warten!«, rief er als letzte Anweisung, während sich die Aufzugtür bereits schloss.

Flughafen Newark
21. November 1999

Während er auf dem Flughafen wartete, suchte Nicholas im Manuskript die Stelle, an der er mit dem Lesen aufgehört hatte, als es gelöscht wurde. Aus Erfahrung wusste er, dass er die Gelegenheit, es in seinen Händen zu halten, nicht einen Augenblick ungenutzt lassen durfte. Schließlich fand er das Kapitel 13:

KAPITEL 13

Roseville, Peoria
Josef Mengele, 1992

Claudio Contini-Massera beobachtete besorgt Josef Mengeles verkrampftes Gesicht. Nachdem der hektische Hustenanfall nachgelassen hatte, sah Josef Mengele aus, als könne er kaum atmen. Er fragte sich, was aus ihm werden würde, wenn das eintritt, was unvermeidbar schien. Mengele, der sich die Hände soeben gründlich gewaschen hatte, betätigte mit dem Fuß eine in der Wand eingelassene Vorrichtung und warf das Papierhandtuch weg.

»Mir bleibt nicht mehr viel Zeit, lieber Claudio, und es ist noch so viel zu tun!«

»Ich fürchte, wir müssen anfangen, im Plural zu denken, Doktor Mengele.«

»Es ist schade, glauben Sie nicht? Nach so viel Mühe enden wir im Grab, wie alle. Aber ich muss Sie um einen besonderen Gefallen bitten: Ich möchte eingeäschert werden.«

Für einen Moment lebte in ihm sein Aufenthalt in Auschwitz wieder auf und sein Geruchssinn nahm den ätzenden Gestank der Krematorien wahr. Ein Geruch, für den die Mischung aus Formol und Chlor charakteristisch war und der sich nur schwer mit einem anderen verwechseln lässt. *Wer hätte gedacht, dass er ebenso wie hunderte Unglückliche enden würde, die er ins Krematorium geschickt hatte?* Und er *motu proprio* es tun würde. Er zuckte mit den Schultern. Letzten Endes glaubten alle, er sei seit Langem tot.

»Es wird so gemacht, wie Sie sagen, aber ich glaube, es ist noch zu früh, um davon zu sprechen.«

»Es lässt sich nicht verhindern. Unsere Körper haben zu viel Strahlung erhalten. Wäre dem nicht so, dann wären Sie der lebende Beweis dafür, dass meine Theorie richtig war. Obwohl Sie so jung aussehen, wie Ihr Körper es tatsächlich auch ist, Claudio, fürchte ich, die Krebszellen in Ihrem Körper haben sich der wunderbaren Wirkung der Langlebigkeit bemächtigt. Kurzum: Sie, die einzigen unsterblichen Zellen, wurden gestärkt.«

»Was ist mit den anderen Personen geschehen?«

»Sie sind einer nach dem anderen erstaunlich schnell gestorben. Der Letzte innerhalb von drei Tagen. Sein Körper war voller Pusteln, die Krankheit zeigt sich in jeder ihrer Formen auf eine unerwartete Weise. Es ist großartig, dass in Ihrem Fall das Verhalten dieser Zellen so lokalisiert und bis zu einem gewissen Punkt daher kontrolliert erfolgt ist, aber die Inokulationen der Zygoten zeigen keine Wirkung mehr. Ihr Körper wird allmählich schwächer werden und ich fürchte, nach meinem Tod kann Ihre Behandlung nicht mehr fortgeführt werden.«

»Was wird mit meinem Sohn geschehen?«

»Das wird sich zeigen. Die Inokulation der Formel während der ersten Etappen seines Lebens scheint eine sehr vorteilhafte Wirkung gehabt zu haben. Sie haben viele Gene gemeinsam, nur die Zeit wird es zeigen. Die Schöpfung arbeitet sehr langsam, im Gegensatz zur Zerstörung«, philosophierte Mengele. »Zu seiner Sicherheit darf niemand erfahren, dass er diese wunderbaren Eigenschaften besitzt.«

»Die wenigen Personen, die wissen, dass er mein Sohn ist, kennen unser Experiment nicht.«

»Gut ... gut ... und so muss es bleiben. Wenn sie die Forschungsarbeiten fortführen wollen, dann sollen sie sich auch anstrengen, meinen Sie nicht?«, schlug Mengele vor und zeigte dabei seine gelben Zähne. »Sie haben schon genug beigetragen. Sie müssen das Isotop, mit dem wir die Verbindung katalysieren, von hier fortbringen. Auch die Verbindung. Ich habe sie in einer versiegelten Kapsel aufbewahrt, aber wie Sie wissen, ist der Inhalt hochradioaktiv.«

»Noch mehr Schaden können sie mir nicht zufügen.«

»Doch, das können sie. Aber bevor ich sie Ihnen übergebe, werde ich sie ›verpacken‹. Die Sache ist die, Sie müssen sie mitnehmen, ohne dass jemand Verdacht schöpft.«

»Ich glaube, das wird kein Problem sein. Ich darf Sie erinnern, ich bin einer der Hauptaktionäre.«

»Und wenn sich Ihr Sohn dafür entscheidet, das Experiment fortzusetzen?«

»Das wird von ihm abhängen. Nach meinem Tod wird er seine eigenen Entscheidungen treffen müssen.«

Mengele setzte sich auf den Stuhl hinter dem Schreibtisch und schloss die Augen halb. Sein Gesicht nahm, wie das bei angenehmen Erinnerungen häufig der Fall ist, einen sanften Ausdruck an.

»Es scheint, als wäre es heute gewesen ..., ich erinnere mich an den Tag, an dem ich während des Dritten Reichs meine Ernennung als Assistent am Institut für Erbbiologie und Rassenhygiene der Universität Frankfurt erhalten habe. Ich wurde Mitglied im Team eines der wichtigsten Genetiker: Professor Otmar Freiherr von Verschuer. Er interessierte sich besonders für die Zwillinge. Er war es, der mich nach Auschwitz schickte und ich übermittelte ihm die Ergebnisse meiner Studien. Eines Tages ließ er mir ein künstliches Isotop zukommen, das sie in einem Geheimlabor entwickelt hatten, das der Erforschung der Atomphysik und der Nuklearfusion diente. Ein Isotop, das für sie zur Vorbereitung der Atombombe keinen Nutzen hatte. Sie musterten es aus und schickten es Doktor von Verschuer. Als das Regime kurz vor dem Ende stand, gaben sie den Befehl, das Geheimlabor zu zerstören und nebenbei haben sie die Wissenschaftler getötet, damit diese nicht den Feinden in die Hände fielen. Mit Ausnahme des Isotops, das ich in Armenien versteckt habe, blieben weder Spuren darüber, wie sie es erhalten haben, noch irgendwelche Proben. Zu dieser Zeit hatte ich zu den Eigenschaften dieses außerordentlichen Elements bereits Versuche durchgeführt: An den Zellen, die seiner Strahlung ausgesetzt wurden, zeigten sich außergewöhnliche Veränderungen. Ich bewahrte es an einem sicheren Ort auf und hoffte, es eines Tages zurückholen zu können, um meine Studien fortzusetzen: ein Isotop mit fast übernatürlichen Eigenschaften, das als Katalysator wirkt, wenn die Formel für eine bestimmte Zeit seiner Strahlung ausgesetzt wird.«

»Und ich habe es gefunden.«

»So ist es. Ich bin Ihnen für diese letzten Jahre meines Lebens dankbar, Claudio.«

Claudio wusste nicht, was er sagen sollte. Ein ›gern geschehen‹ schien ihm unbrauchbar. All das war so bedeutsam, dass einige höfliche Worte zu wenig waren. Aber er verstand, der Alte erwartete, dass er diese Worte sagte.

»Gern geschehen, Doktor Mengele.«

Dieser nickte zufrieden und richtete seine ganze Aufmerksamkeit auf seine Pfeife, um den Glanz in seinen Augen zu verbergen.

»Manchmal brauchen wir sehr lange, bis wir verstehen, was das Richtige ist«, sagte er mit leiser Stimme.

Anacapri, Insel Capri, Italien
22. November 1999

Die nächsten Seiten des Manuskripts kannte Nicholas bereits, denn er hatte es erlebt. Ab dem Zeitpunkt seiner Ankunft in Anacapri war das Manuskript leer. Nachdem er eine Weile gegrübelt hatte, nahm er an, die Zeilen würden in dem Maße, in dem die Ereignisse eintreten würden, wieder erscheinen. Vielleicht müsste er das Ende aber auch selbst schreiben.

Er war erschöpft und schlief die meiste Zeit während des Flugs, das Manuskript und ein kleines Kissen, das ihm die Stewardess angeboten hatte, fest unter dem Arm an sich gedrückt. Nach seiner Ankunft am Flughafen Capodichino nahm er ein Taxi, das ihn zur Schifffahrtsgesellschaft Navigazione Libera del Golfo brachte, gerade noch rechtzeitig, um die nächste Fähre zur Insel Capri zu nehmen. Kurze Zeit später ging er im Hafen Marina Grande von Bord; ein Taxi brachte ihn zur Piazza Vittoria de Anacapri. Er kam an der ›Casa Rossa‹, einem Gebäude aus dem 19. Jahrhundert mit einer auffallend roten Fassade, vorbei und erreichte die Kirche San Michele.

Er hatte erwartet, Martucci sei bereits da, aber als er ankam und sich auf eine der langen Bänke vor dem Hauptaltar setzte, war von ihm keine Spur zu sehen. Nach zwei Stunden ging er hinaus und setzte sich in eines der Straßencafés. Er fühlte sich irgendwie betrogen. Er war über siebentausend Kilometer gereist, um sich mit ihm zu treffen und es ärgerte ihn, dass der Priester, der in Rom lebte, nicht pünktlich zur Verabredung kam. Er trank einen Kaffee und rauchte ein paar Zigaretten, bevor er in die Kathedrale zurückkehrte. Während er auf der Kirchenbank saß und im Manuskript blätterte, machte sich in ihm allmählich Besorgnis breit. Nach dem, was dort geschrieben stand, würden sie sich hier treffen. Etwas anderes gab es nicht. Aber was, wenn dem nicht so wäre? Er versuchte, den Zweifel und die Unsicherheit vor sich zu verbergen, als würde es ihn mit Scham erfüllen, sollte das Manuskript sein mangelndes Vertrauen bemerken. Als er bereits glaubte, Martucci würde nicht erscheinen, spürte er eine Hand auf seiner Schulter. Eine leichte Berührung, wie um ihm zu sagen: ›Jetzt bin ich da.‹ Martucci setzte sich neben ihn und sah auf das Bündel, das Nicholas in seinen Händen hielt.

»Ist das das Manuskript?«

»Was wissen Sie darüber?«

»Dass es leer war.«

»Es ist immer noch leer. Ich habe es aus Gewohnheit bei mir«, erklärte Nicholas, ohne richtig zu verstehen, warum er log.

»Entschuldigen Sie die Verspätung. Ich musste noch ein paar Dinge erledigen, bevor ich herkam.«

Nicholas warf zum ersten Mal einen Blick auf Martuccis Äußeres. Eine dunkelbraune Jacke aus weichem Stoff über einem Polohemd aus schwarzer Baumwolle, eine farblich darauf abgestimmte Hose und bequeme Sportschuhe mit Gummisohlen. Eine wirkliche Offenbarung. Er hatte angenommen, ihn in einer Soutane zu sehen; wer weiß, wie oft er ihn bereits vorbeigehen gesehen hat, ohne ihn zu erkennen.

Martucci bemerkte seine Verwunderung und erklärte:

»Ich wollte keine Aufmerksamkeit erregen. An einen Priester in Begleitung eines Laien erinnert man sich leicht.« Für Nicholas waren diese Worte etwas rätselhaft, denn *wen würde das interessieren?*, dachte er. »Wir müssen aufbrechen, *Signore* Nicholas. Wir haben noch ein Stück Weg vor uns, wir gehen zum Monte Solaro. Dort gibt es an einer günstig gelegenen Stelle ein kleines Haus.«

Sie gingen bis zur Straße Axel Munte. Dort begannen sie über einen langen und schmalen Pfad, der sie bis zum Gipfel führte, den Aufstieg. Während des Weges, den sie in bequemen Schritten zurücklegten, sprach Martucci nicht. Ab und zu zog er ein makellos weißes Taschentuch hervor, trocknete sich sorgsam den Schweiß von der Stirn und aus dem Gesicht oder er blieb kurz stehen, bevor sie ihren Aufstieg fortsetzten. Nicholas atmete genüsslich den Duft ein, der in der Umgebung lag, und Martucci lächelte.

»Das ist *erba cetra*, eine Melissenart, ihren Duft findet man überall auf dem Berg.« Er blieb einen Augenblick stehen und zeigte in eine Richtung. »Auf der anderen Seite ist die Einsiedelei von Cetrella, ich würde Sie gerne hinführen, aber ich fürchte, meine Kräfte reichen nicht aus. Dort steht das kleine Kreuz, La Crocetta.«

Er zeigte mit ausgestrecktem Arm auf eine kleine Grotte, in der sich eine Marienstatue befand. Dann bekreuzigte er sich und sie folgten weiter dem Pfad, der von der Vegetation dicht bewachsen und kaum zu erkennen war.

Sie hielten sich rechts und gingen den Berg hinauf. Nach etwa fünfzehn Minuten, als es bereits zu dämmern begann, gelangten sie auf ein hohes Vorgebirge mit einem spektakulären Felsvorsprung. Von dort konnte man das Meer, die kleinen weißen Häuser von Anacapri, die märchenhaften Hotels an der Küste und die Schiffe sehen. Nicholas betrachtete begeistert die Landschaft. Selten hatte er so eine Gelegenheit gehabt. Manhattan war nicht gerade ein Ort, der sich durch seine Hügel auszeichnete. Aber er erinnerte sich, dass man vom Empire State Building einen ähnlichen Eindruck hatte. Sie stiegen die in den Fels gehauenen steilen Stufen hinab, bis sie zu einem kleinen, aus Stein gemauertem Haus gelangten, das vor ihnen erschien. Martucci holte einige Schlüssel heraus und öffnete die schwere Tür. Sie betraten einen Raum, dessen Möbel mit Stoffen bedeckt waren, die einmal weiß gewesen sein mussten und jetzt von einer dicken Staubschicht bedeckt waren und grau aussahen. Francesco Martucci schloss die Tür und zündete eine alte Kerosinlampe an. Er zog die Abdecktücher von zwei Sesseln und bot, während er sich setzte, Nicholas einen Platz an. Er war sichtlich erschöpft.

»Bitte berühren Sie nichts«, warnte ihn Martucci.

»In Ordnung.«

Nicholas setzte sich und hob die Hände, wobei er für einen Moment das Manuskript losließ, das auf seinen Knien lag.

»Sie fragen sich sicherlich, was wir hier tun.« Nicholas nickte. »Claudio fand keinen besseren Ort als diesen, um die Schatulle aufzubewahren. Weit weg von allem und von allen. Hier gibt es keine Diebstähle. Es bestand keine Gefahr, dass jemand eindringt, um etwas mitzunehmen. Das war sein kleiner Zufluchtsort, er kam früher mit …« Ohne den Satz zu Ende zu sprechen, erhob er sich aus seinem Sessel und ging zu einer schmalen Tür. »Warten Sie einen Augenblick.« Er hantierte mit den Schlüsseln und wählte schließlich einen, mit dem er das Schloss der schmalen Tür öffnete. Er ging in den Raum und kehrte mit einem Bündel zurück. »Sie ist mit einem speziellen Bezug abgedeckt. Die Schatulle ist in Wirklichkeit ein Sicherheitskasten mit einer doppelten Abdeckung. Das Material des Bezugs lässt ebenfalls keine Radioaktivität durchdringen, es ist dasselbe Material, wie es für Schutzanzüge verwendet wird und wie ein Rucksack gefertigt, um die Schatulle besser tragen zu können.«

Er stellte das Bündel auf einem der abgedeckten Möbel ab.

»Da ist also die berühmte Schatulle …«, sagte Nicholas mehr zu sich selbst, wobei er an das dachte, was er so oft im Manuskript gelesen hatte.

»Ja. Und jetzt gehört sie ganz Ihnen. Sie können sie mitnehmen und geben, wem Sie wollen.«

»Merreck, natürlich.«

»Oder Dante Contini-Massera.«

Nicholas sah prüfend Martuccis markante Gesichtszüge an. Im Licht der Lampe glich sein Gesicht dem einer Statue aus Granit.

»Geben Sie mir eine Kontonummer, auf die ich die Überweisung ausstellen kann.«

»Lassen wir die Farce, Herr Nicholas. Wir beide wissen, dass hier alles zu Ende ist. Ich werde damit aufhören. Es lohnt sich nicht …, es lohnt sich wirklich nicht.«

»Ich verstehe nicht, wir hatten am Telefon besprochen …«

»Sie haben genau im richtigen Moment angerufen. Nehmen Sie die Kiste und machen Sie damit, was Sie wollen. Ich werde mich nicht länger verstellen. Es hat keinen Sinn. Verstehen Sie denn nicht? Ein ganzes Leben voller Betrug war genug, jetzt kann ich nicht mehr.« Er seufzte und sah ihn mit seinen seltsamen Augen an, er schien nur aus ihnen zu bestehen. »Ich werde Ihnen etwas sagen, was ich Dante nicht erzählt habe. Ich hatte nie den Mut dazu. Mein ganzes Leben lang war ich in seine Mutter Carlota verliebt, obwohl mein Freund Claudio, der fast mein Bruder war, sie ebenfalls liebte. Der Gedanke, dass sie ihn nie wirklich geliebt hat, tröstete mich. In Wirklichkeit weiß ich nicht, wen sie geliebt hat, wenn sie überhaupt jemanden geliebt hat. Alles wäre so geblieben, denn der Mensch ist nicht Herr seiner Gefühle, man verliebt sich und Punkt, aber Carlota war keine Frau für nur einen Mann. Ihre letzte Affäre war mehr als nur ein Seitensprung. Eine Freundin von Claudio, Irene Montoya, kam in Begleitung eines gewissen Jorge Rodríguez nach Rom. Ein Mann ohne Skrupel. Genau an dem Tag, als die Kolumbianer in der Villa Contini waren, tauchte unvorhergesehen Carlota auf. Jorge Rodríguez hatte es Carlota sofort angetan. Sie kennen Carlota nicht. Mit ihren sechsundvierzig Jahren, die man ihr nicht ansieht, ist sie noch immer eine junge Frau und zu jener Zeit war sie natürlich noch jünger. Aber sie hat ein Problem: Sie ist zu leidenschaftlich, obwohl ich heute glaube, es ist vielleicht ein gesundheitliches Problem. Ich glaube nicht, dass irgendein normaler Mann sie verkraftet. Ich denke, der frühe Tod ihres Ehemanns Bruno war genau darauf zurückzuführen. Jorge Rodríguez und Carlota schliefen bei mehreren Gelegenheiten miteinander. Ich weiß, dass er sich mehrmals in Rom aufhielt und sie sich trafen. Claudio ahnte nicht, dass sie sich verstanden und ich glaube, es wäre ihm egal gewesen, denn er hatte seit geraumer Zeit mit Carlota keine Beziehung mehr, trotzdem, ich …, gut, Sie wissen ja, Herr Nicholas, wie die Liebe ist. Sie ist mein Leben. Eines Tages, vor etwa sechs Monaten, rief mich Carlota an und meinte, sie müsse mir etwas sagen. Rodríguez erpresste sie und verlangte viel Geld von ihr. *Disgraziato figlio di zoccola!* Er hatte in dem Hotel, in dem sie sich das letzte Mal getroffen hatten, Kameras installiert und alles aufgezeichnet.« Martuccis Stimme versagte. Man merkte ihm an, wie unangenehm es ihm war, zu sprechen, aber er fuhr fort: »Ach, Herr Nicholas! Sie können sich nicht vorstellen, welche Obszönitäten sie vollführten! Ich glaube nicht, dass selbst in den übelsten Pornofilmen jemand in der Lage wäre, solche Ungeheuerlichkeiten zu inszenieren … Anfangs hielt ich mich an das, was mir Carlota erzählt hatte, aber dann erhielt ich von Rodríguez selbst eine Kopie des Videos und ich habe es mit eigenen Augen gesehen. Er drohte, damit an die Öffentlichkeit zu gehen. Sein Hauptmotiv war Rache.«

»Rache? Etwa wegen der zwei Millionen, die Dante durch ihn verloren hatte und die sich Claudio zurückholte?«

»Genau, Herr Nicholas. Claudio hatte seine Methoden und dem Kolumbianer blieb nichts anderes übrig, als ihm das Geld zu geben. Aber Rodríguez wusste, dass Claudio Carlota liebte und die Erpressung war an ihn gerichtet. Allerdings war ich es dann, der sich mit Rodríguez in Verbindung setzte, nachdem Carlota mit der Geschichte ankam.«

»Ist es möglich, dass Irene es wusste und Rodríguez gegenüber erwähnt hat? Frauen haben einen sechsten Sinn dafür, in wen ein Mann verliebt sein könnte.«

»Ich habe nicht darüber nachgedacht, wie er es erfahren hat. Auf jeden Fall hat er ins Schwarze getroffen, als er ihn erpressen wollte, denn Claudio hätte jede Summe bezahlt, damit das Video nicht an die Öffentlichkeit gelangt.«

»Also ... warum haben Sie es nicht ihm überlassen, sich um alles zu kümmern? Vielleicht hätte er eine Lösung gefunden.«

»Oh, *Signore* Nicholas ... Claudio, mein Freund, mein Bruder, war krank und lag im Bett. Ich liebte die Frau seines Lebens und diese Lüge lastete auf meinem Gewissen. Ich wollte um keinen Preis, dass er es erfährt und ebenso litt wie ich, wenn er sie so sieht.«

»Ich verstehe. Sie sind ein feiner Kerl, Martucci.«

»Ich bin ein Mörder. Und ein Lügner. Bevor das alles passierte, hatte ich mit Carlota geplant, uns die Formel und die Dokumente anzueignen und das Geschäft mit Merreck auf eigene Rechnung zu machen. Ja, ich wusste alles. Das Einzige, was ich nicht wusste, war, wo Claudio die Formel versteckt hatte. Jetzt verstehe ich, dass er alles, was ich geplant habe, immer geahnt hat. Was für eine Schande! Er wusste es!«

Ich war sprachlos. Zu was Dantes Mutter fähig war, übertraf bei Weitem, was man sich vorstellen konnte. Ich versuchte zu rechtfertigen, was nicht zu rechtfertigen war.

»Wie können Sie sich da so sicher sein?«

»Er hat es mir gesagt, bevor er starb: ›Ich hätte es mit dir geteilt, Francesco, du hättest ewig leben und Carlota lieben können.‹ In diesem Augenblick habe ich alles bereut, aber danach hat sie sich wieder meiner Seele bemächtigt und ich habe mit unseren Plänen weitergemacht.«

»Ich bezweifle nicht, dass Sie Claudio sehr geliebt haben, Martucci, sonst hätten Sie ihm das mit Carlota nicht verschwiegen«, versuchte ich ihn zu trösten, obwohl sich der Mann vor meinen Augen immer mehr in eine Art Marionette verwandelte, mit dem diese Frau machte, was sie wollte. »Zumindest haben Sie ihm ihren Anblick auf dem Video erspart«, fügte ich hinzu.

»Ich hasse Rodríguez. Ein vulgärer Betrüger, es war ihm nicht genug, den Sohn auszunehmen, er nutzte auch noch die Mutter aus. Er stellte immer häufiger Forderungen und da wurde mir klar, es gab keine andere Möglichkeit, als ihn zu beseitigen. Vielleicht sah ich in ihm mein Spiegelbild, *Santa Madonna*! Wie viele Gedanken gingen mir im Kopf herum! Aber dieser Mensch war sehr gefährlich. Gleich zweimal hatte er zwei kolumbianische Auftragsmörder angeheuert, um einen Mordanschlag auf Claudio zu verüben und mich einzuschüchtern. Ich wusste, sie kamen von ihm, aber ich konnte nichts sagen. Also beschloss ich, die Angelegenheit selbst in die Hände zu nehmen und ihn zu töten. Und das habe ich getan. Claudio hatte mit Irene telefoniert, ich wusste daher, Rodríguez würde nach Kolumbien reisen. Mit ein paar Freunden, denen ich vertraue, flog ich dorthin.«

»Nicht zufällig mit Caperottis Leuten?«

»Doch. Es hat keinen Sinn mehr, es zu leugnen. Giordano war immer ein Mann, der Claudio absolut treu war. Ich habe mich an ihn gewandt, weil mir nichts anderes übrig blieb, und ihn gebeten, Claudio nichts zu sagen. Er verstand die Situation und half mir. Claudio war todkrank und wir wollten ihn nicht noch mehr belasten. Sie können sich nicht vorstellen, wie weit der Ehrgeiz und die Verdorbenheit dieser Frau reichen, Herr Nicholas. Sollten Sie eines Tages so einer Frau begegnen, meiden Sie sie wie den Teufel! Ich habe aus der Abtei Geld genommen und musste es zurückgeben, ich wurde zum Mörder und mein Leben ist zu einer Hölle geworden. Caperottis Männer haben Rodríguez zum Reden gebracht. Er ging mit ihnen zur Bank und holte dort das Video ab. Sie beseitigten alle Beweise und die Kopien, die sich möglicherweise noch auf seinen Computern befanden. Danach, als er sich bereits in Sicherheit glaubte, habe ich ihn mit einem Lieferwagen überfahren. Ich wollte das selbst erledigen.«

»Es waren also nicht die jüdischen Aktionäre, die auf Claudios Leben einen Anschlag verübt haben.«

»Nein, Herr Nicholas. Claudio sagte einmal, er hätte sie in Verdacht. Ich wollte die Sache geheimnisvoller machen, indem ich sie mit den Juden in Verbindung brachte. In Wahrheit befürchtete ich, Dante wäre in Gefahr, aber nicht wegen der Juden, die sich jetzt wer weiß wo befinden. Es war wegen der Männer von Jorge Rodríguez. Ich nahm an, sie würden nach Claudios Tod nicht stillhalten und möglicherweise glauben, sie könnten aus Dante etwas herausholen, indem sie ihn beispielsweise entführen und Lösegeld kassieren. Aber Rodríguez gehörte keiner bestimmten Bande an, er beauftragte einfach Auftragsmörder. Sollte also jemand Dante gefolgt sein, dann sind es wahrscheinlich Caperottis Leute, die er nicht kennt und die genaugenommen auf ihn aufpassen.«

Er stand auf und nahm das Bündel. Nicholas erhob sich aus dem Sessel und verließ nach ihm das Haus. Martucci ging nochmals zurück und legte die Abdecktücher wieder genauso über die Sessel, wie sie vorher gewesen waren. Er nahm das Bündel mit der Schatulle und ging hinaus. Sein Rücken war nun nicht mehr aufrecht wie zuvor, sondern gebückt, als hätte sich binnen weniger Sekunden das gesamte Gewicht der Schuld auf ihn gelegt. Der Wind war stärker geworden. Der Priester wandte sich ihm zu. Seine asketische Gestalt sah beeindruckend aus. Seine dunklen Augen, seine vom Wind zerzausten Haare verliehen ihm eine fast übernatürliche Erscheinung und dennoch, in seinem Blick konnte man eine tiefe Traurigkeit erkennen. Hinter ihm das Meer, der Himmel und die unruhigen Wolken, als würden sie einen Sturm ankündigen.

»Haben Sie sich schon einmal verliebt, Herr Blohm?«

Die Frage traf ihn unvorbereitet.

»In welcher Hinsicht?«

»Es gibt nur eine Art zu lieben.«

»Ja, natürlich habe ich mich verliebt.«

»Dann wissen Sie, dass uns dieses Gefühl in jeder Minute, in jeder Sekunde unserer Existenz begleitet. Es gibt keinen Augenblick, in dem man das, was man tut, nicht dieser Liebe wegen tut und die Gedanken fliegen durch den Äther, um sich in der Seele der Frau niederzulassen, die es dort, weit entfernt, gibt. Dabei ist es gleich, wo sie sich befindet, wer sie ist und auch, ob sie Sie liebt. Sie ist da und das ist genug.«

»So haben Sie geliebt?«

»›Geliebt‹ ist die Zeit der Vergangenheit. Ich liebe auf diese Weise. Leider konnte ich dieses Gefühl nie mit jemandem teilen, am wenigsten mit ihr, dem Gegenstand meiner Liebe. Sie würde es einfach nicht verstehen, so wie ich nicht verstehen kann, warum ich auf diese Weise liebe. Seit ich sie zum ersten Mal sah, wusste ich, dass ich ihr Sklave sein würde und für sie zu allem fähig wäre. Wahrscheinlich wissen Sie nicht, was man fühlt, wenn man die Frau seiner Träume vor seinen Augen Wirklichkeit werden sieht. Ihr weicher Körper, weiß wie Elfenbein, ihr zarter weiblicher Duft, ihr Lächeln, das inständig danach verlangt, ich möge meine Lippen auf den ihren ruhen lassen und sie vergöttern, und wenn mein Körper sich dem ihren nähert und erzittert bei dem Gedanken, sie zu berühren, wenigstens für einen flüchtigen Augenblick die Illusion zu haben, sie zu besitzen und sie glücklich zu machen. Ach! Sie wissen ja nicht!« Francesco Martucci hatte seinen Blick auf mich gerichtet, aber er sah mich nicht. Er sprach zu sich selbst und schien die dicken Tränen, die sich in seinen Augen zeigten und mühsam über seine gegerbte Haut rannen, nicht zu bemerken. »Carlota ist eine Frau, die auf dieser Welt einzigartig ist, und auch wenn sie denkt, sie liebt mich, sie war nie völlig die Meine. Ich aber weiß, es sind Worte, Illusionen, vorübergehende Gefühle, die zu einem großen Teil mit dem Mitleid einhergehen, das sie bewegt, wenn sie mich sieht. Denn *chi sono io? Appena uno disgraziato sono!* Ich könnte ihr nie geben, was sie verdient, sie mit alldem umgeben, woran sie gewöhnt ist. Ich bin nicht so vornehm wie Claudio, auch nicht so leidenschaftlich wie Bruno. Ich habe nur diesen Schmerz, den ich in meiner Brust trage und der mich verletzt, wie eine Wunde, die mich innerlich zerfrisst, die mich nicht atmen lässt ... Herr Nicholas: Ich werde ihr auch nicht die Jugend schenken können, die ihr, wie sie sagt, entrinnt, denn ich bringe es nicht fertig, diese Ungeheuerlichkeit zu Ende zu führen ... Ich habe diese Schatulle versteckt, in der Absicht, eines Tages Nutzen aus ihr zu ziehen, aber ich kann nicht, ich kann nicht so weit gehen. Ich weiß, sie wird mich hassen, sie wird mich nie wieder sehen wollen, und das ist eine Wahrheit, der ich nicht ins Gesicht blicken kann, Herr Nicholas. Ich kann nicht leben, ohne die Gewissheit, dass ich sie wiedersehen kann und sie mich belügt und mir sagt, dass sie mich liebt. Dieses Mal nicht. Aber es ist nicht mehr wichtig. Nehmen Sie. Nehmen Sie die Schatulle und gehen Sie mit Gott. Wenn sich ein anderer versündigen muss, dann soll er es tun. Ich habe in diesem Leben bereits genug bezahlt, und wenn mich für das, was ich tun werde, die Hölle erwartet, dann soll es so sein. *Oh, femmina che vendesse come mercanzia mai potrà essere buona!* Ich habe meinen geliebten Freund Claudio verraten, aber als er die Augen schloss, wurde mir klar, dass er alles gewusst hatte. Immer! Wie hätte ich all das Dante sagen sollen, seinem Sohn? Wie sollte er seine Mutter verstehen? Wenn selbst Claudio ihm nie sagen wollte, dass er sein Vater war, um seine Ehre zu retten! Welche Ehre? Ach, *Signore* Dante, *ma l'amore è sempre il massimo sentimento, ed io la ho voluta così.* Gott stehe mir bei!«

Als der Mönch die Hände ausstreckte und ihm die Schatulle hinhielt, stand er am Rand der Klippe. Einen Augenblick lang fürchtete er, es könnte eine Falle sein. Der Mönch hielt die Schatulle für einen kurzen Moment fest, als bereue er es, bevor er sie ihm übergab. Er zitterte so sehr, dass er seine zuckenden Bewegungen spüren konnte. Dann machte der Mönch eine ruckartige Bewegung, ließ die Schatulle los und stürzte sich in die Tiefe. Kein Schrei war zu hören. Einen Augenblick später nur ein dumpfes Geräusch, begleitet von einem durch die Entfernung gedämpften Prasseln. Entsetzt beugte er sich über den Abgrund, und obwohl es bereits dunkel war, konnte er auf dem silbergrauen Felsen ein unförmiges Bündel sehen. Tiefes Mitgefühl überkam ihn, eine Mischung aus Mitleid, unendlichem Schmerz und Dankbarkeit. In seinen Händen hielt er, was er gesucht hatte. Durch das dicke Gewebe des Rucksacks spürte er die Metallleisten im Holz. Er wandte sich um und entfernte sich mit großen Schritten: Das Unheil hatte seinen Lauf genommen und ließ sich nicht mehr ungeschehen machen. Der kalte Wind peitschte ihm ins Gesicht, und obwohl es noch nicht zu regnen begonnen hatte, spürte er die Nässe. Er unterdrückte ein Schluchzen und eilte, das Bündel schützend unter seiner Lederjacke verborgen, den langen Weg zurück, der ihn zur Piazza führen würde. Er sah auf die Leuchtziffern seiner Uhr: Es blieb ihm gerade noch genug Zeit, um zur Anlegestelle zu gelangen und die letzte Fähre zu nehmen.

Da verstand Nicholas, dass sich soeben die erste Seite des Manuskripts zugetragen hatte.

New York
22. November 1999

Kaum hatte ich die Wohnung betreten, waren meine körperliche und moralische Erschöpfung wie weggeblasen. Nelson und Pietro erwarteten mich bereits und bildeten, wie sie so nebeneinander standen, ein recht merkwürdiges Paar. Ihre sorgenvollen Gesichter baten inständig darum, ich möge sie etwas fragen.

»*Signore* Dante, es ist alles geklärt.«

»*Davvero*, Pietro? Und was ist ›alles‹?«

»Alles, *Signore*. Herr Nicholas befindet sich mit der Schatulle in der Villa Contini und das Manuskript hat offenbar begonnen, seine Geheimnisse preiszugeben.«

»Eines nach dem anderen. Was war mit dir, Nelson?«

»Ich war hinter dem Taxifahrer her und konnte nicht viel herausbekommen. Der Fahrer sagte, der Mann, der aus Rodríguez' Haus gekommen war, habe während der ganzen Fahrt nicht gesprochen. Ich weiß aber, dass er ihn zum Flughafen gebracht hat. Also sprach ich mit einigen Leuten, die ich bei meiner alten Arbeitsstelle noch kenne und wir haben vereinbart, die Telefonanrufe von Rodríguez' Witwe abzuhören. Das war einfacher, als ins Haus zu gehen und Mikrofone anzubringen. Sie rief Irene an und erzählte ihr, dass Sie und auch das FBI sie besucht haben und dass ihr Bruder gekommen sei, um sich von ihr zu verabschieden, weil er nach Venezuela abreise. Sie sagte: ›Die Festplatte fehlte in meinem Computer. Für mich war das eine Überraschung, aber ich habe ihnen gesagt, Claudio Contini hätte einen Mann geschickt, der sie mitnahm. Mir ist das einfach so eingefallen und ich weiß jetzt nicht, ob ich das Richtige getan habe. Ich habe ihnen sogar eine Visitenkarte gegeben, die mein Mann in seinem Schreibtisch hatte.‹ Irene fragte sie dann: ›Warum hast du dir das alles ausgedacht?‹ und Frau Rodríguez meinte: ›Ich habe Angst, Irene. Ich weiß, dass Jorge ermordet wurde. Ich glaube, er war in unsaubere Geschäfte verwickelt, er hatte in der letzten Zeit viel Geld. Ich überlege, nach Venezuela zu gehen. Ich habe dort einige Verbindungen zu Leuten in der Regierung und du weißt, mit Geld kann man in diesem Land alles machen.‹ – ›Es ist besser, du sprichst am Telefon nicht über deine Pläne, Teresa‹, sagte Frau Irene und sie vereinbarten, sich später zu treffen.«

»Das heißt, die Witwe weiß nichts und die Festplatte wurde von jemandem herausgenommen, der an seinem Inhalt interessiert ist und vielleicht nichts mit mir zu tun hat«, überlegte ich laut.

»Das habe ich auch gedacht«, bestätigte Nelson.

»Kann ich etwas sagen, *Signore* Dante?«

»Natürlich, Pietro.«

»Der junge Herr Nicholas ist nach Capri abgereist, um sich mit Francesco Martucci zu treffen. Er sagte, er müsse das tun, weil es so im Manuskript stehe. Er wird die Schatulle entgegennehmen und, so sagte er, in die Villa Contini bringen. Sie sollen dorthin kommen, weil er befürchtet, wegen ihres radioaktiven Inhalts nicht durch den Zoll zu kommen. Jetzt, um diese Uhrzeit, müsste er bereits auf Capri sein.«

Nicholas überraschte mich immer wieder.

»Hast du gesagt, es stand so im Manuskript?«

»Ich habe es mit eigenen Augen gesehen. Das Problem ist, es war noch nicht zu Ende geschrieben. Der junge Herr Nicholas sagte, darin stehe nur, dass er derjenige wäre, der die Schatulle zurückholen würde.«

»Pietro, ich reise noch heute nach Rom.«

»*Subito*, *Signore*.«

Ich fühlte mich erschöpft, aber ich konnte das nicht aufschieben. Außerdem war ich ungeheuer gespannt darauf, das Manuskript zu sehen. Ich würde im Flugzeug ausruhen.

»Du kommst mit mir, Nelson. Ich vermute, das mit Jorge Rodríguez führt uns zu nichts. Reserviere uns zwei Plätze in der Ersten Klasse.«

Das war das Mindeste, was ich angesichts Nelsons beeindruckender Statur tun konnte. In der Touristenklasse könnte er einen Muskelkrampf bekommen und ich brauchte ihn in einer guten Verfassung. Außerdem musste ich dringend schlafen. Wegen der Angst darüber, was sich die jüdischen Aktionäre wohl ausgedacht haben könnten, war die Reise von Illinois schrecklich. Später würde ich mich ihrer annehmen. Im Moment war die Schatulle wichtiger.

Dank Nelsons beruhigender Gesellschaft konnte ich mich während des Fluges ausruhen. War so das Leben meines Vaters gewesen? Es waren noch keine dreizehn Tage vergangen, seit ich Irene besucht hatte, damit sie mir Geld für meine Rückkehr nach Rom lieh, und es schien, als wären es Monate gewesen. Macht bringt viel Verantwortung mit sich, viele Feinde …

In meinem Arbeitszimmer in der Villa Contini betrachtete ich Merrecks Notiz. Die Namen der jüdischen Aktionäre und ihre Anschriften. Warum wollten sie ihre Stammesfehden auf Kosten der Wissenschaft austragen? Natürlich war Mengele ein Ungeheuer, aber aus alldem, was er getan hatte, konnte doch etwas Gutes hervorgehen. Ich beschloss sie anzurufen, während ich auf Nicholas wartete. Ich hatte alle Angaben, die ich brauchte, und es spielte keine Rolle, ob ich in New York oder in Rom war.

»Mit Herrn Edward Moses, bitte.«

»Wer möchte ihn sprechen?«

»Ein Freund aus Italien. Ich werde in die Vereinigten Staaten reisen und würde mich gerne mit ihm treffen …«

»Es tut mir leid. Mein Mann ist vor zwei Tagen gestorben.«

»Ich bedaure Ihren Verlust, Frau Moses. Entschuldigen Sie bitte vielmals.«

Ich legte auf. Es schien mir ein seltsamer Zufall. Ich wählte die andere Nummer.

»Könnte ich bitte mit Herrn John Singer sprechen?«

»Wer spricht da bitte?«

»Ein Freund aus Italien. Ich werde in die Vereinigten Staaten reisen und würde mich gerne mit ihm unterhalten …«

»Wie ist Ihr Name?«

»Dante Contini-Massera.«

»Sie finden Herrn Singer auf dem Friedhof von Albany. Er ist vor zwei Tagen gestorben.«

»Das bedaure ich sehr. Entschuldigen Sie bitte, sollte ich Ihnen zu nahe treten. Aber könnten Sie mir sagen, was ihm zugestoßen ist?«

»Er war mit einem Freund beim Fischen auf hoher See. Es scheint, dass sie ein Problem mit dem Motor hatten. Er explodierte und es blieb ihnen keine Zeit, sich zu retten.«

»Wer war die andere Person?«

»Edward Moses.«

Ich legte auf, ohne mich zu verabschieden. Ich fühlte mich wie vernichtet. Wäre Merreck fähig zu töten, nur um das zu bekommen, was ich ihm angeboten hatte? Ich dachte an Caperotti. An Martucci. Es war zu viel Geld im Spiel und eine Möglichkeit, fast ewig zu leben. Ganze Imperien sind bereits für weniger zugrunde gegangen. Ich fuhr aus meinen Überlegungen auf, als ich Nicholas' Stimme hörte.

»Da ist sie!«, sagte er triumphierend, während er ein Bündel auf den Schreibtisch legte.

Ich erhob mich von meinem Platz und ging um den Tisch herum, ohne das Bündel aus den Augen zu lassen.

»Bist du sicher?«, fragte ich, obgleich ich wusste, dass Nicholas die Schatulle nicht öffnen würde.

»Lass dir bloß nicht einfallen, sie zu öffnen. Diese Schutzhülle ist dazu da, die Strahlung zu verhindern. Die Kapsel mit der Mischung und das Isotop sind dort drinnen, das hat Martucci gesagt. Er ist tot.«

Ich weiß nicht, welche Miene ich machte, als ich das hörte. Aber nachdem, was ich soeben erfahren hatte, musste ich sehr erschrocken ausgesehen haben.

»Ich war es nicht«, versicherte Nicholas mit einer Hand auf der Brust. »Ich erzähle es dir.«

Während Nicholas sprach, setzte ich alle Teile des Puzzles zusammen. Mir wurde klar, dass es Martucci war, der das alles geplant hatte. Die menschliche Natur werde ich wohl nie verstehen können. Zum Glück hatte meine Mutter mit alldem nichts zu tun, fuhr es mir kurz durch den Kopf. Ich weiß nicht, weshalb ich Zweifel an ihr hatte, schließlich und endlich war ich ihr Sohn. Aber nachdem Pietro in diesem Restaurant gesehen hatte, wie sie sich unterhielten, vermutete ich überall Verschwörungen.

»Ich habe mein Manuskript wieder zurück, Dante. Ist ja gut, das Manuskript«, korrigierte er sich mit seinem üblichen Lachen.

»Kann ich es sehen?«

»Nein. Es ist mir lieber, du liest es, wenn ich es fertig geschrieben habe«, erklärte er, während er mit dem Daumen schnell durch die Seiten fuhr, damit ich einen Blick darauf werfe. Es war tatsächlich beschrieben. »Es gibt einige Dinge, die sich nicht so zugetragen haben, wie das hier steht. Du wirst sehen, es ist nicht alles völlig gleich. Anfangs gab es zum Beispiel Nelson nicht und auch die Eingangsgitter existierten nicht ...«

Ich weiß nicht, weshalb ich den Eindruck hatte, dass mich Nicholas mit einer Menge Erklärungen, die mich nicht interessierten, schwindlig machen wollte. Ich achtete nur auf das Ende.

»... Also, wie ich dir gesagt habe, Dante, den Schluss musst du schreiben, denn es ist noch nicht zu Ende.«

»Ich muss was?«, fragte ich verwundert.

»Ja. Wenn es dir aber lieber ist, kann ich ihn erfinden.«

»Nein. Lass mich das machen. Das ist etwas, was *ich tun muss*. Du hast recht. Hast du eine Kopie von dem Manuskript gemacht?«

»Das ist nicht mehr nötig, ich kenne es auswendig. Es macht nichts, wenn es gelöscht wird.«

Er ließ sein kurzes Lachen hören, dann suchte er umständlich in seinen Taschen, holte eine Zigarette heraus und ging mit dem Manuskript unter dem Arm in den Garten.

Letztes Kapitel

Nachdem ich die Schatulle in meinem Besitz hatte, wusste ich, ich würde sie niemals aushändigen können. Ich war mir sicher, mein Vater, Claudio Contini-Massera, hätte das nicht gewollt. Ich öffnete noch einmal das kleine Papier, auf dem der Psalm 40 notiert war:

> *Opfer und Speisopfer gefallen dir nicht;*
> *aber die Ohren hast du mir aufgetan.*
> *Du willst weder Brandopfer noch Sündopfer.*
> *Da sprach ich: Siehe, ich komme;*
> *im Buch*
> *ist von mir geschrieben.*
> *Deinen Willen, mein Gott, tue ich gerne,*
> *und dein Gesetz hab ich in meinem Herzen.*

Jetzt sah ich klar. Das tun, was richtig ist. Das war alles, alles andere war nicht wichtig. Ich hatte es immer vor Augen, aber der Ehrgeiz machte mich blind. Ich rief Merreck an und sagte ihm, es werde keine Abmachung geben. Ich schickte mich an, die Villa Contini zu verlassen. Wozu ein Jahr warten? Ich würde anfangen, mich wie der Mann zu verhalten, den mein

Vater gerne gesehen hätte. Wenn ich unten anfangen müsste, würde ich es tun. Es tat mir leid wegen der Leute, die dort arbeiteten und die ohne ein Dach über dem Kopf und ohne Arbeit sein würden. Dann ging ich, um mit Caperotti zu sprechen.

»*Buongiorno, Signore* Caperotti.«

»*Buongiorno, Cavaliere* Contini-Massera.«

»Vielen Dank für Ihre Hilfe.«

»Ich habe nur meine Pflicht getan, *Cavaliere*«, versicherte er mit seiner Grabesstimme, die mir keine Furcht mehr einflößte.

Etwas hatte sich in unserer Beziehung geändert.

Ich kam direkt zur Sache.

»Ich werde die Frist nicht einhalten können.«

»Brauchen Sie mehr Zeit?«

»Es ist nicht die Zeit. Wenn ich wollte, könnte ich die Firma sofort retten, aber das geht gegen meine Prinzipien. Wenn ich mit dem wenigen leben muss, was ich durch meine Arbeit verdiene, dann werde ich das tun. Ich werde heute noch die Villa Contini verlassen, es wäre sinnlos, ein Jahr zu warten.«

»Und haben Sie Arbeit?«

»Nein, ich habe keine, aber ich werde mir eine besorgen.«

»Sie brauchen keine Arbeit zu suchen, *Cavaliere. Das ist Ihre Arbeit.*«

Ich betrachtete aufmerksam seine Gesichtszüge, aber er schien keinen Scherz zu machen. Während er seine Pfeife hielt, um sie anzuzünden, sah er mich fest an.

»Ihr Onkel Claudio hat Anweisungen hinterlassen, die ich aufs Wort befolgt habe, *Cavaliere*. Die Firma floriert, wie immer. Er sprach mit mir über fast alles und wie ich sehe, hat er nicht erwähnt, dass er etwas mit der Merreck & Stallen Pharmaceutical Group zu tun hatte. Es war eine Überraschung, als mir meine Männer sagten, Sie seien in ... Roseville, wenn ich mich nicht irre?«

»Ich dachte, mein Onkel hatte keine Geheimnisse vor Ihnen.«

»*Cavaliere,* kein vernünftiger Mensch erzählt alles. Das ist eine erste Lektion, die Sie lernen müssen. Don Claudio war eine der wenigen Personen, die ich kennengelernt habe, die Geheimnisse zu wahren wussten. Ich weiß, dass sich etwas in seinen Händen befand, etwas sehr Wichtiges, und er während einer Zeit davon besessen war. Aber in den letzten Monaten hatten wir viel Zeit, uns zu unterhalten und eines der Dinge, die er mir gesagt hatte, war: ›Wenn Dante sich auf korrekte Weise verhält, dann ist er von meinem Schlag.‹«

»Und was wäre diese korrekte Weise?«, fragte ich.

»Hierher zu kommen und sich der Tatsache zu stellen, dass die Firma bankrott ist, war der erste große Schritt. Das ist, was man von einem Kämpfer erwartet. Sie hatten nicht gesagt, wie Sie es anstellen würden, aber etwas hatten Sie in den Händen. Sie wissen nicht, wie sehr Sie Claudio Contini-Massera ähnlich sind ... und ich bin mir sicher, es ist ein sehr wichtiger Grund, der Sie bewogen hat, nicht weiterzumachen.«

Caperotti stellte mich auf die Probe, dessen bin ich mir sicher. Was wusste er noch? Ich beschloss, ihm meine Geheimnisse nicht anzuvertrauen. Ich begann, meine erste Lektion anzuwenden.

»Ich habe persönliche Gründe und in gewisser Weise erfülle ich den späten Wunsch meines Onkels.«

»Ich werde Sie nicht fragen, welcher Wunsch das war. Aber ich kann es mir denken. Sie haben sich so verhalten, wie es Ihr Onkel von Ihnen erwartet hat. Ich werde es Ihnen erzählen.«

Und so erfuhr ich alles. Mein Vater und er hatten den Konkurs der Firma geplant, um mir eine Lektion zu erteilen, so bin ich unbeschadet davongekommen. Heute kann ich sagen, ich habe mir meinen Posten verdient und mein Vater hatte recht: Arbeiten kann Spaß machen. Nelson begleitet mich mehr als ein Freund, als ein Leibwächter, und mein lieber Pietro steht mir weiterhin zur Seite, wie ein Großvater, den ich nie hatte.

Vor dem Alter habe ich keine Angst, zumindest jetzt nicht, und wenn Merreck sich geirrt hätte und sich das Gen der Langlebigkeit doch in meinem Körper stabilisiert hat, dann wäre das ein großer Scherz, den Mengele sich mir gegenüber als nachträgliches Geschenk geleistet hätte. Die Schatulle habe ich, mit einer dicken Schicht Zement versehen, mitten im Thyrrhenischen Meer versenkt und ich hoffe, sie bleibt dort die dreißig Millionen Jahre, die das mysteriöse künstliche Isotop währt, sofern wir der Erde nicht bereits früher ein Ende bereiten.

Francesco Martuccis Verschwinden ging meiner Mutter näher, als sie zugeben wollte. In ihrem Gesicht begannen sich die Spuren des Leidens abzuzeichnen und es gibt keinen schlimmeren Schmerz als den, den man nicht teilen kann. Wo immer er jetzt auch sein mag, ich hoffe, er bereut es nicht, fest davon überzeugt gewesen zu sein, sie sei nicht zur Liebe fähig.

Mein guter Freund Nicholas ist jetzt wohlhabend, dank der Geschichte des Manuskripts, die schließlich als der Roman veröffentlicht wurde, den Sie jetzt gerade lesen. Er sagte mir jedoch, er habe einige Teile des Schlusses ändern müssen, die er nicht besonders gut fand. Ich nehme an, er weiß, wovon er spricht, er ist ja nicht umsonst Schriftsteller. Die Firma hat Tentakel in allen möglichen Unternehmungen, darunter auch in der Verlagsbranche. Ich hoffe, Nicholas' Roman wird bald ein Bestseller. Das ist ein Gefallen, den ich ihm schulde und ich tue es sehr gerne, auch wenn ich eigentlich nicht glaube, dass er viel Hilfe braucht.

Ich fange jetzt an, so zu leben, wie es meinem Vater gefallen hätte. Ich nenne alle Bediensteten der Villa Contini bei ihren Namen und ihnen liegt daran, mich am Haupteingang zu erwarten, wie sie es bei meinem Vater, Onkel Claudio, getan hatten. Ich gewöhne mich allmählich daran, dass sich die Mitglieder des Aufsichtsrats der Firma von mir mit einem Kuss auf dem Handrücken verabschieden. Italienische Gewohnheiten, auf deren Fortführung Caperotti besteht. Es beruhigt mich zu wissen, dass Merreck es nicht wagen wird, mir Schaden zuzufügen. Caperotti hat dafür gesorgt. Er sagt, ich sei unentbehrlich für das Überleben der Cosa Nostra, die wir ›Die Firma‹ nennen. Ich habe gelernt, dass die wahre Macht in den Menschen liegt, die mich umgeben und denen ich vertrauen kann. Mir steht eine Abteilung für Forschung und Statistik zur Verfügung, damit diese sich darüber informiert, was in der Welt vor sich geht und was geschehen wird. Innerhalb der komplizierten Entwicklungen des Planeten war meine Angelegenheit glücklicherweise nur ein simples Geplänkel. Hin und wieder treten außerordentliche Situationen ein. Ich mag Caperotti, ein schweigsamer Mann, der immer alles zu wissen scheint. Ein Verbündeter, den mein Vater stets an seiner Seite hatte. »Hoffentlich bin ich eines Tages so weise wie Sie«, sagte ich ihm vor ein paar Tagen. »Sie werden es sein. Und noch mehr«, antwortete er mir mit seiner Grabesstimme. »Ihnen bleibt noch viel Zeit. *Sehr viel Zeit.*«

Und wenn Sie an dieses Ende gelangt sind und keine der Seiten gelöscht wurde, dann hatten Sie Glück. Denn vielleicht ist diese Geschichte, wenn Sie das Buch das nächste Mal öffnen, nicht mehr da.

Dante Contini-Massera

Epilog

Etwa ein Jahr nach jenen turbulenten vierzehn Tagen machte Nicholas Blohm eine Woche Urlaub. Er dachte an seinen lieben Freund Dante und ein unsagbares Gefühl aus Zuneigung und Bewunderung überkam ihn. Er war überzeugt, er hatte richtig gehandelt, als er ihm über seine Mutter nicht die Wahrheit sagte, und er schien ihm auch geglaubt zu haben, als er ihm erklärte, dass die heiklen Szenen, die im Roman geschildert wurden, ein literarisches Mittel seien. »Ich setze dieses Mittel am Ende meiner Romane ein, um das Interesse zu erhöhen«, hatte er ihm erklärt und Dante räumte ein, genau so sei es ihm vorgekommen. Letztlich waren alle Namen geändert und niemand konnte ihn mit dem Buch in Verbindung bringen.

Ihm gefiel die Richtung, die sein Leben genommen hatte. Die Präsentationen, die Interviews. Nach einer Fernsehdiskussion, die in einem bekannten Programm über sein Buch geführt wurde, schoss der Verkauf auf mysteriöse Weise in die Höhe. Er hatte nie die Gelegenheit, die umwerfende Frau kennenzulernen, die versichert hatte, sie sei mit den näheren Umständen der im Roman dargestellten Familie vertraut. Die Welt ist voller Verrückter! Wie konnte sie Bescheid wissen, wenn es die Familie unter diesem Namen nicht gab? Tatsache war, dass viele hinter ihrem Auftritt eine Verkaufsstrategie vermuteten und die Resultate waren erstaunlich. Immerhin war es Nicholas dadurch möglich, sich einen lang gehegten Wunsch zu erfüllen und einige Tage auf der Osterinsel zu verbringen. Tausende Kilometer im Nirgendwo. Vielleicht wäre das der ideale Ort, um genug spirituellen Frieden zu finden, der ihm zu einer Inspiration für seinen nächsten Roman verhelfen würde.

Er verließ das kleine Gasthaus, um einen Spaziergang zu machen. Das Manuskript trug er wie einen guten Freund unter dem Arm. Es war sein Begleiter und Glücksbringer. Er ließ den Ort hinter sich und sah das Meer mit seinen Wellen, die das Ufer liebkosten. Die Moai waren noch nicht in Sichtweite, aber er war fest entschlossen, sie zu besuchen; doch diesmal wollte er auf seiner Wanderung zunächst Hanga Roa, die einzige Stadt der Insel, kennenlernen. Laut der Broschüre, die man ihm gegeben hatte, befanden sich in der kleinen Bucht neben den Booten die Reste eines Moai-Altars.

Die Gestalt eines Mannes, der mit dem Rücken zu ihm auf der Kaimauer saß, kam ihm vertraut vor. In gewisser Hinsicht war er enttäuscht, an diesem entlegenen Ort einen Bekannten vorzufinden, deshalb machte er kehrt, um zum anderen Ende der Insel zu gehen.

»Herr Blohm?«, hörte er ihn hinter seinem Rücken rufen.

Während sein Gehirn den Klang der Stimme in Erinnerung rief, wandte er sich langsam um. Der kleine Mann sah ihn lächelnd an.

Printed in Germany
by Amazon Distribution
GmbH, Leipzig